स्विमिंग पूल पर टॉपलेस

स्विमिंग पूल पर टॉपलेस

राजकिशोर

वाणी प्रकाशन

वाणी प्रकाशन
ज्ञान के विविध आयामों के प्रकाशक

वाणी प्रकाशन का 'लोगो' विख्यात चित्रकार मक़बूल फ़िदा हुसेन की कूची से

वाणी प्रकाशन, 4695, 21-ए, दरियागंज, नयी दिल्ली-110002
वाणी प्रकाशन, अशोक राजपथ (पटना कॉलेज के सामने), पटना (बिहार)

SWIMMING POOL PAR TOPLESS

by Raj Kishore

Satire

ISBN : 978-93-5000-250-6

प्रथम संस्करण

मूल्य : 250/-

वाणी प्रकाशन

फोन : 0091#11#23273167, 23275710

फैक्स : 0091#11#23275710

वेबसाइट : www.vaniprakashan.in

ई-मेल : vaniprakashan@gmail.com

vani_prakashan@yahoo.com

विशाल कौशिक प्रिंटर्स द्वारा दिल्ली-110093 में मुद्रित

तुम्हें प्यार करने का दर्द
उससे कहीं ज्यादा है
जितना मैं सह सकता हूँ

–डी.एच. लारेंस

अनुक्रम

कौमार्य की अँगूठी

इंग्लैंड के एक स्कूल में एक लड़की अपनी कक्षा में घुसी। उसकी एक उँगली में एक खास तरह की अँगूठी थी। शिक्षिका ने उस अँगूठी को देखते ही पहचान लिया। वह एक नए कौमार्यवादी आंदोलन का प्रतीक थी। इस आंदोलन का जोर इस बात पर है कि विवाह के पहले यौन संबंध नहीं होना चाहिए। जो इस आंदोलन का समर्थन करते हैं, वे यह खास ढंग की अँगूठी पहनते हैं। यह अँगूठी घोषित करती है कि इसे पहनने वाले या पहनने वाली ने अभी तक अपना कौमार्य नहीं खोया है। वह विवाह हो जाने के बाद ही यौन संबंध स्थापित करेगा या करेगी। इंग्लैंड के समाज में यह एक नई चीज है। वहाँ कौमार्य को इतना महत्त्व नहीं दिया जाता कि कई अपना वैवाहिक स्टेटस बताने वाला चिह्न अपने बदन पर ढोता फिरे। अगर आपने अपना कौमार्य नहीं खोया है, तो अच्छी बात है, पर इस पर इतना इतराते क्यों हैं? दूसरी तरफ अगर आप चौदह या पंद्रह साल की उम्र में ही अपने कौमार्य का जनाजा निकाल बैठे हैं, तो जाइए अपना काम कीजिए, इसे लेकर हम क्यों प्रफुल्ल या दुखी हों? ऐसे समाज में अगर कोई छात्रा कौमार्य की अँगूठी पहने क्लास में घुसती है, तो इस पर शिक्षिका को आपत्ति क्यों होनी चाहिए?

लेकिन शिक्षिका को आपत्ति हुई। उसने उस लड़की से कहा कि अँगूठी निकाल कर क्लास में बैठो। एक दृष्टि से शिक्षिका की आपत्ति ठीक थी। जब पूरे क्लास में एक ही विद्यार्थी को उँगली में यह अँगूठी हो, तो इसका स्वाभाविक मतलब यही निकाला जाएगा कि कक्षा के बाकी लड़के-लड़कियाँ अपना-अपना कौमार्य खो चुके हैं। यह उनके चरित्र पर किसी प्रकार का लांछन तो नहीं है, क्योंकि प्रत्येक व्यक्ति को यह अधिकार है कि वह अपने कौमार्य का क्या करता है और किस उम्र में करता है। लेकिन कोई एक छात्र यदि इसे मुद्दा बनाना चाहता है, तो उसे इसकी आजादी क्यों मिलनी चाहिए? कौमार्यवादी अपने आपको गैर-कौमार्यवादियों से बेहतर और ज्यादा नैतिक समझते हैं। अतः कौमार्य की अँगूठी पहन कर लड़की एक तरह से बाकी क्लास को यही बता रही थी कि मैं तुम लोगों से श्रेष्ठ हूँ, क्योंकि मैंने अभी तक कामुकता का आखिरी और निर्णायक स्वाद नहीं लिया है, जबकि तुम विवाह से पहले ही यह अमूल्य थाती लुटा चुके हो। अगर उसकी इच्छा ऐसी घोषणा करने

की न भी रही हो और वह सिर्फ अपने आंदोलन का प्रचार कर रही थी, तब भी इससे सिद्ध तो यही होता था। शिक्षिका की दृष्टि में, यह ब्रिटिश समाज में प्रचलित यौन नैतिकता का उपहास है। शायद वह कौमार्यवाद को एक प्रतिगामी आंदोलन समझ रही हो। बहरहाल, उस लड़की ने अपनी अँगूठी नहीं उतारी। मामला शायद कोर्ट में आए। वहाँ 'अभिव्यक्ति की स्वतंत्रता' के तहत शायद वह लड़की ही सही ठहराई जाए। प्रत्येक व्यक्ति को अधिकार है कि वह अपने विश्वासों की घोषणा कर सके। वह कक्षा में है, सिर्फ इस कारण उस पर रोक नहीं लगाई जा सकती।

कौमार्य की महत्ता पर यह जोर या विवाह के पहले यौन संबंध न बनाने की यह सार्वजनिक घोषणा एक कामुकताग्रस्त समाज की प्रतिक्रिया है। जब जीवन में यौनिकता केंद्रीय हो जाए, शारीरिक संबंधों में किसी प्रकार की गहराई न बचे, लोग एक-दूसरे को महज सेक्स के पुतले या पुतली के रूप में देखना शुरू कर दें, तो परिवार और समाज का ढाँचा चरमराने लगता है। पश्चिमी समाज में इस चरमराहट की ध्वनियाँ अरसे से सुनी जा रही हैं। इसलिए बहुत-से लोग समाज में कुछ संयम, कुछ मर्यादा लाने का प्रयास कर रहे हैं। लेकिन बिना धमाके के कोई बात सुनी नहीं जाती। कौमार्य की अँगूठी ऐसा ही एक धमाका है। हर नए आंदोलन की तरह इसे भी शंका और उपहास की नजर से देखा जा रहा है, तो हैरत नहीं। उस शिक्षिका ने तो इस नजर से देखा ही होगा, जिसने इस अँगूठी पर आपत्ति की। मेरा अनुमान है कि अगर वह स्कूल किसी चर्च के तत्वावधान में चल रहा होता, तो शायद अँगूठी वाली लड़की को शाबाशी दी जाती, पुरस्कृत किया जाता और उसे अन्य विद्यार्थियों के सामने उदाहरण के रूप में पेश किया जाता। ईसाईं धर्म में विवाह-पूर्व यौन संबंध को अच्छा नहीं माना जाता। उसके अनुसार सबसे बेहतर तो यही है कि कौमार्य का रक्षण जीवन भर किया जाए; जो ऐसा नहीं कर सकते उनके लिए विवाह की अनुमति है। लेकिन विवाह के पूर्व दैहिक निकटता? तौबा, तौबा, यह रास्ता तो सीधे नरक की ओर जाता है।

इसी इंग्लैंड में बहुत समय नहीं बीता, जब बर्ट्रेंड रसल नाम के दार्शनिक हुए थे, जिन्होंने परीक्षण विवाह (ट्रायल मैरिज) की वकालत की थी। उनका कहना था कि जिसे हम ठीक से जानते ही नहीं, जिसके साथ हम कुछ दिन रहे ही नहीं, उसके साथ जिंदगी भर का रिश्ता कैसे कायम कर सकते हैं? इसलिए प्रॉपर विवाह के पहले साल-दो साल की अवधि विवाह के परीक्षण के स्तर पर बिताना चाहिए। यानी विवाह किए बिना विवाहित की तरह रहना। जब यह लगने लगे कि हाँ, हमारी जोड़ी काम करेगी, तब विवाह संस्कार संपन्न किया जाना चाहिए। रसल, इस तरह, एक उन्मुक्त समाज को वैज्ञानिक विधि से जीने का पाठ पढ़ा रहे थे। रसल ने स्वयं चार शादियाँ की थीं। उनसे बेहतर कौन जानता होगा कि किसी रोमांटिक झटके में, आँख बंद कर विवाह कर लेना कितना विध्वंसक हो सकता है। जाहिर है, इस व्यवस्था में

कौमार्य का वह मूल्य नहीं है जो परंपरावादियों या अति आधुनिकतावादियों की नजर में है। महत्व स्थायी साथी खोजने का है, जो काम कौमार्य को खूब सहेज कर रखने से हो ही नहीं सकता।

इस सिलसिले में, अपनी ओर से मैं एक ही बात जोड़ना चाहता हूँ। शारीरिक कौमार्य भले ही सिर्फ एक ही बार तोड़ा जा सकता हो, पर मन का कौमार्य क्या अकसर कई-कई संबंधों और कई-कई विवाहों के बाद भी अक्षत नहीं बना रहता? शरीर को बार-बार कामदेव के यज्ञ में झोंक दिया जाए पर मन कुँवारा का कुँवारा बना रहे, तो यह क्या कोई मामूली ट्रेजेडी है? मेरा खयाल है, हमारा समय इस ट्रेजेडी से ज्यादा घायल है।

पहनावे के प्रश्न

कर्नाटक के मुख्य न्यायाधीश सीरिएक जोसेफ ने स्त्रियों के आदर्श लिबास पर एक परंपरागत टिप्पणी दे कर अपनी उँगलियाँ जला ली हैं। अवसर था 'जुडिशियल अम्पायर' नाम की मासिक पत्रिका का लोकार्पण समारोह। इस अवसर पर उच्चतम न्यायालय की एक पत्रिका का भी विमोचन होना था, जिसका संबंध भारतीय विवाह अधिनियम, 1955 से है। बढ़ते हुए अपराधों के कारणों पर विचार करते हुए जज साहब अचानक स्त्रियों की पोशाक की चर्चा करने लगे। उन्होंने कहा कि स्त्रियों के विरुद्ध अपराध इसलिए बढ़ रहे हैं क्योंकि वे उत्तेजक कपड़े पहनने लगी हैं। उन्होंने इसका जो उदाहरण दिया, वह कम दिलचस्प नहीं है। जज साहब ने बताया, 'आजकल स्त्रियाँ मंदिरों और चर्चों में भी ऐसे कपड़े पहन कर आती हैं कि ईश्वर की ओर से हमारा ध्यान उचट जाता है और हम अपने सामने उपस्थित व्यक्ति का ध्यान करने लगते हैं।' आगे उन्होंने फरमाया, स्त्रियाँ बसों में जिस तरह के उत्तेजक कपड़े पहनती हैं, उससे बसों में यात्रा कर रहे पुरुषों के सामने असमंजस की स्थिति आ जाती है। उन्होंने स्त्रियों को जन हित में शालीन कपड़े पहनने की सलाह दी।

कर्नाटक के मुख्य न्यायाधीश की मानसिकता को हम समझ सकते हैं। वे सीधे-सादे आदमी होंगे और जटिल समस्याओं पर सीधे-सादे ढंग से बोल रहे होंगे। इसके पहले भी अनेक जज तथा समाज सेवी यह विचार प्रगट कर चुके हैं कि उत्तेजक कपड़े पहननेवाली स्त्रियाँ बलात्कार के लिए आमंत्रण देती हैं। यानी स्त्रियों पर बढ़ते अपराधों के लिए पुरुष नहीं, स्त्रियाँ खुद जिम्मेदार हैं। बहुत-से लोगों को यह बात सही भी लगती है। लेकिन तनिक-सा विचार करते ही संभ्रम का परदा फट जाता है और सत्य सामने आ जाता है। इस सिलसिले में विचारणीय बात यह है कि ज्यादातर बलात्कार किन स्त्रियों के साथ होता है। उन स्त्रियों के साथ नहीं जो उच्च या मध्य वर्ग से आती हैं और ऐसी पोशाक पहनती हैं जो उनके शरीर सौंदर्य को कामुक ढंग से उद्घाटित करने में मदद करती हैं। ये उनकी उपस्थिति में अपना मुँह सिला रखते हैं। सचाई यह है कि अकसर बलात्कार का शिकार होती हैं वे औरतें जो दीन-हीन वर्ग से आती हैं। कहते हैं, गरीब की जोरू सबकी भौजाई होती है। इसी तर्ज पर कहा जा सकता है कि गरीब की बेटी पर पड़नेवाली सारी निगाहें लगभग

एक जैसी होती हैं। बलात्कारी सौन्दर्य का उपासक नहीं होता। न आकस्मिक उत्तेजना का शिकार। वह एक ऐसा छिपा हुआ भेड़िया है जो सबसे कमजोर शिकार पर वार करता है।

दूसरी बात यह है कि स्त्रियाँ क्या पहनें और क्या नहीं, इसका फैसला करनेवाला पुरुष कौन होता है? क्या पुरुष स्त्रियों से अनुमति ले कर अपनी पोशाक तय करते हैं? ऐसा लगता है कि पुरुष किसी न किसी रूप में स्त्रियों के जीवन पर नियंत्रण बनाए रखना चाहते हैं। जब वे निजी जीवन में पराजित हो जाते हैं, तो सार्वजनिक मंचों से स्त्रियों पर हमला बोल देते हैं। लेकिन मामला उतना सीधा नहीं है जितना सतही तौर पर दिखाई पड़ता है। अगर हम यह मानते हैं कि स्त्रियों की भड़कीली पोशाक देख कर पुरुषों के मन में कामुकता का संचार होने लगता है, तब तो अमीर लोगों को मँहगी गाड़ियों में चलते देख कर गरीब राहगीरों के मन में ईर्ष्या का ज्वार उठना चाहिए और इन्हें अमीरों पर हमला कर देना चाहिए। इसी तरह, बैंकों में जमा लाखों-करोड़ों रुपयों को भी जन हिंसा का शिकार हो जाना चाहिए। या रेल यात्रियों को हवाई अड्डों पर नजर पड़ते ही कुपित हो जाना चाहिए। मिठाई की दुकानों में प्रदर्शित मिठाइयों को देख कर हमारे मुँह में पानी आ जाता है, लेकिन हम दुकानों से मिठाई उठा कर खाने तो नहीं लगते। कानून कहिए या सभ्यता, कुछ है जो ऐसे सभी मौकों पर हमें रोकता है और हम आत्मनियंत्रण का परिचय देते हैं। फिर स्त्रियों के मामले में ही हम फिसलने का अधिकार क्यों अपने पास रखना चाहते हैं? क्या इसलिए कि स्त्रियाँ हमारी निगाह में भोग का समान हैं और उनका भोग करना पुरुष वर्ग का नैसर्गिक अधिकार है? जैसे ही हम स्त्रियों को मनुष्य रूप में देखना शुरू करेंगे, उनके मानव अधिकारों का सम्मान करना शुरू कर देंगे, जिसमें यह भी शामिल है कि वे क्या पहनें और क्या न पहनें, यह तय करने का अधिकार उन्हें ही है, किसी और का नहीं।

इसमें कोई संदेह नहीं कि आधुनिक पूँजीवाद के दबाव से, जिसमें विज्ञापन तथा मास मीडिया उद्योग अपना मुनाफा बढ़ाने के लिए लगातार स्त्री देह का शोषण करता रहता है, हमारे इर्द-गिर्द कामुकता का आक्रामक वातावरण तैयार करने का सुनियोजित अभियान जारी है। यह पश्चिमी सभ्यता का एक ऐसा मधुर आक्रमण है जिसके कड़वे जहर को अब पहचाना जाने लगा है। कर्नाटक के मुख्य न्यायाधीश अगर यह कहते कि कामुकता की यह संस्कृति हमारे जीवन को एकायामी बना रही है और इस विनाशकारी संस्कृति में स्त्रियों को अपनी सही भूमिका पहचाननी चाहिए, तो वे शायद एक भला और जरूरी काम कर रहे होते। लेकिन एक सभ्यतागत समस्या पर विचार करने के स्थान पर उन्होंने अपनी निगाह सिर्फ स्त्रियों की पोशाक पर केंद्रित की, जिससे उन्हें सार्वजनिक आलोचना का शिकार होना पड़ रहा है। सवाल यह नहीं है कि कोई स्त्री क्या पहनती है, सवाल यह है

कि नई संस्कृति में पोशाक से किस तरह का काम लिया जा रहा है, फिल्मों में और टीवी पर दर्शकों को लुभाने के स्त्रियों को किस तरह पेश किया जा रहा है।

जाहिर है, फिल्मों और टीवी की नायिकाओं के बारे में यह नहीं कहा जा सकता कि अभिनय करते समय वे वही पहनती हैं जो वे चाहती हैं। इतनी आजादी उन्हें कहाँ। वे निर्देशक के हुक्म की गुलाम होती हैं और यह वही तय करता है कि उसकी अभिनेत्रियों को कब और कहाँ अपने को कितना छिपाना है और कितना दिखाना है। यह सौंदर्य के प्रदर्शन का मामला नहीं है। सौन्दर्य की अनुभूति हमें अनिवार्य रूप से कामुक नहीं बनाती। वह हमारे सौन्दर्य बोध को तृप्त करती है और उसका परिष्कार भी करती है। सिनेमा और टीवी अभिनेत्रियों की इस पेशागत मजबूरी को न समझ कर जब अन्य स्त्रियाँ उनकी नासमझ नकल करने लगती हैं, तो इससे यही पता चलता है कि व्यावसायिकता का दबाव कितना गंभीर है। पहले गृहस्थ स्त्री और पतुरिया की पोशाक अलग-अलग होती थी। अब दोनों में भेद मिटता जा रहा है। नहीं, सर, नहीं, हम कर्नाटक के मुख्य न्यायाधीश की बात को दूसरे तरीके से दुहरा नहीं रहे हैं। हम इस बात की ओर इशारा कर रहे हैं कि धीरे-धीरे यह तय करना कठिन होता जा रहा है कि कौन-सी रुचि हमारी अपनी है और कौन-सी रुचि हम पर लादी जा रही है। बहरहाल, स्थिति जो भी हो, कानून के द्वारा या फतवे जारी कर हम स्त्रियों के विकल्पों को सीमित नहीं कर सकते। हाँ, इस विमर्श में स्त्रियों को जरूर आमंत्रित कर सकते हैं कि कहीं वे अनजानते में किसी भयानक सांस्कृतिक षड्यंत्र का शिकार तो नहीं हो रही हैं।

प्रेम की रंगतें

मुझे लगता है कि प्रेम कुछ-कुछ ईश्वर की तरह है। इसलिए नहीं कि कुछ के अनुसार ईश्वर है और कुछ के अनुसार नहीं है। प्रेम के प्रति यह दुविधा पालने का पाप मैं नहीं कर सकता। प्रेम होता है, इसमें कोई शक नहीं है। ईश्वर की कल्पना उसके भक्तों को, उसके मंदिरों, मस्जिदों, गिरजाघरों को देखकर की जाती है, हालाँकि साधु-संत यह दावा करते ही रहते हैं कि इन बेजान इमारतों में ईश्वर कहाँ, मानो उन्हें पता हो कि ईश्वर की तलाश करनी हो, तो किस तरफ जाना चाहिए।

प्रेम की कल्पना प्रेमियों को देखकर, उनके व्यवहार को देखकर और कभी-कभी परिणाम को देखकर की जाती है। जो मजनूँ या फरहाद के गाँव में रहता होगा, उसे यह बताने के लिए शिष्टमंडल भेजने की जरूरत नहीं थी कि प्रेम किसे कहते हैं या प्रेमी कैसा होता है। फिर भी, यह प्रेम का अनुमान है—अनुभव नहीं। ईश्वर के बारे में तो मैं नहीं जानता, पर प्रेम के बारे में यह जरूर कह सकता हूँ कि दुनिया में शायद ही कोई व्यक्ति हो, जिसने प्रेम का अनुभव न किया हो। कह सकते हैं कि आप प्रेम को नहीं चुनते, प्रेम ही आपको चुनता है। बल्कि प्रेम को भी यह आजादी नहीं है कि वह आपको चुने या नहीं। यह आपके जैविक कोड में है कि आपको चुना जाएगा। आप खुद किसी के बनना चाहें या न चाहें, पर यह जरूर चाहते हैं कि कोई आपका बन जाए। यह चाह जब उपचार के परे चली जाती है, तो प्रेम कहलाती है। कितनी ही फिल्मों में खलनायकों को भी घोर प्रेमी के रूप में दिखाया गया है, बल्कि कई बार तो वह अपने प्यार को पाने की खातिर ही खलनायक बन जाता है। प्रेमी खलनायकों (या, खलनायक प्रेमियों) को देखकर, रामधारी सिंह 'दिनकर' के मन में यह सवाल जरूर गूँजने लगता :

पत्थरों में भी कहीं कुछ सुगबुगी है
दूब यह चट्टान पर कैसे उगी है

जब चट्टान पर भी दूब उग सकती है, तो उर्वर प्रदेशों में क्या होता होगा? जाहिर है, हर चट्टान दूबों से घिरी होगी, लेकिन सिर्फ यही साबित करने के लिए यह टिप्पणी नहीं लिखी जा रही है। इतनी-सी बात तो हर पाठक-पाठिका अपनी किशोरावस्था से ही जान जाते होंगे। कन्फ्यूजन वहाँ होता है, जहाँ प्रेम की सभी

किस्मों को एक ही कॉलम में रख दिया जाता है। क्या ऐसा अज्ञानवश होता है या आलस्यवश? कारण दोनों हैं या यूँ कहिए कारण एक ही है, जो दो तरह से व्यक्त होता है। उदाहरण के लिए, लैला और मजनूँ एक-दूसरे के दीवाने थे। वे एक-दूजे के बगैर नहीं रह सकते थे। पर दोनों के ही कबीलों को यह मंजूर नहीं था। दोनों ही कबीलों के अधिकतर लोग परंपरानिष्ठ थे। वे प्रेम को जानते थे, पर उसकी दीवानगी को नहीं। अगर दो-चार की जिंदगी में किसी को दीवाना होने की हद तक चाहने के नौबत आई भी होगी, तो उन्होंने अपनी आह को अपने हृदय में ही दफन कर दिया होगा। जो ज्यादा चतुर होगा और जिसे इसकी सुविधा होगी, वह गोपनीयता के परदे में अपनी चाहत को उसकी मंजिल तक ले जाता होगा। पर लैला-मजनूँ इतने चतुर न थे, न उन्हें गोपनीयता के परदे में बहुत दूर तक जाने की सुविधा थी। वे सच्चे और भोले-भोले प्रेमी थे। उन्होंने अपनी इस चाहत को ही अपना जीवन बना लिया। प्रेम या तो आपकों धूर्त बनाता है या आपकी मूर्खता पर सान चढ़ाने लगता है, लेकिन एक तीसरा रास्ता भी है। लैला-मजनूँ को लगभग आधी दुनिया जानती है। ग्रेट ब्रिटेन के जॉन स्टुअर्ट मिल को और उनकी दोस्त हैरिएट को, जो बाद में उनकी पत्नी भी बनीं, कुछेक हजार लोग जानते होंगे। लेकिन इनके प्रेम की रंगत कुछ और ही है। दोनों ही समान रूप से प्रतिभाशाली थे। पहली ही मुलाकात में वे दोनों एक-दूसरे पर फिदा हो गए। इस हद तक कि पति-पत्नी के रूप में साथ रहे, बगैर एक दूसरे के दोनों को अपनी-अपनी जिंदगी अधूरी लग रही थी। पर शादी मुमकिन नहीं थी, जब तक हैरिएट का पति उसे तलाक न दे दे। उस वक्त हैरिएट 23 साल की थी। उसकी शादी को चार साल हो चुके थे और वह दो बच्चों की माँ थी। अब क्या हो?

वहीं हैरिएट के पति की एंट्री होती है। हैरिएट जैसे अपने पति के प्रति ईमानदार रही थी, वैसे ही वह मिल के प्रति भी ईमानदार थी। सबसे ज्यादा तो वह अपने प्रति ईमानदार थी। वह एक ऐसे पुरुष की पत्नी कैसे बनी रह सकती थी, जिससे उसका प्रेम समाप्त हो चुका था? हैरिएट ने अपनी यह नैतिक समस्या अपने विचारशील पति को बताई। पति ने पूछा कि यह पहले प्रेम का उफान तो नहीं है? फिर सुझाव दिया कि वह और मिल परीक्षण के तौर पर छह महीने के लिए साथ रहें—लगातार नहीं, किस्तों में। उसके बाद निर्णय किया जाएगा। मिल और हैरिएट ने कई-कई हफ्ते पेरिस में साथ बिताए। छह महीने के अनुभवों का निष्कर्ष क्या निकला? क्या हैरिएट का इरादा बदल गया? नहीं, वह और दृढ़ हो गया था। हैरिएट के पति के सामने एक बड़ा संकट आ गया। उसने तलाक देना स्वीकार नहीं किया। क्योंकि, इससे उसकी सामाजिक हैसियत को धक्का लगता। लोग बातें बनाते। हालाँकि, उस काल के ब्रिटिश समाज में हर तीसरा या चौथा लॉर्ड बहुगामी या व्यभिचारी होता था। अब व्यभिचार या बहुगमन अकेले तो हो नहीं सकता। सो,

स्त्रियों के भी अपने किस्से थे। सभी हमाम में थे, अतएव कोई किसी की नग्नता पर सार्वजनिक रूप से टिप्पणी नहीं करता था। पर पति से औपचारिक तलाक लेकर अपने प्रेमी के साथ शादी रचाना, यह खबर आते ही वहाँ के गणबाजों की सक्रियता बहुत ज्यादा बढ़ जाती। लेकिन हैरिएट का पति क्रूर नहीं था। उसने हैरिएट से आग्रह किया कि मिल से उसके मिलते-जुलते रहने पर उसे कोई आपत्ति नहीं है, पर पत्नी तो उसकी ही रहे—जब तक वह जीवित है। यह व्यवस्था तीनों के बीच मान्य हो गई और 1834 से 1849 तक यानी पन्द्रह वर्षों तक चलती रही। जरा सोचिए, पन्द्रह साल तक! इस अवधि में तो आजकल यूरोप के लोग दो-तीन बार पति-पत्नी बदल लेते हैं।

हैरिएट दो पुरुषों की पत्नी बनी। उसने क्रमशः दोनों का ही साथ निबाहा। तो क्या वह लैला से कमतर प्रेमी थी? एक हृदय में दो मूरतें कैसे समा सकती हैं? जॉन स्टुअर्ट मिल ने एक विवाहित स्त्री से प्रेम किया और बाद में उससे शादी भी की। तो क्या वह मजनूँ की तुलना में छोटा प्रेमी था? विवाहित स्त्री से प्रेम करना क्या वाजिब है?

इस पेचीदा समस्या का समाधान यह है कि हर प्रेम अनोखा होता है। एक प्रेम की खिल्ली उड़ाने के लिए दूसरे प्रेम का सहारा नहीं लेना चाहिए। वास्तव में, जितनी तरह के व्यक्ति हैं, प्रेम के भी उतने ही प्रकार हो सकते हैं।

क्या आपने कोई दो गुलाब हू-ब-हू एक जैसे देखे हैं? अगर हाँ, तो आपको अपने निकटतम नेत्र विशेषज्ञ से तुरंत संपर्क करना चाहिए। वे एक जैसे हैं नहीं, सिर्फ दिख रहे हैं।

खुलेपन के नाम पर

समकालीन भारत में जिस तरह काम विकृतियाँ खुल कर सामने आ रही हैं– महानगरों में ही नहीं, गाँवों और कस्बों में भी, वह गहरी चिंता का विषय है। बलात्कार न केवल बढ़ रहे हैं, बल्कि उसके दायरे में सभी उम्र की स्त्रियाँ आ गयी हैं। बच्चियाँ और बूढ़ी औरतें तक सुरक्षित नहीं। सम्बन्धों की पवित्रता को ताक पर रख कर पिपासा बुझाने में शर्म का अनुभव नहीं किया जा रहा है। यौन शौषण का दायरा बढ़ रहा। जिसके पास भी थोड़ी-सी ताकत है, वह इसका शिकार अपने आसपास की लड़कियों और स्त्रियों को बनाना चाहता है।

यह कहना ठीक नहीं होगा कि हमारे परंपरागत भारतीय समाज में सभी कुछ ठीक-ठाक था। अन्य परंपरागत समाजों की तरह यह समाज भी यौन दमन के सामाजिक मूल्यों पर आधारित था (नैतिकतावाद के नाम पर जीवन की सहज और स्वाभाविक माँगों को नकारा जाता था। साथ ही, परिवार का ढाँचा इतना दम-घोंटू था कि उसमें अनुचित यौन सम्बन्धों के लिए पूरी गुंजाइश थी) कहीं छल से, कहीं बल से, तो कहीं स्वाभाविक कारणों से। (छोटी माने जाने वाली जातियों की महिलाओं के साथ बलात्कार को बलात्कार नहीं माना जाता था) अगर इसकी सामाजिक स्वीकृति नहीं थी, तो इसके खिलाफ कोई सुनवायी भी नहीं थी। एक दबे-ढके, वर्जनाग्रस्त समाज में, शायद बलात्कार से अधिक व्यभिचार की गुंजाइश होती है, यह हमारे समाज में उससे अधिक मात्रा में मौजूद रहा, जितना स्वीकार करने का साहस हम दिखा पाते हैं। यह दिलचस्प है, स्वयं भारतीय चित्त ने इसका चित्रण और पौराणिक किस्से-कहानियों के माध्यम से प्रभूत मात्रा में कर रखा है।

इसलिए इस बात पर शोर मचाने की जरूरत नहीं है कि नैतिकता की सारी दीवारें टूट रही हैं और हम एक अंधे कुएँ में आ पहुँचे हैं। ऐसा दावा करना एक अर्धसत्य का प्रचार करना होगा। सच्चाई यह है कि हमारे सामने परंपरागत आज की कामुकता और नये, आधुनिक समाज की कामुकता की विकृतियों का एक स्तब्ध कर देने वाला काम है। यौन शोषण के पुराने रूप खत्म नहीं हुए हैं, बल्कि और उग्र तथा हिंसक हो गए हैं। इनके साथ यौन शोषण तथा यौन आक्रमण के नये रूप

आ जुड़े हैं, जिससे स्थिति और भयानक हो गयी है। आज स्त्री जहाँ कहीं भी है, वह असुरक्षित है और इस बात को वह लगातार महसूस करती है।

क्या इसका सम्बन्ध खुलेपन की उस संस्कृति से है, जो आधुनिक मूल्यों और जीवन बोध का अनिवार्य तकाजा है? परंपरा के रूढ़ पहरेदार, ऐसा ही प्रतिपादित करना चाहेंगे। वे सभी मौजूदा विकृतियों का दोष उस ताजा हवा के माथे मढ़ना चाहेंगे, जो पिछले कुछ दशकों से देश में बह रही है और जिससे समाज का कोई भी हिस्सा अप्रभावित नहीं है। निश्चय ही, यह एक तरह का सरलीकरण है। इसके पीछे आधुनिक को समकालीन से अलग करके देखने की इच्छा या तमीज नहीं है। आज भारत में जो कुछ हो रहा है, उसे आधुनिकता के साथ समीकृत नहीं किया जा सकता। कई मायनों में तो वह आधुनिकता का विलोम है। यह सच है कि आधुनिक जीवन दृष्टि में सेक्स कोई टैबू नहीं है, बल्कि उसकी सहज स्वीकृति है। यौन उच्छृंखलता के लिए आधुनिक जीवन दर्शन में कोई स्थान नहीं है। आधुनिकता मानव अधिकारों के सम्मान पर टिका हुआ दर्शन है। यही कारण है कि आधुनिक चिंतकों ने जिस चीज पर सबसे अधिक अपना ध्यान एकाग्र किया है, वह है व्यक्ति की गरिमा का सम्मान और उसमें भी खास तौर से स्त्री की गरिमा का सम्मान। स्त्रीवाद एक आधुनिक चेतना है। स्त्रीवादी आग्रहों के कारण ही आज स्त्रियों की बहुत-सी समस्याएं आम चर्चा का विषय बन सकी है। इसलिए, वे भ्रम में हैं, जो ऐसा सोचते हैं कि आधुनिकता के नकार से कोई स्वस्थ समाज बनाया जा सकता है। वह एक अलग प्रकार का बीमार समाज होगा।

आधुनिकता की हवा को जो शक्तियां गलत दिशा में मोड़ रही है, उनका सम्बन्ध फिल्म, टीवी और खास तौर से विज्ञापन जगत की रुग्ण प्रवृत्तियों से है। ऐसा लगता है कि पूँजीवाद और मनोरंजन की मौजूदा संस्कृति स्त्री की देह पर खड़ी है। स्त्री के सौंदर्य और आकर्षण का लाभ उठाने में कोई पीछे नहीं रहना चाहता। बाजार स्त्री की विविध छवियों से अटा पड़ा है। अगर इतना ही होता, तब भी कुछ गनीमत हो सकती थी। चिंता की बात यह है कि स्त्री देह के इस बहुरंगी राष्ट्रीय-अंतरराष्ट्रीय मेले का लक्ष्य कामुकता को एक परम मूल्य के रूप में उभारने का है।

भारत में यौन उच्छृंखलता के प्रारंभ का दौर मोटे तौर पर वही है, जो आर्थिक उदारीकरण और बाजारवाद की शुरुआत का है। पूँजीवाद इसके पहले भी था, पर वह इतना लालची और बेलगाम नहीं हुआ था। दूसरी ओर, सामंतवाद भी थोड़ा सहमा हुआ था, क्योंकि वह देख रहा था कि यह दबे-कुचले वर्गों के उभार की घड़ी है। लेकिन बीसवीं सदी के अंतिम दशक में दोनों के चरित्र में निर्णायक परिवर्तन आया। चूँकि दलित वर्गों की महत्वाकांक्षाओं को हवा दी जा चुकी थी, उसमें तेजी से सुगबुगाहट हो रही थी। इसके प्रतिकार के लिए सामंती संस्कृति का क्रूर और दमनकारी होना, हमारे लोकतांत्रिक ढाँचे की कमजोरी को व्यक्त करता है।

लोकतांत्रिक इच्छाओं का जगना, पर समाज व शासन में लोकतंत्र की संस्थाओं का मजबूत न होना एक प्रतिक्रियावादी वातावरण ही बना सकता है, जिसकी सबसे अधिक सजा स्त्री ही भोगनी पड़ती है। यही बात उस आक्रामक पूँजीवाद के बारे में भी सच है, जो हमारे समाज में भयावह विषमता पैदा कर रहा है और स्त्री को एक लुभावनी चीज बना कर पेश कर रहा है।

खुलेपन के साथ-साथ लोकतांत्रिकता को बढ़ना चाहिए था, जिसमें सभी की गरिमा का ख्याल रखा जाता और मानव संबंधों में हिंसा का स्थान कम से कम होता जाता। लेकिन खुलेपन के नाम पर जो संस्कृति हमारे आपके बीच जगह बना रही है, वह उच्छृंखल भोग और संवेदनहीनता पर आधारित है। ऐसे समाज में कामुकता के विस्फोट से जो स्थितियाँ पैदा हो सकती हैं, वे हमारे सामने हैं।

व्यभिचार पर कानूनगीरी

बहुत पहले, जब जिंदगी की पेचीदगियाँ मेरे लिए आज की तुलना में कुछ ज्यादा पेचीदा थीं, पर हर सवाल का जवाब बहुत स्पष्ट दिखाई देता था, किसी ने पूछा था कि व्यभिचार क्या होता है! मैंने उल्लू की तरह जवाब देते हुए कह दिया था कि जब विवाह के बाहर कोई दैहिक सम्बन्ध बनाया जाता है, तो उसे व्यभिचार कहते हैं। बेशक कानूनी परिभाषा तब भी यही थी और आज भी यही है। लेकिन जिसने यह, उतना मासूम नहीं, सवाल रखा था, उसे इतना तो पता ही होगा, नहीं तो उसके मन में यह सवाल ही क्यों आता कि जिसे व्यभिचार माना जाता है, क्या सचमुच वही व्यभिचार है? जहाँ तक कानून का सवाल है, यह बाद में मुझे मालूम हुआ कि भारत के आपराधिक कानून के अनुसार, किसी भी विवाहित स्त्री पर व्यभिचार का आरोप नहीं लगाया जा सकता। दंड संहिता की मान्यता यह है कि विवाहित स्त्री के साथ मिलकर व्यभिचार किया जा सकता है, पर उसे व्यभिचार का दोषी नहीं माना जाएगा। यह इस धारा की एक मूढ़ता है, लेकिन इसकी ज्यादा उग्र मूढ़ता यह है कि अगर पर-पुरुष ने यह व्यभिचार उस स्त्री के पति की सहमति से किया हो, तब वह व्यभिचार नहीं रह जाएगा। मानो स्त्री ऐसा ताला हो, जिसकी चाबी पर सिर्फ उसके पति का हक होना चाहिए।

कानून में सुधार सुझाने के लिए नियुक्त न्यायमूर्ति मलिमथ समिति ने कहा था कि व्यभिचार से संबंधित कानून को बदलकर यों कर दिया जाना चाहिए कि व्यभिचार का आपराधिक आरोप पुरुष और स्त्री, दोनों पर लग सके। इसके पहले 1971 में भी विधि आयोग ने ऐसा ही सुझाव दिया था, लेकिन अपने को स्त्रियों का हमदर्द माननेवाली तत्कालीन सरकार ने इस सिफारिश को स्वीकार नहीं किया था। लगता है, वर्तमान सरकार भी इस मामले में उतनी ही प्रतिगामी साबित होगी, क्योंकि राष्ट्रीय महिला आयोग का कहना है कि बहुत विशिष्ट अपवादों को छोड़ दिया जाए, तो स्त्री व्यभिचार कर ही नहीं सकती—उसे तो इसका शिकार बनाया जाता है। अधिकांशतः यह बात सही है, पर इसका लाभ उन समर्थ स्त्रियों को क्यों मिलना चाहिए, जो व्यभिचार के लिए अपना साथी चुनने के मामले में न केवल स्वतंत्र हैं, बल्कि इस स्वतंत्रता का उपयोग भी कर रही हैं? अगर व्यभिचार वाकई दंडनीय है, तो ये भी दंड का पात्र हैं।

लेकिन क्या व्यभिचार अपराध है भी? यह सवाल आज समाज के सामने गुर्रा रहा है। विवाह में जितने भी तानाशाही तत्व हैं, उन सभी को चुनौती देने का वक्र यूरोप और अमेरिका के बाद हमारे यहाँ आ पहुँचा है। विवाह के साथ जुड़ी एक शर्त है दांपत्य अधिकार, यह अब टूट चुकी है। इसका श्रेय अदलतों की उदारता को है। दो दशक पहले तक स्थिति यह थी कि स्त्री पति से अलग रहने लगे, तो पति अपने दांपत्य अधिकार के प्रवर्तन के लिए न्यायालय में अर्जी डाल सकता था और ऐसे मामले में न्यायालय स्त्री को बाध्य करता था कि वह पति के घर में रहे। कानून अब इतना उदार है कि विवाहित स्त्री किसी पर-पुरुष के संसर्ग से गर्भवती हो जाए, तब भी उसका बच्चा पति का ही कहलाएगा और बच्चे का पितृत्व तय करने के लिए जीन परीक्षण की न्यायिक अनुमति नहीं है। जहाँ तक विवाह के कानून की शर्त का सवाल है कि विवाह के बाद साथी दूसरे पुरुष या स्त्री से दैहिक सम्बन्ध नहीं बनाएगा, इसे तब ही से तोड़ा जाता रहा है, जब से 'विवाह' नाम की संस्था चली है। प्रकृति में एक व्यवस्था है– जैसे, शेर-शेरनी बहुगामी नहीं होते। लेकिन विबाह व्यवस्था नहीं है। यह एक सांस्कृतिक रचना है, जिसमें संस्कृति की सभी अच्छाइयाँ और बुराइयाँ मौजूद हैं। और हमेशा बदलती रहती हैं। नतीजतन, विवाह की संरचना में भी परिवर्तन आता रहा है। आज के विवाह से जो पुरुष या स्त्री, वे उम्मीदें रखेगा या रखेगी, जो पहले आम थीं, उसे पछताना पड़ेगा। यह भी एक बड़ा कारण है कि वैवाहिक तनाव रक्तबीज की तरह बढ़ रहे हैं और हर साल जितने विवाह होते हैं, उससे ज्यादा विवाह टूटते हैं या टूटने के कगार पर आ जाते हैं।

यहाँ से दो रास्ते निकलते हैं। या तो विवाह के बंधन को और मजबूत किया जाए, ताकि जो भी विवाह करे, खूब सोच-समझ कर करे और इस रिश्ते को कैजुअल ढंग से न ले। यह मर्यादा का रास्ता है और मर्यादा की दूसरी व्यवस्थाओं को मजबूत करेगा। या, विवाह के बंधनों को समाप्त ही कर दिया जाए, ताकि सिर्फ सफल विवाह ही बचे रहें और जिन्हें प्रयोगवाद में रुचि हो, वे प्रयोग के पथ पर निर्भीक होकर चल सकें। यह स्वतंत्रता का रास्ता है तथा जीने की ऐसी शैलियों के लिए अवसर प्रदान करेगा, जो ज्यादा स्वतंत्रता की माँग करती हैं। दोनों ही रास्ते कल्याणकारी हैं, बशर्ते उनके आशयों पर ईमानदार रहा जाए। लगता यही है कि सभ्यता विवाहहीनता की ओर बढ़ रही है। जो भी हो, किसी भी सूरत में यह बात गले नहीं उतरती कि व्यभिचार को कानूनी तौर पर अपराध माना जाए। यह विवाहित लोगों पर छोड़ दिया जाना चाहिए कि उनके बीच विवाह की किसी मर्यादा का उल्लंघन होता है, तो वे क्या करते हैं।

पुरुष-कवि की हिंसा

अमर भारत में कभी पत्नी-पीड़क संघ की स्थापना हुई, तो हिंदी कवि आलोक धन्वा को, जिन्होंने एक समय बहुत अच्छी कविताएँ लिखी थीं, साहित्यकारों की श्रेणी में पहला पुरस्कार जरूर मिलेगा। यह भविष्यवाणी उनकी पत्नी (सिर्फ तकनीकी कारणों से पत्नी कहलाने को मजबूर, अन्यथा अगर कविवर ने थोड़ी-सी भी भलमनसाहत दिखाई होती, तो दोनों के बीच कभी का तलाक हो गया होता) असीमा भट्ट द्वारा लिखित अपने वैवाहिक जीवन की दुर्दशा, 'कथादेश' (जुलाई 2007) के आधार पर की जा रही है) ऐसा लगता है कि सच उससे ज्यादा और अधिक क्रूर है, जितना असीमा ने व्यक्त करने का साहस किया है। जब दोनों की शादी हुई, उस वक्त असीमा, आलोक धन्वा से बाईस वर्ष छोटी थीं। वह तेईस वर्ष की थीं और आलोक पैंतालिस के। लेकिन ऐसी सभी बेमेल शादियां दर्दनाक नहीं होती, बल्कि कुछ तो ज्यादा सफल होती हैं। ऐसे जोड़ों को जो चीज जोड़ती है, वह कुछ और होती है। यहाँ भी कुछ और था, जिसकी वजह से क्रांति भट्ट में (तब उनका यही नाम था, लेकिन बाद में 'तुम रंडी हो, तुम्हारी कोई औकात नहीं' यह सुनने के बाद 'मेरे आत्मसम्मान को ऐसी चोट पहुँची कि तंग आकर मैंने अपने पिता का दिया हुआ नाम क्रांति बदल लिया।') आलोक धन्वा के प्रति आकर्षण पैदा हुआ था। विवाह के ठीक अगले दिन से अकल्पनीय यंत्रणा सहने के बावजूद असीमा अपने पति से बहुत प्यार करती थीं। वे लिखती हैं, 'दुनिया की तमाम खूबसूरत चीजें इन्हें देना चाहती थी। मेरा सबसे बड़ा सपना था, वो कविता लिखें और मैं अभिनय करूँ। दुनिया देखे कि एक कवि और अभिनेत्री का साथ कैसा होता है। एक छत के नीचे कविता और अभिनय पनपे।' लेकिन कवि न केवल अपनी काव्य प्रतिभा की नसबंदी कर चुके थे, बल्कि उन्होंने असीमा का विकास रोकने की भी भरसक कोशिश की। ऐसा लगता है कि महाकवि होना एक युवा, सुंदर, विकासमान अभिनेत्री के शरीर और आत्मा को हस्तगत करने का औजार मात्र था। तारीफ और अति तारीफ के बाणों से बेध कर जब अपने पैरों पर गिरा ली गई, तो फिर कवि जी ने मान लिया कि अब वह उनकी जरखरीद गुलाम है और वे उसके साथ चाहे जैसे पेश आ सकते हैं। विवाह के बाद असीमा के व्यक्तित्व को किस-किस तरह

कुचलने की कोशिश की गई (गाली, मारपीट, गर्भपात आदि तो मामूली बातें हैं), इसे महसूस करने के लिए, कथादेश में प्रकाशित रुला देने वाले मूल दस्तावेज को पढ़ना चाहिए।

दो-तीन वर्ष पूर्व 'समकालीन जनमत' में ऐसी ही एक स्त्री का कटु आत्मवृत्त पढ़ा था। वह कम्युनिस्ट आंदोलन में हैं। उन्होंने अच्छा वैवाहिक जीवन बिताने के लिए, जिसमें आंदोलन का काम भी हो और जीवनसाथी का रसीला साथ भी रहे, एक-एक कर तीन कम्युनिस्ट साथी चुने और उनके साथ पत्नी की तरह रहीं। हर बार उन्होंने यही पाया कि विवाह के पहले जो आदमी उनका बहुत आदर करता था, उनमें एक न बुझने वाली आग देखता था, वह पति के रूप में एक घटिया पुरुष और एक छोटा-मोटा डिक्टेटर साबित हुआ। एक नहीं, तीन-तीन बार के अनुभव ने आत्मवृत्त लेखिका के मन में अगर यह बात भर दी हो कि सभी मर्द ऐसे ही होते हैं, तो कोई आश्चर्य नहीं है। मेरा भी मन कहता है कि सभी मर्द ऐसे ही होते होंगे—कोई कुछ कम, कोई कुछ ज्यादा। यहाँ नियम की चर्चा की जा रही है, अपवादों की नहीं। आलोक धन्वा भी कवि होने के अलावा कम्युनिस्ट हैं। अगर मैं यह कहूँ कि सभी कम्युनिस्ट ऐसे ही होते हैं, तो यह एक बेहूदा साधारणीकरण होगा। इस बिना पर मैं कम्युनिस्टों की आलोचना कभी नहीं करूँगा, क्योंकि मैं जानता हूँ कि गैर-कम्युनिस्ट इस मामले में किसी से कम नहीं हैं, बल्कि अधिक ही हैं। मेरे सामने प्रश्न यह है कि कम्युनिस्ट होने के बाद भी, एक उम्दा कवि होने के बाद भी पुरुष ऐसा पुरुष क्यों रह जाता है, जो औरत को पाँव की जूती समझता रहे? क्या उसकी विचारधारा, उसकी उदात्त संवेदना उसके व्यक्तित्व में तनिक भी रचनात्मक परिवर्तन नहीं ले आती? फिर कम्युनिस्ट होने का फायदा क्या है? कवि होने का लाभ क्या है? सार्वजनिक जीवन में उच्चतम अच्छाई की माँग और निजी जीवन में नीचता की पराकाष्ठा—इस द्वंद्वात्मकता को समझने की कुंजी क्या है? कोई कुंजी है भी?

इस सिलसिले में मुझे संस्कृत की एक सुंदर उक्ति याद आती है। सूक्तिकार पूछता है कि कविता का लाभ किसे मिलता है? उसका उत्तर वह यह देता है कि कविता का लाभ पाठक को मिलता है, कवि को नहीं। कैसे? उसी तरह जैसे किसी स्त्री के यौवन का लाभ उसके पति को मिलता है, उसके पिता को नहीं। यह एक दिलचस्प अवलोकन है और सूक्तिकार की अद्‌भुत विनोदवृत्ति की सूचना देता है। हमने यह बहुत देखा है कि कविता या विचारधारा में निहित श्रेष्ठताएँ दूसरों को तो उदात्त बनाती ही हैं, उनके विचारों और भावों का परिष्कार भी करती हैं, लेकिन कवि और विचारक, सूअर की तरह अपने व्यक्तित्व के कचरे में ही लोटता रहता है। पाठक या श्रोता जिन उक्तियों और स्थापनाओं को चातक की तरह पवित्र जल मानकर ग्रहण करता है, उनके निर्माता के लिए वह महज एक खेल होता है, जैसे मारीच सोने का हिरण बन कर जंगल में चौकड़ी भर रहा हो, ताकि एक साधुरूपधारी राक्षस

द्वारा सीता का अपहरण किया जा सके। सीता किसी भोली-भाली पाठिका की तरह थीं, जो एक साधु को भिक्षा देने के लिए लक्ष्मणरेखा तोड़ने से भी नहीं हिचकीं। असीमा भट्ट मुझे ऐसी ही किसी युवा सीता की तरह लगाती हैं, जिन्होंने एक कवि को अपने जीवन की सबसे बड़ी भिक्षा देने के लोभ में अपनी जिंदगी बरबाद कर ली। असीमा के इस बयान से लगता है कि उनके विरह में, आलोक धन्वा को अवसाद ने घेर लिया है। यह अवसाद सच्चा हो सकता है, पर इसे अपने किए का दंड ही मानना चाहिए। अब कहीं असीमा भी अवसाद में न चली जाएँ, इसलिए कविवर का कर्त्तव्य है कि वे तलाक के कागजों पर तुरंत हस्ताक्षर कर दें। यह किसी बड़ी कविता पर हस्ताक्षर करने के बराबर होगा। पटना और दिल्ली के उनके साथियों को इस दिशा में भरपूर प्रयत्न करना चाहिए। आलोक का प्रायश्चित अगर सच्चा होगा, तो हो सकता है तलाक के बाद भी असीमा उनसे जा मिलें—कुछ भी सहने को तैयार मूर्ख समर्पिता की तरह नहीं, बल्कि एक स्वतंत्र, तेजस्वी और आत्मनिर्भर स्त्री के रूप में जो, जानती है कि वह किसी की जीवनसाथी होने के साथ-साथ एक व्यक्ति और अभिनेत्री भी है।

कहो, तुम भी कहो

सामान्यतः तसलीमा नसरीन से असहमत होना मुश्किल है। वे स्त्रियों की ओर से निरंतर दाखिल किया जा रहा एक ऐसा एफआईआर हैं, जिसकी ताकत उसके विलाप में नहीं, उसकी दैनंदिन सच्चाई में है। दूसरी स्त्रियाँ, जो चुपचाप सहती हैं, तसलीमा उसे धड़ल्ले से कहती हैं। तसलीमा ने भी एक समय निःशब्द हो कर ही सहा होगा, खास तौर से वे घटनाएँ, जो पुरुषों की कुत्सित परंपरा में अनुकूल, पर स्त्री जाति की गरिमा के प्रतिकूल हैं। उनके बचपन और शुरू के जवानी के दिन, निकटस्थ व्यक्तियों द्वारा दी गई ऐसी यौन प्रताड़नाओं को झेलते हुए बीते, जिनसें राजमहल में पलनेवाली लड़कियों का भी बच पाना कठिन होता है। तसलीमा की सुंदरता इस बात में भी है कि उन्होंने, किसी हंटरवाली फिल्मी नायिका की तरह, एक-एक से प्रतिशोध लेने का फैसला किया। उनकी आत्मकथा की नई पुस्तक 'क' यानी 'कह' में यह हंटर लेखकों और बुद्धिजीवियों पर सटाक-सटाक पड़ा है और वे, कुछ मन ही मन और कुछ अखबारों के जरिए, बिलबिला रहे हैं। दंड विधान के दर्शन की मामूली-सी जानकारी रखनेवाला व्यक्ति भी कहेगा कि अपराधी जितना विद्वान, चिंतक और प्रसिद्ध हो, उसे उतनी ही कड़ी सजा मिलनी चाहिए। किसी चरवाहे द्वारा की हुई चोरी और राजपुरोहित द्वारा की गई चोरी में, जो सभ्यता फर्क नहीं करती, उसे सभ्य नहीं कहा जा सकता।

कहा गया है, चोर मचाए शोर। सो तसलीमा ने इस बार अपनी कलम से जिनका शिकार किया है, वे चीख-चीख कर कह रहे हैं कि मैं बेकसूर हूँ। मैंने ऐसा किया ही नहीं था। मेरे साथ ज्यादती हो रही है। फिर, ऐसी बातों का सार्वजनिक वर्णन करना क्या शोभा देता है? और, वह भी एक स्त्री के द्वारा! साहित्य में वल्गरिटी के लिए कोई जगह नहीं है (यानी, जीवन में है)। इन क्षुब्ध आत्माओं में से एक, सैयद शमसुल हक ने 10 करोड़ टाका का मानहानि मुकदमा भी दायर कर दिया है। तसलीमा के उद्घाटनों का शायद कोई कानूनी आधार नहीं हो सकता, क्योंकि बंगारू और जू देव का दोष सिद्ध करने के लिए जिस तरह वीडियो चित्र पेश किए गए हैं, वह यहाँ संभव नहीं हैं। हमें तसलीमा नसरीन की स्मृति पर ही भरोसा करना होगा। निःसंदेह ऐसे मामलों में स्त्री की स्मृति ज्यादा साफ और विश्वसनीय होती

है। फिर तसलीमा की ख्याति कड़वा बोलने की है, झूठ, काला या सफेद, बोलने की नहीं। इसलिए उनके खिलाफ चाहे जितने मुकदमे किए जाएँ या लेख लिखे जाएँ, लोग तसलीमा पर यकीन करेंगे—उन पर नहीं, जो पहले फर्श पर तेजाब छिड़कते हैं, फिर उसे रूमाल से साफ करने की कोशिश करते हैं।

तसलीमा के यौन प्रसंगों का दायरा काफी बड़ा है। कुछ प्रसंग अत्यंत सुंदर और प्रिय हैं। कुछ बहुत दुखदायी और कुछ साधारण। तसलीमा ने सभी पर कलम चलाई है और आगे भी चलाएँगी। प्रिय प्रसंगों की निश्चित उपयोगिता है। अभी तक पुरुष ही प्रेम सुख की विभोरताओं का वर्णन करते आए हैं। स्त्रियाँ भी अपने साक्ष्य से इसकी तस्दीक करें तो अच्छा ही है। लेकिन वे अनुभव जो कटु या वीभत्स की श्रेणी में आते हैं? कुछ लोगों का कहना है, यह पीड़ा का रोजगार है। खासतौर पर तब, जब मानव पीड़ा पर लिखा जा सकता है, तब व्यक्ति पीड़ा पर क्यों नहीं? खास तौर पर तब जब व्यक्ति की पीड़ा एक व्यापक पीड़ा का अंग हो। इस पर भी विवाद हो सकता है कि जो घटनाएँ चुने हुए एकांत में हुईं, क्या उन्हें दूसरे पक्ष की सहमति के बिना अगोपन किया जा सकता है। इस नाजुक सवाल के कई और परस्पर विरोधी जवाब हो सकते हैं। एक जवाब यह होगा कि ऐसा करना अशोभन हो सकता है, अनैतिक नहीं। इनमें भी जो मामले यौन शोषण से जुड़े हुई हैं, उनकी खबर लेना और देना न तो अशोभन है और न अनैतिक। अनैतिकता से उत्पन्न पीड़ा को छिपाए रखना पाप है। जब तक यह पाप किया जाता रहेगा, यौन शोषण एक सुरक्षित कर्म बना रहेगा। बहुत-से बलात्कार इसीलिए अदंडित रह जाते हैं, क्योंकि पीड़ित व्यक्ति अकेले में आह तो भरता है, खुले में फरियाद नहीं करता। तसलीमा नसरीन को बधाई कि उन्होंने कुत्सा के आरोप से डर कर अपने अत्याचारियों का नाम-पता गोपन नहीं रहने दिया है। लेकिन 'क' में वर्णित जो प्रसंग पत्र-पत्रिकाओं में पुनर्मुद्रित हुए हैं, उन्हें देख कर अनुमान होता है कि ऐसे कई प्रसंग तसलीमा ने स्वयं भी आमंत्रित किए थे। कभी प्रसिद्ध लेखकों के साथ का लाभ लेने के लिए, कभी अपनी लेखकीय यात्रा को आसान बनाने के लिए। ऐसे मामलों में तसलीमा नसरीन अपनी जिम्मेदारी से बच नहीं सकतीं। ऐसे मामलों में जो शोषण होता है, वह दोतरफा होता है। प्रसिद्ध और शक्तिशाली व्यक्ति अपनी हैसियत का नाजायज लाभ उठाता है, तो नवोदित रचनाकार शरीर दान के द्वारा उस हैसियत से कुछ हासिल करना चाहता है। यह पूरी स्थिति ही अनैतिक है और जहाँ इस तरह की घटना पारस्परिक सहमति से होती है, किसी भी पक्ष को कम जिम्मेदार नहीं कहा जा सकता। कोई सही चीज गलत तरीके से हासिल की गई है, तो इसके लिए शाबाशी की उम्मीद नहीं की जानी चाहिए। चुनौती की बात यह है कि हिंदी की तसलीमा नसरीनें कहाँ हैं? यह तो हो नहीं सकता कि जो बांग्लादेश में धड़ल्ले से होता हो, वह हमारी हिंदी पट्टी से बिल्कुल नदारद हो। जो किस्से लेखक मंडलियों में अनौपचारिक रूप से प्रचारित

और प्रसारित होते रहते हैं, उनसे अनुमान होता है कि हिंदी के बौद्धिक और साहित्यिक जगत में यौन शोषण की मात्रा या बारंबारता कम नहीं है। ऐसे लेखकों, संपादकों और साहित्य तथा शिक्षा संस्थानों के चौधरियों की संख्या बढ़ती ही जाती है, जिनके मुँह से पानी टपकने के लिए इतना ही काफी है कि कोई युवा स्त्री प्रत्यक्ष रूप से या फोन पर मौजूद हो या उसने साहित्य में स्थान पाने की आशा से पत्र लिख दिया हो। ऐसे मामलों में बहुत-से लेखकों और खास तौर से संपादकों का हातिमताई भाव अचानक अँगड़ाई लेते हुए जाग उठता है। बहुत-सी अबोध बालाएँ न चाहते हुए भी इन असंयमी व्यक्तियों के जाल में फँस जाती हैं, तो अनेक के साथ बाकायदा बल प्रयोग होता है। यह साहित्य या शिक्षा प्रतिष्ठान का कुरुचिकर नेपथ्य है। कोई वजह नहीं है कि इन कुत्सित प्रसंगों को सामने न लाया जाए। डरने की जरूरत नहीं है। बदनामी अपना रोजनामचा लिखनेवाली स्त्रियों की नहीं, उन महानुभावों की होगी, जिन्होंने सदाशयी अवसरों को अपने अपवित्र उन्माद से रौंद कर असुंदर बनाने की कोशिश की थी। ऐसे प्रसंग उजागर होंगे तभी भविष्य में उनकी पुनरावृत्ति को रोका जा सकेगा। यहाँ गोपनीयता खतरनाक है। यौन शोषण के छिपा कर रखे गए प्रसंगों से संभावित दुराचारियों का मनोबल बढ़ता है, तो जिन्हें इस दलदल में अभी घसीट लिए जाना है, वे पूर्व-चेतावनी से वंचित रह जाती हैं। अज्ञान सभी का शत्रु है, लेकिन स्त्रियों के लिए तो यह साक्षात काल ही है।

शराबघर में औरत

जाल का एक अलिखित नियम यह है कि इनमें वही फँसता है, जो फँसना चाहता है। अगर कोई गलती से जाल में फँस गया है, तो उसे अपनी स्थिति समझते देर नहीं लगती। इसके बाद वह जाल से निकलने की कोशिश शुरू कर देता है। जिसने यह कोशिश नहीं की, उसके इस रुदन को कभी गंभीरता से मत लीजिए कि क्या बताऊँ–मैं चाहूँ भी तो इस जाल से नहीं निकल सकता। हममें से अनेक ने मानवेतर प्राणियों को जाल से निकलने की कोशिश में अपनी जान तक देते देखा है। मनुष्य से हमेशा शहादत की उम्मीद करना उचित नहीं है, लेकिन यह अपेक्षा करना ज्यादती नहीं है कि वह पशुओं से ज्यादा नहीं, तो कुछ बेहतर जरूर साबित हो।

महाराष्ट्र के शराबघरों में नाचने की नौकरी करनेवाली लड़कियों के बेरोजगार होने से भारत के सार्वजनिक जीवन का तर्कशास्त्र भी प्रभावित हुआ है। स्थिति को समझने के लिए किसी दैनिक पत्र में इस विज्ञापन की कल्पना कीजिए : 'जरूरत है ऐसी लड़कियों की, जो शराबघरों में नाच का काम कर सकें। उनकी उम्र 16 वर्ष से 35 वर्ष होनी चाहिए। शिक्षा से सम्बन्धित कोई शर्त नहीं है, पर हाई स्कूल पास को प्राथमिकता दी जाएगी। नृत्य की विभिन्न शैलियों, विशेषतः फिल्मी गानों और नृत्यों का ज्ञान और अभ्यास अनिवार्य है। आवाज सुरीली और लचीली होनी चाहिए। स्वस्थ और सुंदर देहयष्टि से संपन्न आवेदकों पर विशेष रूप से विचार किया जाएगा।' क्या आप सोचते हैं कि यह विज्ञापन शांतिपूर्वक गुजर जाएगा? मेरा अनुमान यह है कि विज्ञापन देनेवाले की और जहाँ यह विज्ञापन छपेगा, उस अखबार की शामत आ जाएगी। राष्ट्रीय महिला आयोग तथा राष्ट्रीय मानवाधिकार आयोग के पास जाकर स्त्री अस्मिता की रक्षा करने की अपील करनेवाली स्त्रीवादी कार्यकर्ताओं और महिला संगठनों की लाइन लग जाएगी। अखबारों मे टिप्पणियाँ छपेंगी : क्या लड़कियों से फिर मुजरा कराया जाएगा?

लेकिन आज का तर्क कुछ दूसरा है। आधुनिक विचार और संवेदना के धनी सभी माननीय टिप्पणीकारों ने शराबघरों में नाचनेवाली लड़कियों पर प्रतिबंध लगाने के महाराष्ट्र सरकार के निर्णय को जी भर कर कोसा है और इसे एक प्रतिक्रियावादी कदम बताया है। प्रगति की रफ्तार कुछ इतनी तेज है कि कभी-कभी उसमें और

प्रतिक्रियावाद में फर्क कर पाना मुश्किल हो जाता है। औरतों की दुर्दशा पर मार्मिक गीत लिखनेवाले अलबेले कवि साहिर ने अपने एक फिल्मी गीत 'नारी जीवन झूले की तरह' में एक पंक्ति लिखी थी : 'नंगी नचवाई जाती है, ऐयाशों के दरबारों में।' यह ऐयाशी मध्य काल में व्यापक नहीं थी, पर जिनके पास थोड़ा धन था और जो अपने को शौकीन या रसिक मानते थे, उन्हें तत्कालीन सामाजिक व्यवस्था द्वारा मुजरे का आनन्द देने की व्यवस्था जरूर की गई थी। महर्षि वात्स्यायन ने अपनी विश्व प्रसिद्ध पुस्तक में गणिकाओं के व्यवसाय पर विस्तार से लिखा है। पुरुष चित्त की चंचलता की इन मध्ययुगीन अभिव्यक्तियों पर पलनेवाले स्त्री विशषज्ञों की एक पूरी फौज तैयार हो गई है—खासकर हमारी हिंदी में, जो आज के सामान्य और शिष्ट गृहस्थों में भी अपने पुरुष होने को लेकर ग्लानि भाव पैदा करने का सुनियोजित उद्यम कर रहे हैं।

इसकी शुरुआत हिंदी साहित्य में एकायामी नैतिकता के कठोर समर्थक आचार्य रामचंद्र शुक्ल द्वारा रीति काल को, वह जितना बाद रहा होगा, उससे ज्यादा बदनाम करने से हुई थी। लेकिन आज शराबघरों में नाचने-गाने का धंधा करने को एक आधुनिक और प्रगतिशील व्यवसाय बताया जा रहा है। इस काम पर जो रोक लगाता है, वह स्त्री विरोधी है, मनुष्य की स्वतंत्रता का शत्रु है और जल्द ही महाशक्ति बनने जा रहे भारत को पीछे ले जाना चाहता है। यह शराबघर में बैठ कर शराब की चुस्कियाँ लेनेवालों या पी-पी कर बेहोश होने की इच्छा रखनेवालों का मानव अधिकार है कि उन्हें रिझाने के लिए लड़कियों की टोली लगातार नाचती-गाती रहे। यह डबल सौदे का समय है : कीमती शराब के एक पेग के साथ एक मस्त नाच मुफ्त।

इसका मतलब यह नहीं है कि महाराष्ट्र सरकार में मंत्री स्तर पर अचानक फरिश्तों की भरती शुरू हो गई है। या मुख्यमंत्री ने 'कल्याण' के पुराने अंक मँगा कर पढ़ना शुरू कर दिया है। मुंबई उतनी ही लपेट और स्त्रियों की खिचड़ी बनाने वाली नगरी है जितनी कोई भी फिल्म नगरी होती है। इसलिए राज्य के मुख्यमंत्री विलासराव देशमुख के पक्ष में बोलने के लिए कुछ भी खोज निकालना असंभव है। उनके इस फैसले के पीछे जरूर कोई वाहियात बात होगी। हो यह भी सकता है कि जैसे सार्वजनिक स्थानों पर धूम्रपान पर पाबंदी लगाने की होड़ मची हुई है, वैसे ही उन्हें अपने किसी गैर-अनैतिक क्षण में लगा हो कि मुंबई के सार्वजनिक स्थानों पर अश्लीलता कुछ ज्यादा ही बढ़ रही है। लेकिन इसे रोकने के लिए यह सर्वहारा-विद्वेषी और निहायत फुटकर कदम उठाना उनके अज्ञानों और सीमित सरोकारों की ही चुगली करता है। मुख्यमंत्री एक कंकड़ फेंक कर यह प्रचारित करना चाहते हैं कि वे पीठ पर हिमालय उठाए हुए हैं।

उनका यह कद क्षेत्रीयतावादी भी जरूर होगा, बल्कि ऐसा होने से ही उन्हें अचानक और रोजगार विकल्पों की चिंता किए बगैर यह तुगलकी फैसला करना

आसान जान पड़ा होगा। लेकिन उनकी निंदा करने के लिए यह कैसे आवश्यक है कि शराबियों की महफिल में नाचने-गाने का धंध करने के बारे में मुलायगियत से सोचा जाए? जब देशमुख की तथाकथित नैतिक चिंताएँ सोई हुई थीं, क्या उन्हीं दिनों हमारे मानव अधिकारवादियों और स्त्री शुभैषियों की बढ़ती हुई बिरादरी की नजर स्त्री शरीर के इस व्यावसायिक शोषण की ओर नहीं जानी चाहिए थी? वे जैसे वेश्या व्यवस्था पर लगातार अध्ययन, चिंता और एनजीओगीरी करते रहते हैं, वैसे ही उन्हें मुंबई की बार गर्ल्स, जिनकी संख्या पचहत्तर हजार बताई जाती है, का दुःस्थितियों की चुनौती का सामना करने के लिए मुट्ठीबंद नहीं होना चाहिए था? बुद्धिजीवी वह है, जो आनेवाली समस्याओं को आज देख सकता है। भारतीय बुद्धिजीवी उसे कहते हैं जो बरसात शुरू हो जाने के बाद इस पर चीख सकता है कि छतरियों की सारी दुकानें कहाँ चली गईं?

किसी भी गरीब देश में शायद रोजगार का सवाल सबके सिर पर चढ़ कर बोलता है। किसी भी बुराई को रोकने के बारे में विचार करते समय पहला सवाल यह उठता है कि इससे कितने लोग बेरोजगार हो जाएँगे। कई बार इसी वजह से नई टेक्नोलॉजी को, जो सुंदर भी हो और उपयोगी भी, नैतिक शक की नजर से देखा जाता है। उदाहरण के लिए, कोई छद्म गांधीवादी यह तर्क देता हुआ मिल सकता है कि अगर आज रेलगाड़ियों को बंद कर दिया जाए, तो कई करोड़ बस, टैक्सी और ट्रकवालों को रोजगार मिल सकता है। हो सकता है, इसी से भारत की बेरोजगारी की समस्या का समाधान निकल आए। जैसे एक जमाने में हाथ की खादी से यह भोली आशा की जाती थी। जहाँ रोजगार का सवाल इतना तीखा हो, पुनर्वास के बारे में सोचना तो और भी भयावह है। जो सरकार रोजगार का इंतजाम करना अपनी जिम्मेदारी नहीं मानती, वह पुनर्वास के विचार के साथ कितना न्याय कर सकती है? आर्थिक उदारीकरण के विचारहीन दौर में आने के बाद सरकारी नीतियों के कारण जितने रोजगार केंद्र ठप हुए, उनके कितने कर्मचारियों के लिए वैकल्पिक रोजगार का इंतजाम हो सका है? संसद जब ठप नहीं की गई थी, तब भी यह सवाल वहाँ उठानेवाले बिरले ही थे।

ऐसी कठिन स्थिति में हमारा हृदय अपने को स्वाभाविक रूप से उनके साथ पाता है जो नाचने-गाने की नौकरी करनेवाली लड़कियों के पुनर्वास की माँग कर रहे हैं। यह प्रत्येक सरकार का कर्तव्य है कि वह अपने निर्णय से जिसे बेरोजगार कर रही है, उसके पुनर्वास का इंतजाम करे। लेकिन विलासराव की सरकार अपने कर्तव्य की रत्ती भर परवाह नहीं करेगी। इसलिए नहीं कि वह पुनर्वास कर नहीं सकती, बल्कि इसलिए कि उसकी इच्छा नहीं है। ऐसी इच्छा किसी अन्य सरकार की भी नहीं है।

ये बार गर्ल्स अपनी व्यथा जिन सोनिया गाँधी के सामने रखने गई थीं, उनकी

इच्छाओं की सूची में भी रोजगार या पुनर्वास के लिए कोई जगह नहीं है—उनके अपने शहर दिल्ली में ही लगभग रोज कोई न कोई परिवार आर्थिक दुर्दशा से परेशान होकर आत्महत्या कर रहा है और इससे उनकी व्यस्तताओं में कोई नया आयाम नहीं जुड़ता। तो क्या चुप लगा कर बैठ रहा जाए? नहीं, यह कायरता ही नहीं, क्रूरता भी होगी। उद्यम तो करना ही होगा। फुटकर सवालों के रू-ब-रू फुटकर उद्यम की निरर्थकता साल में कई-कई बार देखने को मिल जाती है। अतः क्या हमें राष्ट्रीय रोजगार और पुनर्वास नीति की तैयारी नहीं करनी चाहिए? लेकिन यह शायद हमारी एनजीओ संस्कृति का विषय नहीं है। उन्हें फूटी गगरियों पर रोने की आदत जो ठहरी।

शराब एक मजेदार पेय है। नाचना और गाना सुंदर कलाएँ हैं। लेकिन गैर-कलात्मक बार चलानेवाले धंधेबाज दोनों को मिला कर एक वीभत्स स्थिति पैदा कर सकते हैं। हमारे देश में इस प्रकार की बीभत्स स्थितियों की संख्या और विविधता और बढ़ेगी। अतः हमें रोजगार और पुनर्वास से आगे के बारे में भी सोचने की आदत डालने पर भी विचार करना चाहिए। फिलीपींस, कोलंबो और गोवा के उदाहरण सामने हैं।

प्रेम के गणतंत्र में

वेलेंटाइन डे को भारत में प्रेम दिवस कहा जाए तो कैसा रहे? संत वेलेंटाइन यूरोप के थे। यूरोपीय इतिहास के एक विषेश समय में उन्होंने स्त्री-पुरुष प्रेम की महत्ता और इससे भी ज्यादा उसकी अनिवार्यता को पुनःप्रतिष्ठित करने का महान काम किया था। संत स्वयं ब्रह्मचारी रहे होंगे। लेकिन उनके इस चिर-स्मरणीय कार्य से यह बात फिर-फिर ख्याल में आती है कि संत वही होता है जो जरूरत पड़ने पर समाज की आवश्यकताओं को अपने धार्मिक या अन्य विश्वासों से ऊपर मानने का साहस दिखा सके। खास तौर से तब, जब सत्ता समाज पर सवारी गाँठने का अहंकार दिखा रही हो।

भारत में ऐसी परिस्थिति कभी पैदा नहीं हुई। लेकिन प्रेम का उत्सव मनाना एक सार्वत्रिक जरूरत और विशेषता है। जहाँ भी स्त्री-पुरुष हैं, वहीं प्रेम है और प्रेम है, तो जीवन के अन्य पहलुओं की तरह उसका भी उत्सव होगा ही। अन्य समाजों की तरह भारत भी जब मानसिक रूप से स्वस्थ देश था, तब यहाँ प्रेम का उत्सव मनाया जाता था, जिसे वसंतोत्सव कहा जाता है। वसंत में जैसे प्रकृति अँगड़ाई ले कर नया जीवन धारण करती है। वैसे ही प्रेम भी सभ्यता के सभी आवरणों को चीर कर अपने को अभिव्यक्त करता है, अतः यह अस्वाभाविक नहीं है कि स्वतंत्र भारत अपनी पुरानी विरासत की बहुत-सी अच्छी चीजों का पुनराविष्कार कर रहा है। अफसोस की बात यह है कि पुनराविष्कार का माध्यम पश्चिमी सभ्यता बन रही है।

क्या यह हमारी नई गुलामी है? जब भारत भौतिक रूप से गुलाम था, वह अपनी संस्कृति से इस तरह चिपका हुआ था, जैसे खतरे को सूँघ कर बच्चा माँ से और दृढ़ता से चिपट जाता है। शासकों की संस्कृति उसे साँप के मनमोहक केंचुल की तरह लगती थी। जब भारत स्वतंत्र हुआ, तो यही संस्कृति उसे लुभाने लगी। तो क्या हमारी यह स्वतंत्रता सिर्फ गुलाम होने की स्वतंत्रता है? जो गुलामी खुद आगे बढ़ कर अपना ली जाए, वह स्वतंत्रता की ही तरह आकर्षक लगती है। लेकिन यह मामला इतना सीधा और आसान नहीं है कि किसी दो टूक जवाब से निपटा दिया जाए। यह उम्मीद करने की कोई वजह नहीं कि हमारे गौतम बुद्ध और गांधी की उपासना तो सारी दुनिया करे और हम दूसरे देशों में पैदा होनेवाले संतों को साधु के वेश में शैतान मानते रहे?

अगर विश्व मानवता नाम की कोई चीज होती है, अगर संस्कृति में कोई ऐसा तत्त्व होता है, जिसकी बदौलत वह सभी की थाती हो जाती है, तो कोई कारण नहीं है कि संत वेलेंटाइन भी हमारे संत न हो जाएँ। फिर भी, अगर वेलेंटाइन डे को प्रेम दिवस या प्रेमी दिवस कहने का आग्रह है, तो इसका उद्देश्य इस बात पर जोर देना है कि हमारी अपनी भाषा में व्यक्त हो कर ही यह प्रतीक हमारी सामाजिकता को ज्यादा व्यापक रूप से प्रभावित कर सकता है—उसका अंतरंग तत्त्व हो सकता हैं, उसका अपना हो सकता है। वेलेंटाइन और व्यापक भारतीय समाज के बीच एक अंतराल-सा बना रहता है। इस अंतराल को भारतीय शब्दावली से ही पाटा जा सकता है। अभिव्यक्ति तो अपनी भाषा में ही सरल, सहज और स्वाभाविक होती है।

वेलेंटाइन डे, दरअसल, प्रेम का मामला उतना नहीं है, जितना प्रेम की अभिव्यक्ति का है। वेलेंटाइन के समय में, जब राजा ने विवाहों पर रोक लगा दी थी, ताकि युद्ध की आग में झोंकने के लिए उसे अपेक्षित संख्या में सैनिक मिल सकें, क्या प्रेम की भावना का उठान रुक गया होगा? क्या युवतियों को देख कर युवकों में और युवकों को देख कर युवतियों में संवेदना पैदा होना बंद हो गया होगा? कोई राजा क्या, महाराजा क्या, दुनिया के सभी राजा-महाराजा भी मिल कर ऐसा नहीं कर सकते। बगीचे में कितने ही कुल्हाड़ी-धारी घूम रहे हों, पेड़ों में नए पत्ते और पौधों में नए फूल उगते ही रहते हैं। राजा के आतंक से इतना ही हुआ होगा कि प्रेम अपने को उचित तरीके से व्यक्त नहीं कर पाता होगा।

दमन का शिकार होने पर न केवल भावनाएँ स्वयं विकृत होती हैं, बल्कि उनकी अभिव्यक्ति भी विकृत हो जाती है। वेलेंटाइन के समय में विवाह करने पर रोक लगा दी गई थी। विवाह भी प्रेम की एक अभिव्यक्ति है। वेलेंटाइन सच्चे संत रहे होंगे। संच्चा आदमी भीतर और बाहर की एकाग्रता में यकीन करता है। हृदय में प्रेम है, तो उसे प्रकट होना चाहिए। नहीं तो वह हृदय को छलनी कर देगा। रुग्ण कर डालेगा। रुके हुए जल-प्रवाह की तरह अवरुद्ध भावनाएँ भी बहुत खतरनाक हो जाती हैं। हम सभी को संत का आभारी होना चाहिए कि उन्होंने प्रेमियों में यह साहस भरा कि वे अपने प्रेम का इजहार कर सकें, जिससे प्रेम करते हैं, उसका हाथ पकड़ कर, उसके गले में माला डाल कर कह सकें कि चला, आज से हम साथ-साथ जिंदगी बिताएँ!

बहुत-से लेखकों, विचारकों और उपदेशकों ने प्रेम की महिमा का बयान करते हुए कहा है कि सच्चा प्रेम मौन में व्यक्त होता है, कि वह एक अनवरत प्रार्थना है कि चरम आत्मोत्सर्ग ही उसकी पहचान है आदि-इत्यादि। यह सब सच है। लेकिन कोई इसका अर्थ यह निकालता है कि प्रेम हृदय में रखी हुई ऐसी मणि है, जो बाहर आते ही धूमिल हो जाती है, उस पर मिट्टी की परत चढ़ जाती है, तो वह प्रेमीजनों के साथ अन्याय करता है।

परंतत्रता आदमी को संकुचित करती है, स्वतंत्रता उसका विस्तार। खिलने की

प्रक्रिया में फूल बड़ा होता जाता है। इसलिए प्रेमी से यह कहना कि वह अपने प्रेम को हृदय में दबा कर रखे, उसे प्रकट न होने दे, उसके साथ अन्याय करना है। सच तो यह है कि प्रकट हो कर ही प्रेम अपने को चरितार्थ करता है। कहा यह भी जा सकता है कि तभी उसका चरित्र भी स्पष्ट होता है। अभिव्यक्त प्रेम देवता की तरह लग सकता है। अभिव्यक्त होने पर उसका मूल राक्षसी स्वरूप सामने आ-जा सकता है। यह अभिव्यक्त की विशेषता है, बल्कि उसका प्रकार्य है कि वह प्रेम को उसके पूरेपन में प्रकट करे।

प्रेमचंद के 'गोदान' में प्रो. मेहता वैसे तो डॉ. मालती पर जान छिड़कता रहता है, प्रतिपल उसके लिए आह भरता रहता है, लेकिन जब उसे अपने इस प्रेम को प्रकट करने का मौका दिया जाता है, तब उसके मुँह से हम क्या सुनते हैं? मेहता पहले तो एक पहेली गढ़ता है : '...मैं आज तुम्हें अपना वह रूप दिखाऊँगा, जो शायद अभी तक तुमने नहीं देखा और जिसे मैंने भी छिपाया है। अच्छा, मान लो, मैं तुमसे विवाह करके कल तुमसे बेवफाई करूँ, तो तुम मुझे क्या सजा दोगी?' मालती के लिए यह स्थिति अकल्पनीय है, इसलिए उसके पास इसका कोई रेडीमेड समाधान नहीं है। पर मेहता पूरा घाघ है। वह सब कुछ जाने और सोचे बैठा है। वह बताता है कि तुम अगर कल मुझसे बेवफाई करो, तो मैं पहले तुम्हारा प्राणांत कर दूँगा, फिर अपना।' मालती पहले ठठा कर हँसने लगती है, फिर सिर से पाँव तक सिहर उठती है।

मेहता विस्तार से प्रेम के अपने दर्शन पर प्रकाश डालता है—'नहीं मालती, इस विषय में मैं पूरा पशु हूँ और उस पर लज्जित होने का कोई कारण नहीं देखता। आध्यात्मिक प्रेम और त्यागमय प्रेम और निःस्वार्थ प्रेम, जिसमें आदमी अपने को मिटा कर, केवल प्रेमिका के लिए जीता है, उसके आनंद से आनंदित होता है और उसके चरणों पर अपनी आत्मा समर्पण कर देता है, मेरे लिए निरर्थक शब्द हैं। मैंने पुस्तकों में ऐसी प्रेम-कथाएँ पढ़ी हैं, जहाँ प्रेमी ने प्रेमिका के नए प्रेमियों के लिए अपनी जान दे दी हैं; मगर उस भावना को मैं श्रद्धा कह सकता हूँ, सेवा कह सकता हूँ, प्रेम कभी नहीं। प्रेम सीधी-सादी गऊ नहीं, खूँखार शेर है, जो अपने शिकार पर किसी की आँख भी नहीं पड़ने देता।' क्या दुनिया के ज्यादातर प्रेमी ऐसा ही नहीं सोचते, या ऐसा ही नहीं करते? अन्यथा दो प्रेमियों के बीच इतनी हिंसा क्यों होती? इसी से, ऐसा लगता है कि जरूरी नहीं कि संत वेलेंटाइन ने जिन प्रेमी-युगलों का विवाह कराया होगा, उनका वैवाहिक जीवन सुखी ही होगा। हो सकता है, उनमें से कई अक्सर यह अफसोस करते होंगे कि यह विवाह नहीं होता, तो शायद बेहतर था।

इसलिए दैनिक पत्रों में, एफएम रेडियो पर प्रेम की जो मधुर और मार्मिक अभिव्यक्तियाँ दिखाई देती हैं, उनके चक्कर में नहीं आना चाहिए। अव्वल तो प्रेम की इन अभिव्यक्तियों पर पूँजीवाद की छाया है, जो विज्ञापन के बल पर चलता है।

पूँजीवादी प्रेस ने प्रेम अभिव्यक्तियों को विज्ञापन की शक्ल दे दी है। प्रेम अपने को बहुत सकुचाते हुए व्यक्त करता है। उसकी वाणी में थरथराहट होती है। वह नहीं जानता कि जो वह घोषणा कर रहा है, वह अपने को उसके अनुरूप साबित कर भी पाएगा या नहीं।

यही कारण है कि बहुत-सा प्रेम, बिना अभिव्यक्त हुए ही, भीतर ही भीतर घुटता रह जाता है और आदमी यानी पुरुष या स्त्री के व्यक्तित्व को लहू-लुहान कर देता है। इस प्रकार से पता नहीं कितनी शांत मौतें होती रहती हैं। लेकिन यह प्रेम का परंपरागत या क्लासिकल पक्ष है। आज का समय चीखने का है, जोर से बोल कर अपने को इजहार करना है, प्रेम को झंडे की तरह फहराते हुए प्रयाण-गीत गाने का है। कहना मुश्किल है कि इस विज्ञापनी सभ्यता ने हमें ऐसा बना दिया है कि हमारे ऐसा होने में सिर्फ तकनीकी मदद की है।

लेकिन बहुत-से मामलों में यह सिर्फ कहावत भर नहीं है कि जो होता है, अच्छा ही होता है। अगर हम अपने प्रेम को जोर-जोर से, तरह-तरह से अभिव्यक्त और प्रकट करना सीख रहे हैं, उसकी घोषणा किए बिना हमें करार नहीं आता, हम उसे छिपाना नहीं, छपवाना चाहते हैं, तो इसी अनुपात में हमारी जिम्मेदारी भी बढ़ जाती है। हम यह सीखते हुए चलते हैं कि प्रेम का अर्थ एकाधिकार नहीं है, यह एक लोकतांत्रिक कार्य-व्यापार है।

दो प्रेमियों के बीच आज जितना विस्तृत 'स्पेस' होता है, उतना पहले कभी नहीं था। आज प्रेम करना प्रेमियों का एकमात्र काम या धंधा नहीं है। दोनों का अपना-अपना जीवन है, अपनी-अपनी जीविका है, अपने-अपने शौक हैं, अपनी-अपनी व्यस्तताएँ हैं और प्रेम की अपनी जगह इन सबके बीच ही है—इनसे अलग नहीं। यह प्रेम का नया जनतंत्र है, जो जीवन को अपनी ऊर्जा से वेगवान बनाता है, अपनी मोहक उपस्थिति से उसे ठप नहीं कर देता।

यह प्रेम की एक नई अभिव्यक्ति है, जिसे आधुनिक समय ने संभव किया है। यह जनतांत्रिक अभिव्यक्ति जीवन के अन्य सभी पहलुओं को भी जनतांत्रिक बनाए, कामकाज को, व्यवस्था को, प्रशासन को, धर्म, शिक्षा, कला, साहित्य, सभी की जनतांत्रिकता में विस्तार करे, तभी स्वयं भी टिक सकेगी। नहीं तो चार दिनों की चाँदनी बन कर रह जाएगी। घर में एक संस्कृति और बाहर दूसरी संस्कृति—यह अंतर्विरोध बहुत समय तक नहीं टिक सकता। जो घर में है, वह बाहर भी नहीं हुआ, तो जो बाहर है, वह घर को भी बरबाद कर देगा।

मिलने की जगह

प्यार करना आसान है। शायद दुनिया में सबसे आसान काम यही है। लेकिन प्यार करने की जगह खोजना सबसे मुश्किल काम है। यहाँ तक कि विवाहित जोड़ा भी घर के बाहर एक-दूसरे के प्रति प्रेम प्रदर्शन करने के लिए आजाद नहीं है। भारतीय समाज बुरा मानता है और इसकी अनुमति नहीं देता। इस संकट से हाल ही में मेरा पाला पड़ा।

वे दोनों मदमस्त नौजवान थे–एक लड़का और एक लड़की। दोनों का साथ-साथ चलते देख कर यही खयाल आ सकता है कि वे प्रेमी हैं। प्रेमी हैं भी वे और इस बात को छिपाने की कोशिश भी नहीं करते। दरअसल, यही उनकी समस्या थी और इसी के समाधान के बारे में बातचीत करने के लिए वे मेरे पास आए थे। समय तय करने के लिए लड़के ने फोन पर जो बात कही थी, वह उनकी बेतकल्लुफी का इजहार करती थी–'सर, आजकल आप सब तरह की समस्याओं पर लिख रहे हैं। मेरी भी–बल्कि हमारी–एक गंभीर समस्या है। आप उसका कोई समाधान सुझा सकते हैं?' मेरे लिए इससे ज्यादा खुशी की बात क्या हो सकती थी।

दोनों साथ-साथ आए। उनकी समस्या यह थी कि वे एक-दूसरे से बहुत प्रेम करते हैं, लेकिन उनके पास मिलने की कोई ऐसी जगह नहीं है, जहाँ वे खुल कर प्रेम कर सकें–'सर, हमने कई तरीके अपनाए। कभी सिनेमा गए, कभी नाटक देखा। लेकिन बिना किसी को 'डिस्टर्ब' किए स्नेह का तनिक-सा इजहार करते ही, आसपास के लोग फिल्म या नाटक छोड़कर हमें ही देखने लग जाते थे। पब्लिक पार्कों या मजारों में एकांत जरूर मिलता है, लेकिन डर यह रहता है कि किसी भी तरफ से पुलिस आ सकती है। एक बार हमें थाने भी जाना पड़ा। वहाँ अगर हमने डट कर अपना पक्ष नहीं रखा होता, तो वे हमें हिरासत में बन्द कर देते। थानेदार ने पूछा कि यह लड़की तुम्हारे कंधे पर सिर रख कर क्या कर रही थी। मैंने जवाब दिया कि आईपीसी की किस धारा के तहत आप यह सवाल कर रहे हैं। यह सवाल-जवाब घंटे भर चलता रहा। आखिर में उन्होंने गुर्राते हुए हमें छोड़ दिया। शायद वे पैसे चाहते थे। हमने कोई अपराध तो किया नहीं था कि उसका जुर्माना भरते।'

तो यह समस्या प्रेम की है। प्रेम है, तो वह प्रगट भी चाहेगा। लेकिन हमारा इतना बड़ा समाज इस छोटी-सी समस्या को नहीं समझना चाहता। लेकिन ऐसा कब हुआ है कि जो समाज चाहे, वही व्यक्ति को अपने हित में भी लगे? जिस दिन ऐसा होगा, समाज का विकास ही रुक जाएगा। सिर्फ आदिवासी समाज ही ऐसे हैं, जहाँ समाज और व्यक्ति के बीच पूरा तारतम्य है।

प्रेमियों को मैंने प्रेम से बैठाया। बातचीत से मालूम हुआ, वे प्रेम को बहुत गंभीरता से लेते हैं – मूलभूत मानव अधिकार की तरह। इसे लेकर उनके मन में कोई गाँठ नहीं हैं। हो भी क्यों? साहिर की फिल्मी पंक्तियां हैं– 'प्यार कर लिया तो क्या, प्यार है खता नहीं। अपनी-अपनी उम्र में किसने ये किया नहीं!' फिल्म में तो प्यार करने वालों को एक-दूसरे से मिलने में कोई कठिनाई नहीं होती, पर वास्तविक जीवन में यह एक कठिन समस्या है। जब मैं कोलकाता में रहता था और जब से दिल्ली में हूँ, मैंने बेशुमार जोड़ों को इस समस्या से परेशान देखा है। वे जहाँ भी, जो भी करते हैं, इस तरह करते हैं, जैसे व्यवस्था नामक अदृश्य दानव के साथ चोर-सिपाही का खेल खेल रहे हों। हो सकता है, इसमें कुछ ज्यादा मजा आता हो, पर वह स्वाभाविक मजा नहीं आ सकता, जो निर्भय प्रेम-क्रीड़ा में आता है।

हम तीनों इस जटिल समस्या पर काफी देर तक संवाद करते रहे। कोई निष्कर्ष नहीं निकला। शहर में एकांत मिल सकता है, पर वह काफी खर्चीला होता है। जैसे होटल में कमरा बुक करना। सवाल यह है कि प्रेम को अनावश्यक रूप से खर्चीला क्यों बनाया जाए। नहीं, वे दोनों शयनकक्षीय अंतरंगताओं की बात नहीं कर रहे थे। उनका कहना था कि मान लीजिए, हम एक-दूसरे से चुहल करना चाहते हैं, एक-दूसरे का हाथ पकड़ना चाहते हैं, अपने साथी के कंधे पर अपना सिर टिकाना चाहते हैं या विदा होते समय गले मिलना चाहते हैं, तो इसे आपत्तिजनक क्यों माना जाए? फिल्मों में चुंबन की छूट दे दी गई है। पर जीवन में इसे अच्छी निगाहों से नहीं देखा जाता। यह क्या बात हुई? फिल्म बड़ी चीज है या जिंदगी? हमारी लोकतांत्रिक माँग यह है कि या तो हमें सरे-बाजार अपने प्रेम की शालीन अभिव्यक्ति करने दिया जाए या इसके लिए शहरों में कुछ जगहें मुकर्रर कर दी जाएँ।

वे चले गए, पर मेरे लिए एक उलझन छोड़ गए। कभी माना जाता होगा बुरा, पर आज के भारत में प्रेम को एक वैध गतिविधि माना जाता है। प्रेम विवाह भी धड़ल्ले से हो रहे हैं और दहेज तथा 'कोई अच्छा-सा लड़का' खोजने की समस्या से ग्रस्त कन्या पक्ष के माता-पिता भी सहज भाव से स्वीकार कर लेते हैं। अब कोई यह दलील तो दे नहीं सकता कि विवाह के पहले प्रेमी-जन को एक-दूसरे को सिर्फ दूर से देखना चाहिए और एक-दूसरे से मात्र खत-किताबत करना चाहिए। प्रेम एक ठोस गतिविधि है, जिसकी सीमारेखाएँ दूसरे नहीं खींच सकते। ऐसी स्थिति में प्रेमियों के लिए स्थान मुहैया कराना समाज का ही कर्तव्य है। प्रेमियों को चोरी-चोरी

प्रेम करने के लिए क्यों विवश किया जाए? जिस समाज में प्रेम करने की आजादी न हो, वहाँ पुरुष-स्त्री सम्बन्ध सहज और गरिमामय हो ही नहीं सकता।

इस लिहाज से आधुनिक शहर कतई आधुनिक नहीं हैं। गाँवों में या वनों में बनाई गई बस्तियाँ ज्यादा उदार हैं। जिन्हें आदिवासी कहा जाता है, वे सभी आदिम रागों का आदर करते हैं। गाँवों में प्रतिबंध का माहौल है, पर सुनते हैं, वहाँ एकांत की काफी सुविधा है। शायद मुंबई और गोवा काफी तमीजदार हैं। लेकिन दूसरे शहर क्रूर हैं। इनमें वेश्यालय हैं, पर प्रेम स्थल नहीं। आज जब जीवन के तमाम पहलुओं के प्रति संवेदनशीलता दिखाई जा रही है, नगर नियोजन करनेवालों को विचार करना चाहिए कि किसी भी शहर में क्या सिर्फ घर, दुकान, मॉल, सिनेमाघर, रंगशाला, पुस्तकालय, पार्क आदि होने चाहिए या ऐसी जगहें भी, जहाँ प्रेमी युगल बिना किसी ग्लानि या संकोच के साथ-साथ बैठ सकें और इस साथ को सभ्यता की अंतिम सीमा तक जी सकें।

दहेज का दुःस्वप्न

उनके भोलेपन को क्या कहिए, जो यह समझते हैं कि दहेज वैसे ही एक सामाजिक कुरीति है, जैसे घूँघट। घूंघट और परदा प्रथा के खिलाफ उससे कम ही कहा और लिखा गया होगा, जितना आज दहेज के खिलाफ कहा-सुना जा रहा है। फिर भी दहेज का मामला है कि सुरसा के मुँह की तरह बढ़ता जा रहा है। विडंबना तो यह है कि दहेज की समस्या वहीं ज्यादा जटिल है, जहाँ घूँघट सिमट गया है। इसका कारण शायद यह है कि घूँघट जिस संस्कृति की देन था, उसमें बहू परिवार की इज्जत समझी जाती थी। इसके विपरीत, जिन परिवारों में दहेज की प्रचंड भूख है, वहाँ बहू को सोने की खान समझा जाता है। आजकल के पैमाने से उसे मूर्ख ही माना जायेगा, जो अपने बेटे की शादी एक ऐसे परिवार में करने को राजी हो जाये, जहाँ से अशर्फियों की बोरी न मिल सकती हो! आखिर सवाल अच्छी लड़की के चयन का तो है नहीं, क्योंकि लड़के ही हम कौन-से बहुत अच्छे बना रहे हैं। सो, लड़की कैसी भी हो, चलेगी—क्योंकि वह जैसी भी हो, उसकी भूमिका तो एक ही होनी है, असल बात यह है कि वह अपने साथ माल कितना लाती है। इसके अलावा, उसकी पारिवारिक पृष्ठभूमि के तटस्थ मूल्यांकन का इससे बेहतर पैमाना क्या हो सकता है कि वहाँ पैसा कितना बनाया गया है।

लेकिन इसका मतलब यह नहीं है कि दहेज-हत्याओं के मूल में सिर्फ पैसे का लालच है। कोई भी बहू अपने साथ इतना पैसा नहीं ला सकती कि सिर्फ उसी के बल पर उसके ससुराल वाले गुलछर्रे उड़ा सकें। जाहिर है, जो औरत अपने साथ ढ़ेर सारा पैसा लायेगी, वह खुद भी थोड़ी-बहुत ऐय्याशी खोजेगी। पर कम दहेज लाने के लिए जिन बहुओं को सताया जाता है, वे वास्तव में उतना कम दहेज नहीं ले आयी होती हैं कि उनके मायके को बिल्कुल कंगाल माना जा सके, पर इसके बावजूद उन्हें घरेलू नौकरानी से भी बुरी हालत में रखा जाता है। वस्तुतः दहेज की समस्या उन बहुओं की समस्या है, जो नहीं जानतीं कि एक आज्ञाकारी पत्नी बनने के अलावा जिंदगी में उन्हें और क्या करना है। दूसरी ओर, दहेज की माँग भी उन्हीं परिवारों से होती है, जिनके लिए विवाह का मतलब बेटे के लिए एक अदद औरत और परिवार के लिए एक प्रदर्शन-योग्य बहू इंतजाम करना है। अपनी अंतिम परिणति

में दहेज की माँग सिर्फ़ पैसे की माँग नहीं है, बल्कि जाति, शिक्षा, रोजगार पाने में सफलता या व्यावसायिक उपलब्धि इत्यादि अनेक संयोगों को मिला-जुला नतीजा है, जिससे हमारा पिंड नहीं छूट रहा है, तो इसीलिए कि हम दहेज को तो खत्म करना चाहते हैं, पर उन परिस्थितियों को नहीं, जिनमें हम सब एक-दूसरे को चूस कर रख देना चाहते हैं।

सबसे पहले हम जाति प्रथा को ही लें। जाति व्यवस्था की गैर-मौजूदगी में दहेज की कल्पना कर पाना भी मुश्किल होगा। ऐसा नहीं है कि जिन औद्योगिक समाजों में पारस्परिक सम्बन्ध अपेक्षाकृत मुक्त और सहज हैं, वहाँ अमीरजादियों से शादी करने का लोभ नहीं होता, पर हमारे यहाँ जाति के कारण जो घेरे बनते हैं, वे विवाह के बाजार को एक निहायत ही अपूर्ण प्रतिस्पर्धा वाले बाजार के रूप में कायम रखते हैं। चूँकि शादी जाति के भीतर ही होनी है, इसलिए चुनाव का दायरा बहुत सीमित होता है, जिसका लड़का वाले अनुचित लाभ उठाते हैं। जाति व्यवस्था के कारण हमारा एक समाज असंख्य समाजों में विभक्त हो गया है और प्रत्येक उप-समाज के अपेक्षाकृत सफल सदस्य अपनी इस विशेष स्थिति की पूरी कीमत वसूल करना चाहते हैं। यह कीमत उनकी जाति की है और उसके अंदर ऊँचा उठने की भी है। जो इसे अदा कर सकता है, वह अपनी इज्जत बचा सकता है, जो नहीं दे सकता, उसे चाहिए कि वह अपने जातीय घेरे के विफल सदस्यों में से वर ढूँढ़े। लेकिन इसके लिये कौन-सा बाप तैयार होगा? सो, दहेज के बाजार का ग्राफ कभी नीचे उतरता ही नहीं—ऊपर ही ऊपर बढ़ता जाता है।

दहेज की समस्या हमारे देश में विकास के अवसरों के अपेक्षाकृत मंथर गति से बढ़ने की भी एक अनिवार्य परिणति है। आधुनिक उपभोग की भूख हमारे देश में जितनी तीव्र हुई है, उसे मिटाने की वैसी परिस्थितियाँ तैयार नहीं की गयी हैं। उच्च पदस्थ सरकारी अधिकारियों, डाक्टरों और घूस लेने वाले इंजीनियरों के लिए सबसे ज्यादा दहेज की माँग की जाती है, तो इसीलिए कि ये उपलब्धियाँ बहुत प्रतिद्वन्द्विता के बाद तथा छीन-झपट कर हासिल की गयी हैं। यदि हमारी अर्थ-व्यवस्था के विकास का वह माहौल होता कि विभिन्न पेशों में लगे हुए लोगों के जीवन-स्तर में भयानक फर्क नहीं होता और हर आदमी को रोजगार मिलने की सुविधा होती, तो जाति की सीमा में भी विवाह-योग्य आयु के लड़कों के लिए इतनी लूट-खसोट नहीं हो रही होती। आज स्थिति यह है कि कोई मामूली पक्की नौकरी या किसी स्कूल में टीचरी पा चुके लड़के के लिए भी काफी दाम चुकाना पड़ता है। यही कारण है कि उस वर्ग में दहेज कोई समस्या नहीं है, जहाँ दोनों पक्षों के पास बेईमानी से कमाया गया इफरात पैसा है। इस वर्ग में अधिक से अधिक दहेज माँगा नहीं, दिया जाता है, ताकि अपना सामाजिक रुतबा बनाये रखा जा सके। लेकिन यह वर्ग मुट्ठी भर लोगों का है। समाज का शेष हिस्सा ऐसे लोगों का है, जिनके

लिए जिंदगी एक लगातार प्रतिद्वन्द्विता है। चूँकि विकास के अवसर सीमित हैं और कुछ लोग ही सफल हो सकते हैं, अतः वे अपनी इस सफलता का शोषण तमाम स्तरों पर करना चाहते हैं, जिनमें से विवाह के समय ली जाने वाली रकम और सामान भी एक है। इस तरह दहेज एक सामाजिक घूस की शक्ल ले लेता है।

लेकिन, आप जानते हैं, घूस दो ही स्थितियों में दी जाती है। (1) आप खराब माल सप्लाई करना चाहते हैं और इसके एवज में कुछ अलग से देने को तैयार हैं। (2) आप जानते हैं कि घूस देने से जो नुकसान होगा, वह किसी और तरीके से पूरा कर लिया जायेगा। अधिकतर मामलों में ये दोनों स्थितियाँ एक साथ मौजूद रहती हैं। अकसर चर्चा होती है कि जो बेटे के लिए असंभव दहेज की माँग करते हैं, क्या उनके पास ब्याहने को बेटियाँ नहीं होतीं? फिर भी दहेज का राक्षस कैसे जीवित है? ऐसा इसलिए है कि हमारे सामने अच्छे जीवन का कोई चित्र नहीं है। माँ-बाप वैसी ही लड़की तैयार करते हैं, जैसी बहू चाहते हैं। गुण चाहे जितने हों, पर दोनों में से कोई भी ऐसी न हो, जो अपने पाँवों पर खड़ी हो सके और अपनी जिंदगी के बारे में स्वतंत्र रूप से कोई फैसला कर सके। जाहिर है, ऐसी लड़कियाँ अच्छा जीवन-साथी नहीं बन सकतीं, पत्नी और बहू की परंपरागत या आधुनिक भूमिका भले ही कुशलता के साथ निभा लें। चूँकि शिक्षा के प्रचार-प्रसार के बावजूद हमारी जिंदगी के बुनियादी मूल्य नहीं बदले हैं और आज का युवा वर्ग भी लगभग उसी ढंग से सोचता—काम करता है, जैसे उसके पूर्वज, इसलिए बुनियादी तौर पर स्थिति में कोई फर्क नहीं आता। माँ-बाप को ऐसी लड़कियों की, आपूर्ति के लिए जो जहाँ जायेंगी वहाँ साइकिल की पिछली सीट पर बैठने वाली की ही भूमिका निभायेंगी, जबरदस्त आर्थिक तैयारी करनी पड़ती है। यह वे इस आशा में करते हैं कि ऐसी ही लड़की जब वे दूसरे परिवार से ले आयेंगे, तो उससे अधिक वसूल कर सकेंगे। जिन माँ-बाप को दहेज प्रथा के खिलाफ सचमुच शिकायत है, वे क्यों नहीं एक ऐसी समानांतर जीवन-पद्धति के विकास में सहायक बनते, जिसमें मूल्यों का स्थान कीमतों से ऊपर हो? अगर आपकी जिंदगी में भी वे ही सिक्के चल रहे हैं, जो उन लोगों की जिंदगी में, जिनसे आप नफरत करते हैं, तो आपको कहीं न कहीं से इस दुष्चक्र को तोड़ना ही होगा। संभव है, इसके लिए आपको कड़ी से कड़ी कीमत चुकानी पड़े, फिर भी वह उस कीमत से ही होगी, जो आज एक उत्साह और उमंग रहित जीवन के रूप में चुकानी पड़ रही है।

तो, दहेज की समस्या तभी मिट सकती है, जब विवाह का मौजूदा ढाँचा टूटे यानी मर्द और औरत के साथ रहने की शर्तें बदलें। और यह बड़े पैमाने पर तभी संभव है, जब जाति, विषमता, सामाजिक और आर्थिक पिछड़ेपन इत्यादि मोरचों पर एक क्रांतिकारी माहौल बने। भारत में पूँजीवाद का स्वतंत्र और तेज विकास हुआ होता, तो शायद यहाँ भी एक रोमांटिक पनपता, जिसके झोंके में सामंती अवशेष बह

गए होते। लेकिन इस अधकचरे पूँजीवाद ने, जो एक सामंती राज्य-व्यवस्था के संरक्षण में पल रहा है, न तो हमें पूरी तरह से व्यक्ति में बदला है और न हमें मध्यकालीनतावाद के सुरक्षित खोल में रहने दिया है। इसी से हमारे दुखों का अंत नहीं दिखता। यह अकारण नहीं है कि भारत में रोज लाखों फिल्म शो चलते हैं, जिनमें मुख्य संघर्ष अपने प्रिय पात्र से विवाह करने का ही होता है और ढाई घंटे की जद्दोजहद के बाद सफलता मिल ही जाती है, फिर भी फिल्म हॉल के बाहर चीजें वैसे ही चलती जा रही हैं!

जाति गली अति साँकरी

लता सिंह और ब्रह्मकुमार को क्या पता होगा कि घर से भागकर शादी रचाना अपने प्रेम को मूढ़मतियों के हाथों मरने न देने का एक सुखद संकल्प नहीं, बल्कि देशहित की राह में उठाया गया एक पुनीत कदम है। निश्चय ही वे देश के लिए नहीं, अपने लिए भागे थे। उनके घर वाले चाहते तो उनका प्रेम विवाह उतने ही प्रेम और शांति के साथ संपन्न हो गया होता। लेकिन यह लड़कीवालों को मंजूर नहीं था। इसमें उन्हें अपनी हेठी दिखाई दे रही थी। लड़का योग्य भी हो तो क्या, उनकी अपनी जाति का तो नहीं था। लता का परिवार एक सामान्य मध्यवर्गीय परिवार था जो अपनी झूठी इज्ज़त के लिए अपना सब कुछ दाँव पर लगा देता है। लेकिन ऐसे सभी परिवार सामाजिक न्याय के लिए पुलिस के पास नहीं जाते। कुछ मन मसोस कर रह जाते हैं और बाद में अंतरजातीय विवाह को स्वीकार लेते हैं कुछ तमंचा लेकर घर से निकल जाते हैं और लड़की का, तथा लड़का मिल गया तो उसका भी ,सिर कलम कर वीर भाव से घर लौट आते हैं। जो बहुत चालाक होते हैं, वे ऐसे विवाह को स्वीकार करने के आश्वासन के साथ नवविवाहित जोड़े को वापस ले आते हैं जिसके बाद पंचायत बैठती है और दोनों को पारिवारिक और सामाजिक मर्यादा तोड़ने के अपराध में अक्सर प्राणदंड की सजा देती है। लता का परिवार कानून के राज में विश्वास करता था। सो उसने पुलिस में रिपोर्ट लिखाई। पुलिस हमेशा कानून की रक्षा नहीं करती, वह नैतिकता की भी रक्षा करती है। और पुलिस के शब्दकोश में नैतिकता का अर्थ वही नहीं होता जो सर्वोच्च न्यायालय के दो माननीय जजों ने इस केस में फैसला देते हुए तय किया। पुलिस वाले भी आखिर इसी रुग्ण समाज के सदस्य हैं। यह भी हो सकता है कि उन्होंने इस नैतिकता की रक्षा करने के लिए लता के घरवालों से कुछ द्रव्य भी स्वीकार किया हो जैसा कि अन्य मामलों में वे किया ही करते हैं। लेकिन फास्ट ट्रैक यानी त्वरित न्यायालय को क्या हुआ था? त्वरित भले ही हो, आखिर है तो वह न्यायालय ही। ऐसा लगता है कि उसने भी नैतिकता की वही परिभाषा सीख रखी थी, जिसके नशे में लता के परिवार वाले और स्थानीय पुलिस लता के पति ब्रह्मकुमार की जान के पीछे पड़े हुए थे। उसने ब्रह्मकुमार के खिलाफ गैरजमानती वारंट निकाल दिया।

इस प्रकार नवविवाहित युगल के पीछे दो वारंट घूम रहे थे। एक वारंट परिवार का था तो दूसरा वारंट न्यायालय का। पहले वारंट की कोई सुनवाई नहीं थी, क्योंकि यह वारंट एक ऐसी मानसिकता ने जारी किया था, जिसमें तानाशाही के खुंखार तत्व हैं, जिसके सामने हर युवा लड़की की जान कांपती रहती है। लेकिन दूसरे वारंट की सुनवाई थी, क्योंकि वह न्यायपालिका के एक अंग के द्वारा जारी किया गया था। लता को अपने पारिवारिक न्यायालय से कोई उम्मीद नहीं थी क्योंकि वहाँ मामला सुनने से पहले ही दंड निश्चित रहता है। पर उसे देश के सर्वोच्च न्यायालय में विश्वास था, जिसका काम देश के संविधान की रक्षा करना है। भारत के संविधान में जाति की मान्यता दी गई है, पर जाति के आधार पर होने वाली क्रूर कार्रवाइयों को गैरकानूनी ठहराया गया है। यह एक गणतांत्रिक देश का कानून है जो नागरिक अधिकारों की रक्षा को सभ्य व्यवस्था की कसौटी मानता है। लता अपना करुण मामला सर्वोच्च न्यायालय में ले गई और उसने वही किया जिसकी उससे उम्मीद की जाती है। उसने त्वरित अदालत द्वारा जारी वारंट को खारिज करते हुए इस अंतरजातीय विवाह को सहर्ष मान्यता दे दी। न केवल मान्यता दी, बल्कि सराहना भी की। न्यायालय ने साफ शब्दों में कहा कि अंतरजातीय विवाह देश के हित में है। यह एक सामाजिक प्रगति का चिह्न है और इसलिए न्यायालय ने पुलिस को निर्देश दिया कि उसे अंतरजातीय विवाह करने वाले जोड़ों को धमकाने वालों के खिलाफ कड़ी कार्रवाई करनी चाहिए। यानी सब कुछ करने कराने के बाद साबित यह हुआ कि जिन्हें हम भलामानुष समझते हैं, वे भी अपराधी हो सकते हैं। अफसोस कि इस सामान्य सी बात को साबित करने के लिए लता को सर्वोच्च न्यायालय की शरण लेनी पड़ी।

यहाँ तक का किस्सा बहुत सीधा और साफ है जिसे समझने में किसी को कोई दिक्कत नहीं हो सकती। प्रश्न लेकिन यह है कि कोई शादी क्यों करता है? क्या वह समाज सुधार के लिए शादी करता है? क्या वह देश को आगे बढ़ाने के लिए शादी करता है? क्या अंतरजातीय विवाह करने वालों के सामने लक्ष्य यह होता है कि वे जाति प्रथा को जिसे सर्वोच्च न्यायालय ने अपने फैसले में देश के लिए हानिकारक बताया है, चुनौती देने जा रहा है? विवाह राष्ट्रहित का कृत्य है या दो लोगों के बीच का निजी फैसला, जो वे आनंदपूर्वक जीवन बिताने के लिए पारस्परिक सहमति से स्वीकार करते हैं? विवाह करते समय उनके सामने एक-दूसरे की तस्वीर होती है या भारत माता की तस्वीर होती है? सर्वोच्च न्यायालय ने अंतरजातीय विवाह के पाठ में जो चीज देखी है, वह विवाह का एक आनुषांगिक पक्ष है, मुख्य पक्ष नहीं। पुलिस के लिए उसके निर्देश में जरूर एक अनिवार्य विवेक और आधुनिकता है। पुलिस को चाहिए कि वह अंतरजातीय विवाह करने वालों की राह में रोड़े न अटकाए बल्कि उनकी रक्षा करे, उन्हें ऐसे लोगों की मार से बचाए जो अंतरजातीय विवाह

के विरोधी हैं। जाहिर है, यह निर्देश विवाह करने वालों के लिए नहीं है कि उन्हें अपनी जाति के भीतर विवाह नहीं करना चाहिए, बल्कि अंतरजातीय विवाह ही करना चाहिए। आज कोई इस शर्त पर अड़ा या अड़ी रहे तो हो सकता है कि उसका विवाह ही न हो।

यहाँ अतंरजातीय विवाह करने वालों की सीमा स्पष्ट हो जाती है। जाति प्रथा का विनाश एक महत्वपूर्ण सामाजिक आंदोलन है, पर अंतरजातीय विवाह अपने आपमें कोई आंदोलन नहीं हो सकता क्योंकि निश्चय ही विवाह के पारिवारिक और सामाजिक पक्ष होते हैं, लेकिन सर्वोपरि यह दो लोगों के निजी जीवन का मामला है। प्रेम अपनी जाति के भीतर भी हो सकता है। तब क्या उसे प्रेम नहीं माना जाएगा? अंतःजातीय विवाह (जाति के भीतर किया जाने वाला विवाह) एक प्रकार की पारिवारिक व्यवस्था है जिसमें निर्णायक तत्व वर और वधू की निजी भावनाएँ नहीं होती। इसे यों भी कहा जा सकता है कि वे विवाह करते नहीं हैं बल्कि उनका विवाह होता है। इस व्यवस्था में कोई बुराई नहीं है, यदि माता-पिता या अन्य पारिवारिक लोग विवेकपूर्वक विवाह तय करते हों। उनके सामने दहेज का यथार्थ नहीं, बल्कि पारस्परिक संगति का आदर्श हो। परंपरागत विवाह सुखी विवाह नहीं होते, यह एक मिथक है। इसी प्रकार यह भी एक मिथक ही है कि रोमांटिक विवाह में ज्यादा खुशी मिलने की गारंटी रहती है। सुख और दुख के स्रोत इतने सीधे और गणितीय नहीं होते। अनुभव तो यही बताता है कि ज्यादातर रोमांटिक विवाह मोहभंग और निराशा की चट्टानों से टकरा कर चूर-चूर हो जाता है। पश्चिमी समाज रोमांटिक विवाह यानी प्रेम पर आधारित विवाह का दीवाना है। वहाँ यह माना जाता है कि प्रेम ही विवाह की एकमात्र पात्रता है। लेकिन अधिकतर मामलों में प्रेम क्या एक क्षणभंगुर मनोभाव ही साबित नहीं होता? यही कारण है कि प्रेम की चिड़िया के फुर्र होते ही विवाह खतरे में पड़ जाता है। यह बिना किसी ठोस कारण के नहीं है कि पश्चिमी समाज में दस से नौ विवाह देर-सबेर टूट ही जाते हैं। फिर वही शादी, फिर वही तलाक....कम से कम तीन-चौथाई आबादी इसी चक्रव्यूह की शिकार है।

लेकिन यह तो मानना ही होगा कि अंतःजातीय विवाह में विकल्प हमेशा सीमित ही होते हैं। आप वर या वधू की खोज अपनी जाति के बाहर जाकर नहीं कर सकते। इसलिए सजातीय लड़के और उनके माता-पिता ही विवाह की शर्तें तय करते हैं। वे ही बताते हैं कि दहेज की राशि क्या होगी और वाहन दो पहियों का हो या चार पहियों का। ऐसी कोई भी व्यवस्था जो मनुष्य के विकल्पों को सीमित करती हो, उचित नहीं कही जा सकती है। जाति प्रथा का यह तानाशाह चेहरा विवाह व्यवस्था में सबसे ज्यादा प्रकट होता है। माता-पिता द्वारा निर्धारित विवाह एक चीज है। इस पर बहस की जा सकती है कि यह अच्छी है या बुरी। इसमें कुछ अच्छे तत्व भी ढूँढ़े जा सकते हैं। लेकिन माता-पिता द्वारा निर्धारित विवाह और जाति के भीतर

ही किया जाने वाला विवाह एक ही चीज नहीं हैं। पहली व्यवस्था में विकल्प हमेशा सीमित हों, यह आवश्यक नहीं है। लेकिन एक जातिविहीन समाज में ये विकल्प बहुत व्यापक होंगे। अतः अंतःजातीय विवाह एक क्रूर बंधन है। यह बंधन जितनी जल्दी तोड़ दिया जाए, व्यक्ति, समाज और देश के लिए वह उतना ही बेहतर है। इसी अर्थ मे सर्वोच्च न्यायालय ने अंतरजातीय विवाह को देश की प्रगति में सहायक बताया है। अंतरजातीय विवाह जितनी बड़ी संख्या में होंगे, जाति व्यवस्था को उतना ही करारा धक्का लगेगा।

लेकिन कृपया यह न सोचें कि जब अंतरजातीय विवाह राष्ट्रीय प्रचलन में आ जाएँगे तो पूरे देश में प्रेम की धारा बहने लगेगी और सभी प्रकार की दीवारें टूट जाएँगी। प्रेम उतना भावनात्मक मामला नहीं होता, जितना अक्सर मान लिया जाता है। जाति की दीवार टूटने का अर्थ यह नहीं होता कि वर्ग और संस्कृति की दीवारें भी टूट जाएँगी। प्रेम हमेशा सुंदरता, स्वभाव और गुण देखकर नहीं किया जाता। वर्ग, भविष्य और संभावनाएँ देखकर भी किया जाता है। इस मामले में स्त्रियाँ ज्यादा सतर्क होती हैं-क्योंकि उन्हें यह चुनना होता है कि उनकी संतान के पिता को कैसा होना चाहिए। पर पुरुष भी कम सतर्क नहीं होते। वे भी इसी दुनिया में रहते हैं। इसके बावजूद अंतरजातीय विवाह एक ऐसा विद्रोह है जिसका सम्मान किया जाना चाहिए, क्योंकि यह एक ठहरी हुई नदी में फेंका गया एक सधा हुआ पत्थर है।

कामुक संस्कृति का नश्तर

कायदे से आधुनिक जीवन में बलात्कर की घटनाएँ कम से कम होती जानी चाहिए थीं, क्योंकि आधुनिक जीवन-मूल्य व्यक्ति की स्वतंत्रता तथा लोकतांत्रिक मर्यादाओं के पालन पर बल देते हैं। आधुनिक व्यवस्था में कानून के शासन पर भी जोर रहता है और लोगों से आशा की जाती है कि वे कानूनों का पालन स्वतः प्रेरणा से करेंगे। फिर भी क्या कारण है कि यदि सामंती व्यवस्था में स्त्री अपने को असुरक्षित पाती थी, तो वह आज और ज्यादा असुरक्षित नजर आती है?

इसका एक कारण तो यह है कि आधुनिक सभ्यता यौन ऊर्जा के विमुक्तीकरण पर कुछ ज्यादा ही जोर देती है। अभी तक की सारी संस्कृतियाँ यौनिकता के दमन पर आधारित रही हैं। सैक्स को एक 'टैबू' माना जाता था। स्त्री-पुरुष संबंध सहज नहीं थे। आधुनिकता ने इस वर्जनशीलता को तोड़ा है, लेकिन यह तोड़-फोड़ किसी स्वस्थ वातावरण में नहीं हुई है। फलस्वरूप जो घटना यौन क्रांति के रूप में सामने आनी चाहिए थी, उसने कुछ-कुछ यौन अराजकता का स्वरूप ले लिया। इसके परिणामस्वरूप स्त्री को भी अपने व्यक्तित्व को प्रस्थापित करने का अवकाश मिला, लेकिन उस परिमाण में नहीं जिस परिमाण में पुरुष आक्रामकता को बढ़ावा मिला है। सभ्यता का विकास ही, दुर्भाग्यवश, इस दिशा में हुआ कि पुरुष आक्रामकता का संयमन होने के बजाय उसकी अभिव्यक्ति के अवसर बढ़ते जायें। राजसत्ता, सम्पत्ति और सामाजिक शक्ति पर पुरुष का कब्जा लगभग एकाधिकारवादी रहा है। लेकिन सामंती युग में सामाजिक संगठन का स्वरूप इस कदर अनुशासनबद्ध था और धार्मिक नैतिकता का बंधन इतना मजबूत कि बलात्कार की संस्कृति व्यापक नहीं हो सकती थी। उसके कुछ सूक्ष्म रूप जरूर थे, लेकिन आज जिसे 'बलात्कार' कहा जाता है, वह कमजोर वर्गों की महिलाओं के साथ शक्तिशाली वर्गों के पुरुषों के उच्छृंखल व्यवहार तक सीमित था और यह भी बहुत विस्तृत नहीं था। लेकिन आधुनिकता के साथ आयी सफलताओं ने पुरुषों के एक बड़े वर्ग को शक्तिशाली बनाया है जिससे उनकी आक्रामकता में वृद्धि हुई है। उनके दिमाग में यह बात घर करने लगी कि वे ताकत के बल पर कुछ भी हासिल कर सकते हैं। या, तो ताकतवर है, उसे कुछ भी पाने का अधिकार है। चूँकि वयस्क लोग इसी संस्कृति

में जीते हैं, इसलिए किशोरों और नवयुवकों को भी मनमानी करने की प्रेरणा मिलती रहती है।

इस स्थिति को और अधिक विषम–विषम क्या, भयानक–बनाने की जिम्मेदारी आधुनिक व्यावसायिक संस्कृति पर है। आधुनिकता के विकास का संबंध एक ओर तो लोकतंत्र और तर्क-सम्मतता से है, तो दूसरी ओर पूँजीवाद और बाजार की अर्थव्यवस्था से। इस अर्थव्यवस्था का आधार नयी-नयी वस्तुओं के लिए माँग पैदा करना है। यह माँग वस्तुपरक विवरण दे कर भी पैदा की जा सकती है, लेकिन विज्ञापन-कला के पंडितों ने इसके लिए जो आसान कुंजी खोज निकाली, वह है औरत के जिस्म की नुमाइश। विज्ञापनदाता यह मानते प्रतीत होते हैं कि औरत का जिस्म दिखा कर कुछ भी बेचा जा सकता है। यह विश्वास जब टीवी और जन संचार के अन्य माध्यमों में बदलता है, तो कामुकता का ऐसा विस्फोट पैदा होता है, जिसकी आँधी में सारे मानव मूल्य उड़ते हुए नजर आते हैं। स्त्री को पहले भी निर्वसन किया जाता था, लेकिन उस पैमाने पर नहीं जिस पैमाने पर, और एकदम जनसाधारण की आँखों के सामने, आज की व्यावसायिक संस्कृति में किया जा रहा है। पहले यह एक अपमूल्य था, तो आज एक सर्वस्वीकार्य मूल्य बन गया है। इसके परिणामस्वरूप सेक्स का आदर्शीकरण होता है, उसकी माँग बढ़ती है और उसकी सनसनी इस संस्कृति में जीने वाले व्यक्तियों के स्नायु तंत्र में लगातार बनी रहती है। बलात्कार इसी कामुक संस्कृति का नश्तर है।

क्या इस तर्क के पीछे कुछ दम है कि स्त्रियाँ अपनी शारीरिकता के प्रदर्शन तथा यौनोत्तेजक शृंगार और परिधान से बलात्कार को स्वयं आमंत्रित करती हैं? यह एक ऐसा आरोप है, जिसके पीछे पुरुष आक्रामकता को औचित्य प्रदान करने और स्त्री-पुरुष सम्बन्धों को विकृत करने की इच्छा है। कौन स्त्री नहीं चाहती कि वह सुंदर नजर आये? यही नियम पुरुषों पर भी लागू होता है। इसलिए सजने-धजने का सम्बन्ध बलात्कार से जोड़ना रुग्ण मानसिकता है। एक स्वस्थ समाज में स्त्री का सौन्दर्य पुरुष को उदात्त ही बना सकता है, लेकिन गड़बड़ी यहाँ है कि फैशन और विज्ञापन उद्योग स्त्री शरीर का ज्यादा से ज्यादा मदमाता उपयोग करने का प्रयोग करता है। वह स्त्री के व्यक्तित्व को निचोड़ कर मात्र एक यौन प्रतीक में तब्दील कर देता है। फलस्वरूप स्त्री की एक खास छवि ही समाज में उसकी प्रमुख छवि बन जाती है। कहने की जरूरत नहीं कि यह छवि कामोद्दीपन पैदा करने वाली छवि है। लेकिन जो स्त्रियाँ इस व्यवसाय का अंग हैं और लाखों-करोड़ों की कमाई कर रही हैं, उनके साथ बलात्कार नहीं होता। जन संचार माध्यमों की कृपा से इनके चेहरे सर्वत्र दृष्टिगत होते हैं, पर ये मशहूर स्त्रियाँ रहती अपने किले में हैं। बलात्कार होता है उनके साथ जो सुनसान सड़क पर दबोच ली जा सकती हैं। इस तरह कामुकता की संस्कृति का शिकार होना पड़ता कमजोर वर्ग की उन महिलाओं को, जो

वर्चस्वशाली संस्कृति की नकल तो करती हैं, पर उनकी तरह सुरक्षित नहीं हैं।

विषमता के इस अक्स में बलात्कार का वर्ग चरित्र साफ-साफ देखा जा सकता है। अकसर बलात्कारी और बलात्कृत, अलग-अलग वर्ग के होते हैं। बलात्कारी अपनी ताकत के नशे में चूर होता है। वह यह भी समझता है कि या तो वह पकड़ा नहीं जा सकता या पकड़ा भी गया तो कानून को धता बताना उसके लिए मुश्किल नहीं होगा। लेकिन स्त्री-पुरुष के संदर्भ में वर्ग सिर्फ आर्थिक नहीं होता। उम्र, पद, शारीरिक क्षमता, यानी ऐसी कोई भी चीज जो पुरुष को एक विशेष स्थिति में ले आती है, स्त्री और पुरुष के बीच वर्ग-फर्क का आधार बन सकती है। शहरों में होने वाले बलात्कर इस वर्गीय दृष्टि की पुष्टि करते हैं। कमजोर वर्ग की औरत को सुलभ भी होनी चाहिए—यह मान्यता उच्च या मध्यवर्गीय पुरुषों की मानसिकता का अंग बनी हुई है, तो इसके पीछे सामंतवाद और पूँजीवाद के जुड़वाँ संस्कार हैं।

निश्चय ही इसके कारण कुछ और गहरे होने चाहिए यानी सामाजिक मनोविज्ञान में। यह मनोविज्ञान अनुशासन पर नहीं, आज्ञाकारिता पर आधारित है। अनुशासन के पीछे तर्क होता है, नियम-कानून होता है, लोकतांत्रिक चेतना होती है। अनुशासन भंग करने का अधिकार न वरिष्ठ को है, न कनिष्ठ को। लेकिन आज्ञाकारिता एक रुग्ण मूल्य है। यह एक प्रकार का अलोकतांत्रिक आरोपण है। लेकिन हमारी लगभग पूरी संस्कृति आज्ञाकारिता पर ही आधारित है। परिवार के भीतर पुरुष की आज्ञा चलती है, तो औद्योगिक, व्यावसायिक एवं सांस्कृतिक-सामाजिक संस्थानों मे वरिष्ठों की, जो प्रायः पुरुष ही होते हैं। इस तरह स्त्रियों में शुरू से ही शासित होने के संस्कार डाले जाते हैं, जिसका प्रतिफलन यह होता है कि बलात्कारी उनसे सहज ही अनुवर्तित्व की उम्मीद करता है। परिवार के भीतरी परिवेश में होने वाले ज्यादातर बलात्कार इसीलिए प्रकट नहीं हो पाते या होते भी हैं तो तत्काल छिपा दिये जाते हैं। बलात्कार के प्रति इस लज्जालु नजरिये से भावी बलात्कारियों का मनोबल बढ़ता है।

लेकिन, जो चीज बलात्कार की विभीषिका को सबसे ज्यादा बढ़ा रही है, वह है पारिवारिक और सामाजिक जीवन की संपूर्ण विच्छिन्नता। ग्रामीण जीवन एक सुसंगिठत इकाई होता था, जिसमें हर कोई हर किसी को जानता था तथा आपसी रिश्ते पूर्व-निर्धारित होते थे। संयुक्त परिवार का ढाँचा सुगुंफित जीवन की गारंटी था। परिवार के भीतर प्रेम एवं श्रद्धा के मूल्य होते थे लेकिन कस्बाई और शहरी जीवन गुमनामियत पर आधारित है। शहर जितना बड़ा होगा, उसके वाशिंदे एक-दूसरे से उतने ही विच्छिन्न होंगे। नतीजतन उनके बीच किसी प्रकार का मानवीय संपर्क शेष नहीं बचता। दूसरी ओर, शहरी संस्कृति में—आधुनिक शहरी संस्कृति में—कामुकता को उत्तेजित करने वाले अवसर ज्यादा होते हैं। अखबार ही नहीं, टीवी, सिनेमा और विज्ञापनों के बोर्ड भी हर व्यक्ति को लगातार याद दिलाते रहते हैं कि वह मुख्यतः एक यौन प्राणी है और उसके जीवन के केंद्र में सेक्स को छोड़ कर कुछ और नहीं

हो सकता। स्त्री को सजना चाहिए और पुरुष को उस पर विजय प्राप्त करने का प्रयास करना चाहिए। ऐसे वातावरण में स्त्री को आखेट की वस्तु के रूप में देखना सहज हो जाता है। यह सामाजिक विच्छिन्नता जब ग्रामीण जीवन के दायरे में प्रवेश करती है, जहाँ सामंती मूल्य ज्यादा ताकतवर हैं, तब उन स्त्रियों का जीवन ज्यादा असुरक्षित हो जाता है जिन्हें अपनी जीविका के लिए घर से बाहर निकलना होता है या पुरुषों की ताबेदारी करना!

इज्जत बचाने की खातिर

'बलात्कारी जब ऐन सामने हो और तुम उसे रोकने में असमर्थ हो, तो उसका विरोध मत करो, नहीं तो वह और खूँखार हो जाएगा। वह तुम्हारी जान भी ले सकता है।' आजकल लड़कियों को यही सलाह दी जा रही है। मेरी राय अलग है। इस मामले में मैं परंपरावादी मत से इत्तेफाक रखता हूँ कि चाहे जान चली जाए, पर जब तक होश है, बलात्कारी की मंशा पूरी न होने दो। जब पुरुषों को यह पता चल जाएगा कि वे किसी जीवित स्त्री से नहीं, उसके शव से ही बलात्संग कर सकते हैं, तो बलात्कार की संख्या निश्चित रूप से कम होने लगेगी। यही राय महात्मा गांधी की थी और उनके सोच के आधार पर ही मैंने अपना मत बनाया है।

11 सितंबर, 2009 को जमुना पार दिल्ली के खजूरी खास के राजकीय उच्चतर माध्यमिक विद्यालय की भगदड़ में पाँच लड़कियों की मौत के हादसे के बाद मेरा यह मत और पुख्ता हुआ है। इन भगदड़ और इन मौतों की पृष्ठभूमि में और भी बहुत-से कारण होंगे ही। जिस बात को मैं यहाँ रेखांकित करना चाहता हूँ, वह यह है कि लड़कियों को अपनी इज्जत बचाने के जो नुस्खे बताए जाते रहे हैं, वे बुरी तरह फेल हो चुके हैं और अब हमें लड़की की इज्जत को नए तरीके से परिभाषित करना चाहिए तथा इज्जत बचाने के नए तरीके भी खोजने चाहिए। ऐसा न होने के कारण ही उन पाँच लड़कियों की मौत हुई। वे तथा उनके साथ पढ़नेवाली लड़कियाँ दुराचारी लड़कों के खौफ से इतनी विक्षिप्त थीं कि उन्होंने जान पर खेल कर अपनी इज्जत बचाने की कोशिश की। काश, उन्हें जान देने का दूसरा तरीका भी बताया गया होता।

वे लड़के, जो मौका पाते ही लड़कियों से छेड़छाड़ करने लगे थे, निश्चय ही हिंसक होंगे। उनमें से कुछ के पास चाकू भी था। लेकिन लड़कियों के डर जाने के लिए शायद इतना ही काफी था कि वे लड़के हैं और उनके इरादे ठीक नहीं हैं। इस तरह की मुठभेड़ अकेले में हो, तब भी लड़की के लिए यह जाना हुआ होना चाहिए कि पाशविक बल के सामने, उसे किस तरह पेश आना है। हैरत और तकलीफ की बात यह है कि स्कूल में उस समय लड़कियों की संख्या कम नहीं थी, लेकिन इस सामूहिकता के बावजूद छेड़ी जा रही लड़कियों में यह हिम्मत क्यों नहीं पैदा हुई कि

वे बदमाशों को उचित जवाब दे सकें? अन्याय को सहन न करने का साहस दिखाने पर गुत्थमगुत्थी भी हो जाती, तो कोई हर्ज नहीं था। लेकिन लड़कियों को शरीर-कातर होने की सीख इस कदर घुट्टी में पिला दी गई है कि उन्हें लगा होगा कि प्रतिकार के परिणामस्वरूप पुरुष शरीर के स्पर्श का पाप उन्हें ढोना पड़ सकता है। घर लौटने पर उन्हें यही उलाहना सुनना पड़ेगा कि तुम उन बदमाशों से उलझने क्यों चली थीं; तुम्हें अपना दामन बचाकर वहाँ से चुपचाप खिसक लेना चाहिए था। लड़कियों के सिर पर हमेशा लटकनेवाली इसी अविवेकी डर की तलवार ने उन्हें कमजोर और कायर बना दिया होगा, जिसका मनहूस नतीजा एक पागल भगदड़ और पाँच लड़कियों की मौत में निकला। जो डर कायर बना दे, उसे निकट के डस्टबिन में फेंक आना चाहिए। इज्जत की जो परिभाषा लड़कियों को अपने पर शर्मिंदा होना सिखाए, उस परिभाषा की शहर के सबसे बड़े मैदान में सामूहिक अंत्येष्टि कर देनी चाहिए।

पुरुष से सभ्य होने की माँग लाजिमी और अनिवार्य है। पुरुष की असभ्यता की भर्त्सना तब तक निरंतर होनी चाहिए, जब तक उसका पासंग भी बचा रहता है। लेकिन दुनिया भर की स्त्रियाँ क्या तभी चैन की साँस ले सकेंगी, जब दुनिया के सारे पुरुष यकीनन सभ्य हो जाएँगे? क्षमा करें, वह खूबसूरत सुबह कभी नहीं आएगी। शायद यह आदमी की फितरत में ही नहीं है। इसलिए, स्त्रियों के लिए इज्जत से जीने के संघर्ष के उस दूसरे सिरे की भी इतनी ही फिक्र करना लाजिमी और अनिवार्य है, जहाँ प्रत्येक व्यक्ति अपनी रक्षा के लिए खुद भी जिम्मेदार होता है। व्यक्ति की इसी जिम्मेदारी को मान्यता देने के लिए हम सभी को आत्मरक्षा का अधिकार मिला हुआ है। कानून यह है कि अपनी रक्षा करने के लिए मुझे जितने भी लोगों की जान लेनी पड़े, मैं ले सकता हूँ। यह मेरे जीवन धारण करने के अधिकार के तहत आता है और इसके साथ कोई समझौता नहीं हो सकता।

जो बात जीवन के बारे में सही है, वही उन चीजों के बारे में भी, जिन्हें मिला कर जीवन बनता है। अगर मुझे डरा-धमका कर किसी ने मेरा सामान छीन लिया, मुझे अपने घर से बेदखल कर दिया, मेरे साथ शारीरिक अतिक्रमण किया, तो मैं जिंदा रह कर क्या करूँगा? ऐसे जीने को धिक्कार है, जिसमें स्वाभिमान न हो। स्त्रियों के लिए यह और भी ज्यादा सच है, क्योंकि उनके साथ शारीरिक अतिक्रमण का खतरा अकसर मौजूद होता है। ऐसी कठिन घड़ियों में आत्मरक्षा के अपने जैविक अधिकार की याद आनी ही चाहिए। इस अधिकार का इस्तेमाल करते हुए अगर जान भी चली जाए, तो खुशी-खुशी दे देनी चाहिए।

इस तरह, मामला सिर्फ बलात्कार या बेइज्जती से बचने-न बचने का नहीं रह जाता। यह अस्तित्व की स्वतंत्रता और स्वाभिमान का मामला हो जाता है। अतिक्रमण का सामना करने के मामले में हमें चूहा नहीं, शेर बनना सीखना पड़ेगा,

नहीं तो हमारा अपमानित होते रहना निश्चित है। जरूरी है कि हर माँ-बाप अपने बेटे-बेटी को, बेटियों को तो जरूर ही, शुरू से यह प्रशिक्षण देते रहें कि अन्याय के सामने झुकना नहीं है, उसका विरोध और प्रतिकार करना है। अपनी ओर से न हिंसा करनी है और न हिंसा को प्रोत्साहन देना है, पर जायज उद्देश्य के लिए हिंसा करने से डरना नहीं है। ऐसा अनुशासन और प्रशिक्षण ही सभ्यता को सचमुच सभ्य बना सकेगा। मेरी अपनी बेटी कभी ऐसे किसी हादसे का निष्क्रिय शिकार हो कर आँसू बहाते हुए घर लौटी, तो मैं उससे यही कहूँगा कि इससे अच्छा था कि बलात्कारी का प्रतिकार करते हुए तू अपनी जान दे देती।

बलात्कार का हरजाना

बलात्कार के हरजाने पर श्रीमती रीता बहुगुणा जोशी और सुश्री मायावती के बीच जो कर्कश विवाद हुआ, वह चाहे कितना ही दुर्भाग्यपूर्ण हो, पर एक वास्तविक मुद्दे को सामने लाता है। कैसे? यह स्पष्ट करने के लिए मैं एक छोटी-सी कहानी सुनाना चाहता हूं। संभव है, यह एक लतीफा ही हो, पर है बहुत मानीखेज। एक अमीर आदमी ने किसी व्यक्ति पर जूता चला दिया था। उस पर अदालत में मुकदमा चला। जज ने जूता फेंकने वाले पर सौ रुपए का जुर्माना किया। इस पर उस अमीर आदमी ने अदालत में दो सौ रुपए जमा कर दिए और शिकायतकर्ता को वहीं खड़े-खड़े एक जूता और रसीद किया। फर्ज कीजिए कि जज ने अगर उसे हफ्ते भर जेल की सजा सुनाई होती, तब भी क्या उस धनी व्यक्ति ने शिकायतकर्ता को एक और जूता लगाया होता और अदालत से प्रार्थना की होती कि अब मुझे दो हफ्ते की जेल दे दीजिए?

हमारे देश में बलात्कार, सामूहिक हत्या, दुर्घटना आदि के बाद सरकार द्वारा रुपया बाँटने की जो नई परंपरा शुरू हुई है, वह गरीब या दुर्घटनाग्रस्त लोगों में पैसे बाँटकर, अपना अपराधबोध कम करने और पीड़ितों के कष्ट को कम करने का तावीज बन कर रह गया है। दिल्ली में सिखों की सामूहिक हत्या के बाद भी पीड़ित परिवारवालों के लिए कुछ सुविधाओं की घोषणा की गई थी। लेकिन इससे उनके मन की आग शांत नहीं हुई है। हर साल उनकी ओर से जुलूस-धरने का आयोजन होता है कि हमें न्याय दो। पैसा देना न्याय नहीं है। यह आँसू पोंछना भी नहीं है। यह किसी की जुबान को खामोश करने के लिए उसे चाँदी के जूते से मारना है।

पैसा लेना भी न्याय नहीं है। इंडियन पीनल कोड की बहुत-सी धाराओं में लिखा हुआ है कि इस अपराध के लिए कारावास या जुर्माना या दोनों से दंडित किया जाएगा। यहाँ तक कि बलात्कार, हत्या करने की चेष्टा, राष्ट्रीय अखंडता पर प्रतिकूल प्रभाव डालने वाले लाछन, पूजा स्थल पर किए गए अपराध, मानहानि, अश्लील कार्य और गाने तथा ऐसे दर्जनों अपराधों के लिए भी कैद के अलावा या उसके साथ-साथ जुर्माने का भी प्रावधान है। यह कानून सन 1860 में बनाया गया था। इस पर सामंती

न्याय प्रणाली की मनहूस छाया है। सामंती दौर में राजा जिससे कुपित हो जाता था, उसकी सारी संपत्ति जब्त कर लेता था, ताकि वह दर-दर का भिखारी हो जाए। ब्रिटिश भारत में और स्वतंत्र भारत में दंडित व्यक्ति से धन छीनने पर यह सामंती आग्रह बना रहा। अरे भाई, किसी ने अपराध किया है, तो उसे सजा दो, उसके पैसे क्यों छीन रहे हो? राजाओं और सामंतों का पैसे के लिए लालच समझ में आता है। लूटपाट करने के लिए वे कहाँ से कहाँ पहुँच जाते थे। उपनिवेशवादियों ने भी ऐसा ही किया। पर स्वतंत्र और लोकतांत्रिक भारत अपराध से पैसे क्यों वसूल करता है?

जुर्माना लेने के पीछे जो भावना है, वही भावना आर्थिक हरजाना देने के पीछे है। किसी कारवाले ने धक्का देकर मुझे गिरा दिया और फिर मेरी मुट्ठी में पाँच सौ रुपए रख कर चल दिया। क्या इसे ही इंसाफ कहते हैं? ज्यादा संभावना यह है कि अदालत भी कारवाले को यही सजा देगी। यह कुछ ऐसी ही बात है कि एक भाई किसी लड़की के साथ बलात्कार करे और दूसरा भाई उसकी मुट्ठी में कुछ नोट रखने के लिए वहाँ पहुँच जाए। यह शर्म की बात है कि अनुसूचित जातियों से संबंधित एक कानून में अनेक अपराधों के लिए सरकार द्वारा पैसा देने का प्रावधान है। यह गरीबी का अपमान है। कोई भी स्वाभिमानी आदमी ऐसे रुपए को छूना भी पसंद नहीं करेगा। जो रुपया दुनिया में अधिकांश अपराधों का जन्मदाता है, उसे ही अपराध-मुक्ति का औजार कैसे बनाया जा सकता है? हरजाना देने का मुद्दा तब बनता है, जब अपराध के परिणामस्वरूप पीड़ित पक्ष की कमाने की क्षमता प्रभावित हो रही है। किसी व्यक्ति की हत्या हो जाने के बाद उसकी पत्नी, बच्चों तथा अन्य प्रभावित परिवारियों को आर्थिक सुरक्षा देना न्याय व्यवस्था तथा राज्य व्यवस्था दोनों का कर्तव्य है। दूसरी ओर, बलात्कार की वेदना और उससे जुड़े कलंक का कोई हरजाना नहीं हो सकता।

पुस्तकालय में किताब देर से लौटाना, देर से दफ्तर आना, गलत जगह गाड़ी पार्क कर देना, ऐसी छोटी-मोटी गड़बड़ियों के लिए जुर्माना ठीक है। इसका लक्ष्य होता है ऐसी चीजों को निरुत्साहित करना। लेकिन जिस हरकत से किसी को या सभी को नुकसान पहुँचता है या नुकसान पहुँच सकता है, उसके लिए तो कारावास ही उचित दंड है। दिल्ली में कानून द्वारा निर्धारित स्पीड से ज्यादा तेज गाड़ी चलाने की सजा, पाँच सौ रुपए या ऐसा ही कुछ है। यह न्याय व्यवस्था सड़क पर चलनेवालों का अपमान है। जिस कृत्य से एक की या कइयों की जान जा सकती है, उसके लिए तो कुछ दिनों के लिए जेल की मेहमानी ही उचित पुरस्कार है। जब बलात्कार या ऐसे किसी अपराध अथवा दुर्घटना के लिए सरकार पीड़ितों में पैसा बाँटती है, तो वह दरअसल अपने पर ही जुर्माना ठोंकती है। कायदे

से सराकार को अपने को दंडित करना चाहिए। यानी जिस सरकारी कर्मचारी की गफलत से ऐसा हुआ है, उसके खिलाफ मुकदमा चलाना चाहिए। यह एक मुश्किल काम है, क्योंकि हर सरकार अपने कर्मचारियों का बचाव करने की कोशिश करती है। इससे आसान है, जनता के खजाने से थोड़ी रकम निकाल कर पीड़ित को दे देना। यह रकम अगर मंत्रियों और अफसरों की जेब से वसूल की जाती, तब भी कोई बात थी।

एक अविश्वास प्रस्ताव

उस दिन मैं अचानक क्या कह गया, यह मेरी भी समझ में नहीं आया। अवसर था स्त्री-विमर्श पर केंद्रित ब्लॉग 'चोखेर बाली' की पहली वर्षगाँठ पर दिल्ली विश्वविद्यालय में आयोजित एक विचार बैठक का। मधु किश्वर और सुकृता पॉल बोल चुकी थीं। दोनों के ही भाषण बहुत अच्छे थे। दोनों ने ही स्त्री अस्मिता के मुद्दों पर गहराई से विचार किया था। उनके बाद अपनी बात कहते हुए, मैंने पहले तो इस पर आश्चर्य व्यक्त किया कि यहाँ मैं अकेला पुरुष वक्ता हूँ। इस पर चोखेर बाली की संचालिकाओं में एक सुजाता ने स्पष्ट किया कि हमारे ब्लॉग पर पुरुष भी लिखते हैं। मुझे यह बात मालूम थी, क्योंकि मैं भी उनमें एक हूँ। फिर, मैंने कहा कि स्त्री विमर्श सिर्फ पुरुषों का मामला हो भी नहीं सकता, क्योंकि अगर यह सभ्यता विमर्श और सभ्यता समीक्षा है, तो पुरुषों की सहभागिता के बिना यह काम कैसे पूरा हो सकता है? आगे मैंने कहा कि यह भी उल्लेखनीय है कि नारी अधिकारों को प्रतिष्ठित करने में पुरुष लेखकों, नेताओं और सामाजिक कार्यकर्ताओं की मूल्यवान भूमिका रही है। यह भी कि ऐसे असंख्य पुरुष हुए हैं, जिनमें स्त्री के गुण थे और ऐसी स्त्रियाँ भी कम नहीं हुई हैं, जिनका व्यक्तित्व पुरुष गुणों के कारण विकृत हुआ है। इसी संदर्भ में मैंने कहा कि स्त्री विमर्श में पुरुषों को खुल कर सहभागी बनाइए और बनने दीजिए, लेकिन स्त्री-पुरुष संबंधों के इतिहास को देखते हुए पुरुषों पर विश्वास कभी मत कीजिए। वे कभी भी धोखा दे सकते हैं और अगर यह धोखा उन्होंने मित्र बन कर दिया, तो यह और भी बुरा होगा।

बात कुछ हँसी की थी और हँसी हुई भी, पर विचार करने पर लगा कि बात में दम है। एक बहुत पुरानी मान्यता है कि स्त्री-पुरुष का साथ आग और फूस का साथ है। दोनों निकट आएगे, तो फूस का भभक उठना तय है। आजकल के लोग इस तरह की मान्यताओं की खिल्ली उड़ाते हैं। उनका कहना है कि यह बेहूदा बात इसलिए फैलाई गई है, ताकि स्त्रियों को बंधन में रखा जा सके। मैं इस स्थापना से पूरी तरह सहमत नहीं हूँ। पुरुष से अधिक कौन जानता होगा कि स्त्री को देख कर पुरुषों के मन में सामान्यतः किस प्रकार की भावनाएँ पैदा होती हैं। इसलिए अगर उन्होंने आग और फूस को दूर-दूर रखने का फैसला किया, तो यह बिल्कुल

निराधार नहीं था। इसके साथ-साथ होना यह चाहिए था कि ऐसी समावेशी संस्कृति का विकास किया जाता, जिसमें स्त्री-पुरुष के बीच की सामाजिक और सांस्कृतिक दूरी घटे और दोनों मित्र भाव से जी सकें। दुर्भाग्यवश ऐसा हो नहीं सका। पुरानी, रूढ़िवादी संस्कृति चलती रही, बल्कि कहीं-कहीं उग्र भी हो गई, और उसके प्रति विद्रोहस्वरूप आधुनिक संस्कृति का भी विकास होता रहा, जिसमें स्त्री-पुरुष के साथ को खतरनाक नहीं, बल्कि अच्छा माना जाता है। पुरानी संस्कृति में स्त्री के शील की रक्षा उस पर पहरे बिछा कर, उसे उपमानव बना कर की जाती थी, जैसा आज के तालिबान चाहते हैं, तो दुख की बात यह भी है कि आधुनिक संस्कृति में स्त्री का उपयोग उपभोक्तावाद को बढ़ाने और कामुकता का प्रचार करने में हो रहा है तथा बलात्कार या इसकी आशंका से उसे परिमित और खामोश करने की कोशिश की जा रही है। जरूरत बीच का रास्ता निकालने की है, जहाँ प्रेम भी हो, निकटता भी हो और मानव अधिकारों का सम्मान भी।

चोखेर बाली की विचार-बैठक के हफ्ते भर बाद सुजाता ने उनके अपने ब्लॉग नोटपैडड पर किसी अज्ञात व्यक्ति द्वारा भेजी गई यह टिप्पणी मुझे अग्रेषित की : सविता भाभी के बहाने स्त्री विमर्श का डंका पीटनेवाले ब्लॉगर पत्रकार आकाश (मूल नाम बदल दिया गया है) जी के सारे स्त्री विमर्श की कलई उस समय खुल गई, जब उन्होंने माखनलाल चतुर्वेदी पत्रकारिता विश्वविद्यालय की एक छात्रा के साथ, जहाँ अभी कुछ दिनों पहले वे क्लास लेने जाते थे, के साथ जबरदस्ती करने की कोशिश की। लड़की की तबीयत ठीक नहीं थी। उन्होंने उसे किसी काम के बहाने ऑफिस में बुलाया और फिर उसके लाख मना करने के बावजूद उसे अपनी नई कार से उसे घर छोड़ने गए। फिर वहाँ उसे चुपचाप छोड़ कर आने के बजाय लगभग जबरदस्ती करते हुए उसका घर देखने के बहाने उसके साथ कमरे में गए। लड़की मना करती रही, लेकिन संकोचवश सिर्फ 'रहने दीजिए सर, मैं चली जाऊँगी' इतना ही कहा। वे उसकी बात को लगभग अनसुना करते हुए, खुद ही आगे आगे गए और उसका घर देखने की जिद की। लड़की को लगा कि पाँच मिनट बैठेंगे और चले जाएँगे। लेकिन उनका इरादा तो कुछ और था। उन्होंने घर में घुसने के बाद जबरदस्ती उसका हाथ पकड़ा, उसके लाख छुड़ाने की कोशिश करने के बावजूद उसे जबरदस्ती चूमने की कोशिश की। लड़की डरी हुई थी और खुद को छुड़ाने की कोशिश कर रही थी। लेकिन इनके सिर पर तो जैसे भूत-सा सवार था। आकाश ने उस लड़की को नारी की स्वतंत्रता का सिद्धांत समझाने की कोशिश की, तुम डर क्यों रही हो? कुछ नहीं होगा। टिपिकल लड़कियों जैसी हरकत मत करो। तुम्हें भी मजा आएगा। मेरी आँखों में देखो, ये जो हम दोनों साथ हैं, उसे महसूस करने की कोशिश करो। डरी हुई लड़की की इतनी भी हिम्मत नहीं पड़ी कि कहती कि जा कर अपनी बहन को यह सब क्यूं नहीं महसूस करवाते। लड़की के हाथ पर खरोचों और होंठों पर काटने के निशान

हैं। लड़की अभी भी बहुत डरी हुई है।

यह घटना कितनी सत्य है और कितनी मनगढ़ंत, पता नहीं। लेकिन भारत में ही नहीं, दुनिया के एक बड़े भूभाग में इस तरह की घटनाएँ सहज संभाव्य हैं और होती ही रहती हैं। इसीलिए मेरा यह विश्वास बना है कि स्त्रियों को पुरुषों पर कभी विश्वास नहीं करना चाहिए, चाहे वे गुरु हों, शिक्षक हों, चाचा, मामा, मौसा-ताऊ हों, मुँहबोले भाई हों, पड़ोसी हों, मेहमान हों, शोध गाइड हों, संपादक हों, प्रकाशक हों, अकादमीकार हों, नियोक्ता हों, मैनेजर हों, पुजारी हों, पंडे हों, कुछ भी क्यों न हों। कई हजार वर्षों की मानसिकता जाते-जाते ही जाएगी। इस संक्रमण काल में स्त्री को बहुत अधिक सावधान रहने की जरूरत है, खासकर अपने 'शुभचिंतकों' से। इसका मतलब यह नहीं है कि हर पुरुष को संदेह की नजर से देखो। इससे तो सब कुछ कबाड़ा हो जाएगा। नहीं, किसी पर भी अनावश्यक संदेह मत करो। विश्वास का अवसर हरएक को दिया जाना चाहिए। लेकिन सावधानी का दीपक हाथ से कभी नहीं छूटना चाहिए। दीपक बुझा कि परवाना लपका।

वैसे, जीवन के एक सामान्य सिद्धांत के तौर पर भी यह सही है। पुरुष पुरुष पर कितना विश्वास करते हैं? स्त्री स्त्री पर कितना विश्वास करती हैं? जहाँ आत्मीयता होती है, वहाँ भी लोग ठगे जाने से बचने की कोशिश करते हैं। यह सावधानी स्त्री-पुरुष व्यवहार में और ज्यादा अपेक्षित है, क्योंकि अब तक के इतिहास की सीख यही है। इसलिए माता-पिता और अभिभावकों का यह एक मूल कर्तव्य है कि वे लड़की को लड़की के रूप में विकसित होते समय ही उन फंदों और गड्ढों से अवगत कराते रहें, जो आगे उसकी राह में आनेवाले हैं। इसके साथ ही, उसे निर्भय होने और स्व-रक्षा में सक्षमता की शिक्षा भी देनी चाहिए। लेकिन इस कीमत पर नहीं कि मानवता में ही उसका विश्वास डिग जाए। बहुत ही प्रेम और समझदारी से उसमें यह बोध पैदा करना होगा कि लोग सभी अच्छे होते हैं, पर हमेशा सचेत रहना चाहिए कि वे बुरे भी हो सकते हैं। लड़कियों को यह सीख भी दी जानी चाहिए कि यह बहुत गलत होगा, अगर अति सावधानी के परिणामस्वरूप वे किसी पुरुष से आत्मीय रिश्ता बना ही न पाएँ। घृणा तो किसी से भी न करो, ज्ञात पापी से भी नहीं; सभी को प्रेम और विश्वास दो, पर अपनी सुरक्षा की कीमत पर नहीं। हर सम्बन्ध की तरह स्त्री-पुरुष सम्बन्ध भी एक जुआ है, लेकिन यह जुआ खेलने लायक है, क्योंकि इसी रास्ते हम अपने मनपसंद साथी खोज सकते हैं। इस प्रक्रिया में दुर्घटनाएँ होती हैं, तो होने दो। डरो नहीं, न परिताप करो। लेकिन आँख मूँद कर उस रास्ते पर कभी मत चलो, जिसके बारे में तुम्हें पता नहीं कि उस पर आगे क्या-क्या बिछा और फेंका हुआ है। यह संतुलन साधना मामूली बात नहीं है, लेकिन अच्छा जीवन जी पाना भी क्या मामूली बात है?

एक स्त्री का सत्याग्रह

महात्मा गांधी ने बार-बार यह बात स्वीकार की है कि उन्होंने सत्याग्रह का मंत्र अपनी पत्नी से सीखा था। उन्होंने यह भी बार-बार कहा है कि सत्याग्रह करना पुरुषों की तुलना में स्त्रियों के लिए ज्यादा सहज है, क्योंकि वे ममता की मूर्ति होती हैं और उनमे आत्मबल ज्यादा होता है। मैत्रेयी पुष्पा की आत्मकथा 'गुड़िया भीतर गुड़िया' को पढ़ने पर गांधी जी की यह बात स्पष्ट से स्पष्टतर होती चलती है। स्त्री का स्वाभाविक कार्य क्षेत्र घर माना जाता है—पति की सेवा और बच्चों का पालन-पोषण, ससुराल पक्ष के विभिन्न लोगों का तुष्टीकरण। आज मैत्रेयी पुष्पा स्त्रीत्व को अलग ढंग से परिभाषित करती हैं, जिसमें सितारों से इधर और सितारों से आगे, दोनों दुनियाएँ समा जाती हैं। यहाँ तक कि उन्हें यह घोषित करते हुए संकोच नहीं होता कि हमारे पैर जिधर ले जाएँगे, हम उधर जाएँगे, हमारी इंद्रियाँ जिस सुख की आकांक्षा करती हैं, हम उन्हें उससे वंचित नहीं रखेंगे; यह स्त्रियों के लिए कुविचार या कुचेष्टा नहीं, उनका जन्मसिद्ध अधिकार है। कानून का कोई विद्यार्थी कह सकता है कि यह उनका संवैधानिक अधिकार भी है। मैत्रेयी पुष्पा ने इस सरल पाठ का कखग अपनी किशोरावस्था के दौरान ही, जो उत्तर प्रदेश के एक गाँव जैसे गाँव में बीता, सीख लिया था। आगे की वर्णमाला उन्होंने अपने संघर्षों के दौरान स्वयं विकसित की। इन संघर्षों के दौरान उनके स्त्रीत्व के साथ-साथ उनकी पारिवारिक संबद्धताएँ भी प्रौढ़ और विकसित होती गई, इसका श्रेय सत्याग्रह की उनकी क्षमता को ही है।

डॉ. रमेशचंद्र शर्मा से विवाह होने के बाद मैत्रेयी पुष्पा जब दिल्ली आईं, तो एक अजनबी शहरी वातावरण उनका इंतजार कर रहा था। ग्रामीण युवती से कहा गया कि वह आधुनिक बनने की कोशिश करे। अच्छा न लगने पर भी मैत्रेयी ने यह हास्यास्पद कोशिश की, क्योंकि यह आलीजाह का आदेश था। इसमें तो विशेष सफलता नहीं मिली, लेकिन मैत्रेयी ने आधुनिकता की दिशा में एक जबरदस्त कदम बढ़ा दिया—'पति के दोस्त, मेरे वारे-कुँवारे देवर' डॉ. सिद्धार्थ के साथ एक पार्टी में नाचकर। 'मैं नाच रही थी किसी के साथ-साथ, अनपढ़ और आदिम-सा नृत्य जैसे मेरे जीवन मूल्यों का हिस्सा यह भी हो। जब-जब मेरा पाँव डॉ. सिद्धार्थ के पाँव पर पड़ जाता, वे मुसकरा कर मुझे सँभाल लेते।' यहीं से पति के साथ पहली बड़ी

टकराहट शुरू हुई। कामना की इस रस भरी, पर सहज और सात्विक अभिव्यक्ति को मुहल्ले भर में गँदली निगाहों से देखा गया और पति ने इस तरह व्यवहार किया, जैसे वे कोप भवन में बैठे हों, लेकिन मैत्रेयी पुष्पा ने अपराध भावना से घिरने से इनकार कर दिया। यह उनका सत्याग्रह था, जिसके परिणामस्वरूप बिना लड़े ही पति-पत्नी में सुलह हो गई और 'मैं डॉ. सिद्धार्थ की दोस्त बनी रही।' जब आदमी सत्य के प्रति समर्पित रहता है, तो वह सब कुछ खुलेपन के साथ करता है और किसी से डरता नहीं है। वास्तव में, सत्य, शिव और सुंदर में कोई तात्विक द्वंद्व नहीं है, नहीं तो एक के प्रति वफादारी बाकी दो के साथ बेवफाई में बदल जाए। 'गुड़िया भीतर गुड़िया' के बाकी सभी वृत्तांत इसी तथ्य की पुष्टि करते हैं।

आत्मकथा के शुरू में ही यह दिखा दिया गया है कि मैत्रेयी के पति डॉक्टर साहब परंपरागत मानसिकता के व्यक्ति हैं और आधुनिकता की सिर्फ बाहरी अभिव्यक्तियाँ उन्हें आकर्षित करती हैं। दूसरी ओर, मैत्रेयी पुष्पा ने अपना चित्रण एक लगातार खुलते हुए व्यक्तित्व के रूप में किया है, जिसकी जिज्ञासाओं और तार्किकता का कोई अंत नहीं है। दोनों के बीच टकराहट लाजिमी थी और वह कदम-कदम पर होती रही। बीच-बीच में ऐसी नौबतें आती रहीं कि कभी मैत्रेयी के मन में यह दारुण सवाल पैदा हुआ कि 'माताजी, मैं अब विधवा कब हूँगी?' तो कभी वे अलग रहने के बारे में गंभीरता से सोचने लगीं और एक बार तो डॉक्टर साहब ने साफ-साफ फटकार दिया—'निकलो यहाँ से, सुन रही हो?' याद आता है, एक बार गांधी जी ने भी अपनी कस्तूरबा को घर से निकाल दिया था, पर उसी रात वे अपनी इस कुबुद्धि पर पश्चात्ताप करते हुए, उन्हें प्यार से घर में ले आए थे। सत्याग्रही का रास्ता सीधा-सरल, पर बेहद कँटीला होता है।

अचरज यह है कि तनाव के बावजूद लगाव भी बना रहा। हिन्दू विवाह, या शायद कोई भी परंपरागत विवाह, प्लास्टिक का ऐसा खूबसूरत फूल है, जो कभी मुरझाता नहीं है। दूसरी ओर, प्रेम में दूध-बताशे की तरह घुल कर एक हो जाना कोई आदर्श स्थिति नहीं है—असंभव तो है ही। दिलचस्प यह है कि डॉक्टर साहब धीरे-धीरे बदलते हैं और पत्नी का मान रखने के लिए अनेकों बार अपनी इच्छा के विपरीत निर्णय भी लेते हैं। बहुत सारे मामलों में वे रोकना चाहते हैं, इसकी कोशिश भी करते हैं, लेकिन अंततः रोकते नहीं हैं। यह उनकी दिलेरी है। मैत्रेयी की दिलेरी यह है कि वे अपनी चुनी हुई राह पर चलती रहीं और उन्होंने अपने प्रियतम, अपनी मुहब्बत उर्फ अपने पति देवता से कुछ भी छिपाने की कोशिश नहीं की और शायद इसी के बल पर उनका विश्वास जीता। संभवतः इसी का नतीजा है कि साहित्य के क्षेत्र में मैत्रेयी का मार्गदर्शन करने वाले राजेंद्र यादव के प्रति तमाम तरह की दुर्भावना ('ये साले लेखक, कलाकार धर्म की जगह अधर्म फैलाते हैं।') रखते हुए भी डॉक्टर साहब जब भी जरूरत होती है, राजेंद्र यादव की मदद करने के लिए मचलने लगते हैं।

मैत्रेयी पुष्पा की यह आत्मकथा इस दृष्टि से अनोखी है कि एक स्त्री ने पति के साथ रहते हुए भी अपने दांपत्य जीवन की खुशियालियों के साथ-साथ उसकी पीड़ाओं और द्वंद्वों का बेबाक चित्रण किया है। क्या यह अपूर्व साहस प्रशंसनीय है? या यह अपने जीवन साथी के साथ क्रूरता है? फैसला करना आसान नहीं है। मैं इस दुःसाहस का भरपूर विरोध करता, अगर इस संघर्ष कथा से कुछ गहरे मूल्य निष्पन्न न रहे होते। बहरहाल, यह तो कहना ही होगा कि लेखिका ने राजेंद्र यादव के साथ अपने संबंधों की स्पष्टीकरण करते हुए जिस मृदुता का परिचय दिया है, उसका परिचय वे पति के साथ अपने विग्रह दिखाते हुए नहीं दे पाई हैं। सत्याग्रही को प्रेम से लबालब भरा होना चाहिए और मार खाते रहने के बाद भी, दुर्भावना को प्रश्रय नहीं देना चाहिए। लेकिन जो नहीं है, उसकी शिकायत क्या! जो है, क्यों न उसका आनंद लें और उससे सीखने की कोशिश करें!

ड्रेस कोड के पहलू

कानपुर के कुछ सिरफिरे प्राचार्यों द्वारा कॉलेजों में लड़कियों पर ड्रेस कोड लागू करने के फैसले को निरस्त करने में उत्तर प्रदेश सरकार ने जो चुस्ती दिखाई है, उसकी व्यापक सराहना हुई है। यह उचित ही है। इससे पता चलता है कि हमारे अध्यापकों और प्रधानाध्यापकों का एक हिस्सा जितना दकियानूस है, समाज का विचारशील वर्ग उतना ही जागरूक और सक्रिय है। शायद ही किसी अन्य राज्य सरकार ने ड्रेस कोड की पाबंदी को खत्म करने के लिए इतनी त्वरित कार्रवाई की हो। सरकारें सोचती हैं कि इन मामलों में उन्हें नहीं पड़ना चाहिए, क्योंकि स्त्री की 'शालीनता' और उसकी 'स्वतंत्रता' के नाम पर समाज दो स्पष्ट वर्गों में विभाजित है और कोई ऐसा मध्य बिंदु नहीं है, जिसे समझौते की झीनी रेखा काट सके। सो किसका वोट सुरक्षित करें और किसके वोट की उपेक्षा करें? लेकिन उप्र की मुख्यमंत्री ने, जो सभी जातियों को एक ही राजनीतिक मंच पर लाने की इंजीनियरिंग का कमाल दिखा चुकी हैं, इस विवादास्पद मामले में आधुनिकता और विवेक का पक्ष लेने में कोई संकोच नहीं किया, इससे पता चलता है कि हमारी राजनीति भी एक कदम पीछे और एक कदम आगे की दो श्रेणियों में विभाजित है। उप्र में अगर भाजपा की सरकार होती, तो वह भारतीय संस्कृति की रक्षा करने के नाम पर उत्तर प्रदेश प्राचार्य परिषद को उसके इस प्रतिक्रियावादी फैसले के लिए जरूर बधाई दे रही होती।

इस मामले के सामयिकता को छोड़ दिया जाए, तो ड्रेस कोड के मुद्दे का एक दूसरा पहलू भी है, जिसकी ओर बहस में शामिल किसी भी पक्ष ने ध्यान नहीं दिया है। अव्वल तो संस्कृति या भारतीय संस्कृति का सारा मामला ही उलझा हुआ है। दुष्यंत से गंधर्व विवाह करने वाली शकुंतला का जो भी देह चित्रण किया गया है, उसमें से एक में भी उसे पूरी पोशाक में नहीं दिखाया गया है। दरअसल, सिले हुए वस्त्र सैकड़ों या हजारों वर्षों तक भारत में थे ही नहीं, 'पोशाक चाहे स्त्रियों की रही हो या पुरुषों की। ये संभवतः चीन के रास्ते से बाद में आए। लेकिन किसी ने भी यह आक्षेप नहीं किया है कि प्राचीन काल में भारत की स्त्रियाँ नग्न रहती थीं। आज भी, देश के प्रायः सभी आदिवासी समुदायों में स्त्रियाँ कमर से ऊपर कपड़ा नहीं पहनतीं। क्या वे फैशन की मारी हुई हैं? या, अपने को सेक्स सिंबल बनाए रखने

के लिए आतुर रहती हैं? दिलचस्प यह है कि इन समुदायों में स्त्रियों के साथ छेड़छाड़ की घटनाएँ नहीं के बराबर होती हैं।

तो मामला यह नहीं है कि स्त्री कितने कम या कितने अधिक कपड़े पहने हुई है। बहुत अधिक कपड़ों में लिपटी स्त्री भी सेक्सी हो सकती है। कम कपड़ों में लिपटी हुई स्त्री भी ऐसी हो सकती है कि उस पर आँखें गड़ाने के बावजूद वह यौन उत्तेजना पैदा न कर सकें। ऐसी कितनी ही स्त्रियाँ बड़े शहरों की फुटपाथों पर बैठी, लेटी या घूमती दिखाई पड़ जाती हैं। शरीफों या शरीफजादों की पार्टियों में भी हाफ या क्वार्टर नग्न स्त्रियाँ दूसरों की आँखों में आकर्षण खोजते हुए चटर-पटर या चहल-पहल करती रहती हैं, पर कोई भी सौंदर्य प्रेमी पुरुष उनकी इस चाहत को पूरा नहीं करता। भोंडेपन से यौन आकर्षण पैदा होता है, यह समझ सस्ती वेश्याओं की है। लोफर पुरुषों की बात और है, जो स्त्री सौंदर्य के प्रशंसक नहीं, बल्कि मात्र मांसाहारी होते हैं। स्त्री उनके लिए यौन खुजली मिटाने का एक आम जरिया है।

अब हम उस बिंदु पर पहुँच रहे हैं 'जहाँ सौंदर्य और सेक्सीपन के बीच जरूरी और सार्थक बहस की जा सकती है। जीवविज्ञान के सभी शोधकर्ताओं का निष्कर्ष यह है कि स्त्री को आकर्षक बनाया ही इसलिए गया है' ताकि पुरुष उसकी ओर आकर्षिक हो और प्रजनन के माध्यम से सृष्टि व्यापार चलता रहे। इसके लिए स्त्रियाँ अतिरिक्त मेहनत भी करती हैं। स्त्री के कुदरती सौंदर्य को बढ़ाने के लिए या कम सुंदर स्त्री को अधिक सुंदर बनाने के लिए आदि काल से लेपों और उबटनों का इस्तेमाल होता आया है। आज सौंदर्य उद्योग का टर्नओवर कारों के टर्नओवर से कुछ ज्यादा ही होगा। गोरा और आकर्षक बनने की प्रतिद्वंद्विता किसी भी अन्य प्रतिद्वंद्विता से ज्यादा ताकतवर है। ध्यान रहे, यह सुंदर बनने या दिखने की लड़ाई नहीं है। सौंदर्य का एक अनिवार्य गुण शालीनता नहीं है, वहाँ सौंदर्य फूहड़ता में बदल जाने को विवश है। बीते समय की चपल अभिनेत्री हेलेन सुंदर भी थी, पर उसे हमेशा सेक्सी बना कर पेश किया गया। यह सेक्सीपन है, जो हमारी सभ्यता में जहर घोल रहा है।

कोई भी लड़की चलता-फिरता स्वयंवर नहीं होती। वह हर समय अपना जोड़ा नहीं खोज रही होती है। छात्र के रूप में पढ़ाई-लिखाई उसकी प्राथमिकता हो सकती है, रिसेप्शनिस्ट के रूप में उसका काम आगंतुकों का स्वागत करना या उनकी सहायता करना हो सकता है, नर्स के रूप में वह रोगियों की परिचारिका हो सकती है। उसे यौन उत्तेजना या सेक्सीपन के उद्दीपक के रूप में देखना पुरुष वर्ग का कमीनापन है। ऐसा करके वह हर स्त्री को सेक्स के इंस्ट्रुमेंट के रूप में बदल देना चाहता है। लोक जीवन में इस तरह की कई कहावतें हैं, जो कामुक पुरुषों की इस विकृति को उजागर करता है। ऐसे लोलुप व्यक्तियों से अकसर पूछा जाता है कि

क्या तुम्हारी बहन-बेटियाँ नहीं हैं? एक शायर ने क्या खूब कहा है–अच्छी सूरत भी क्या बुरी शै है, जिसने देखी, बुरी नजर डाली।

कानपुर के जिन प्राचार्यों को लड़कियों द्वारा जीन्स की पैंट पहनना नागवार गुजर रहा है, उनकी मंशा को गलत नहीं कहा जा सकता। वे सचमुच चाहते हैं कि कैंपस के माहौल में संजीदगी आए। उनकी कूपमंडूकता इस बात में है कि उसके लिए उन्होंने एक निपट उथला तरीका अपनाया। अश्लीलता जींस में नहीं है, जींस में कसे शरीर की भंगिमाओं में है, चाल की लचक में है, मुख की मुद्राओं में है। इस पर कंट्रोल करना प्राचार्यों की क्षमता के बहुत बाहर है। वे नहीं जानते कि उनका संघर्ष आधुनिकता की विकृतियों से है, जिनके परिणामस्वरूप हर लड़की या हर औरत सेक्सी दिखना चाहती है। यह उसकी एक मजबूरी भी है, क्योंकि इसके अभाव में उसे बहन जी मान लिया जाएगा। इसलिए हमारे सरोकार का विषय यह होना चाहिए कि पुरुषों और स्त्रियों में सौंदर्य और शालीनता के संस्कार विकसित हों न कि वे सड़कों, कॉलेजों और दफ्तरों में हमेशा आखेटक की मुद्रा में रहे।

लड़ो तो ऐसे लड़ो

सूडान की युवा पत्रकार लुबना अहमद अल हुसेन को इस अजनबी हिन्दुस्तानी का सलाम। लुबना ने यह साबित कर दिया है कि साधारण-सी बातों को ले कर किस तरह इतिहास रचा जाता है। बेशक हमारे देश में औरतों के लिए पैंट पहनना साधारण-सी बात है, यद्यपि यहाँ भी कई प्रकार के समाज-विरोधी विचार तथा संगठन इसे एक असाधारण घटना बनाने पर तुले हुए हैं। लेकिन सूडान में औरतों का पैंट पहनना अपराध है। वहाँ के नैतिक कोतवाल इसे महिलाओं के लिए अभद्र पोशाक मानते हैं। इस अपराध के लिए उन्हें अधिकतम चालीस कोड़े लगाए जा सकते हैं और एक सौ सूडानी डॉलर की जमानत लेनी पड़ सकती है। सूडान मे ईसाई भी रहते हैं और मुसलमान भी। ईसाइयों पर यह कानून लागू नहीं होता। पर मुस्लिम औरतों पर इस तरह के कई अभद्र कानूनों का शिकंजा है। 1989 में कट्टरपंथी उमर अल बशीर द्वारा तख्ता पलट के बाद मध्ययुगीन इस्लामी कानून लागू करने की रवायत शुरू हो गई थी। इसी के तहत 1991 में औरतों के लिए भद्रता के नियम बनाए गए। इन नियमों के तहत अब तक हजारों मुसलमान लड़कियों और औरतों को गिरफ्तार कर उन्हें कोड़े लगाए जा चुके हैं। हम सभी को सूडानी महिलाओं की बहादुरी का लोहा मानना चाहिए कि कोड़े खाने का खतरा उठा कर भी वे 'क्या पहनें, क्या न पहनें' के अपने मूल अधिकार से समझौता करने के लिए तैयार नहीं है।

चौंतीस साल की लुबना हुसेन, उसके पति का देहांत हो चुका है, इन्हीं साहसी औरतों में हैं। उन्हें पिछली 3 जुलाई को सूडान की राजधानी खारतूम में बारह दूसरी स्त्रियों को साथ गिरफ्तार किया गया था। इन सभी का अपराध यह नहीं था कि वे एक रेस्त्राँ में संगीत के कार्यक्रम का आनन्द ले रही थीं। उनकी ढीठाई यह थी कि उस समय वे ट्राउजर पहने हुए थीं। थाने में बाकी सभी ने अपना अपराध मंजूर कर लिया। दस-दस कोड़े मार कर उन्हें रिहा कर दिया गया। लुबना पैंट पहनने के अपने अधिकार पर अड़ी रहीं। सो उनका मामला अदालत के सुपुर्द कर दिया गया।

लुबना हुसेन के पास एक कारगर कवच भी था। वे संयुक्त राष्ट्र के लिए काम करती थीं। सूडान के कानून में ऐसे व्यक्तियों पर संयुक्त राष्ट्र की इजाजत के बिना

मुकदमा नहीं चलाया जा सकता। इसी बिना पर जज ने लुबना से कहा कि वे चाहें तो जा सकती हैं। पर चट्टानी इरादों को इस सख्त औरत के लिए सवाल सिद्धांत का था, सुविधा का नहीं। उसने कहा कि मैं अदालत में अपना पक्ष रखना चाहती हूँ और इसलिए मैं राष्ट्र संघ की नौकरी छोड़ रही हूँ। लुबना ने यह नौकरी छोड़ दी, तो मुकदमे की कार्रवाई फिर से शुरू हुई। समां यह था कि जिस दिन अदालत में विचार होना था, सैकड़ों महिलाएँ अदालत के बाहर जमा हो गईं और स्त्रियों के खिलाफ भेदभाव के खिलाफ नारे लगाने लगीं। इनमें से बहुतों ने पैंट पहन रखी थी। कार्रवाई को स्थगित करना पड़ा। अगली बार भी विरोध और प्रदर्शन के कारण कार्रवाई स्थगित कर दी गई।

तमाम बहस और जिरह के बाद अदालत ने लुबना को अपराधकर्ता करार दिया और उन्हें 130 सूडानी डॉलर का जुर्माना भरने का हुक्म दिया। लुबना के लिए यह एक मामूली-सी रकम थी। पर सवाल सिद्धांत का था। उन्होंने अदालत को ठेंगा दिखाते हुए कहा कि मैं एक दमड़ी भी नहीं दूँगी। जज में थोड़ी भी इनसानियत होती, तो वह जुर्माने की रकम अपने पास से भर देता और कैदी को आजाद कर देता। सजा देना उसका कानूनी कर्तव्य हो सकता था, पर व्यक्तिगत कर्तव्य तो यही था। जुर्माना न चुकाने के कारण लुबना को 7 सितंबर को जेल भेज दिया गया। रात वहीं कटी। अगले दिन एक अफसर आया और उसने लुबना को रिहा कर दिया। लुबना ने अपने सभी दोस्तों और परिजनों को जुर्माने की रकम न भरने के लिए कहा था, पर सूडानी पत्रकारों की यूनियन ने पैसा जमा करा दिया था।

लुबना हुसेन को अपनी रिहाई की कोई खुशी नहीं है। उनका कहना है, सात सौ से ज्यादा औरतें अभी भी जेल में सड़ रही हैं, क्योंकि उनकी ओर से जुर्माना भरने के लिए कोई नहीं है। जाहिर है, यह लड़ाई लुबना हुसेन की सिर्फ अपनी नहीं है। एक पत्रकार के रूप में उनकी अच्छी-खासी साख है। वे जानती हैं कि उनकी अपनी नियति उन अन्य स्त्रियों की नियति से भिन्न नहीं हो सकती, जिनके बारे में और जिनके लिए वे लिखती हैं। यही कारण है कि जब उन पर मुकदमा चल रहा था, यह मुद्दा एक अंतरराष्ट्रीय मुद्दा बन गया। वेबसाइटें खुल गईं और 'सूडानी महिलाओं के मानव अधिकारों की रक्षा करो' की मुहिम ने जोर पकड़ लिया। कुछ लोग कहेंगे, औरतें पैंट पहनें या न पहनें, यह भी कोई मुद्दा है! लुबना का कहना है, पैंट तो एक प्रतीक है। मूल सवाल औरतों की स्वतंत्रता, स्वाभिमान और आत्मनिर्णय के अधिकार का है। हम सभी की जबान पर यही आएगा—इसमें क्या शक है!

वह मूक सरपंच

वह कोने में प्लास्टिक की एक मामूली-सी कुर्सी पर बैठी हुई थी। दुबली-पतली, निरंतर और घोर परिश्रम से छीजी हुई काया, फिर भी जिजीविषा की चमकदार तरंगों से जीवंत और आँखों में अपने गाँव की सरपंच चुने जाने की उजास। अगर मुझे आज की भारतमाता की तस्वीर बनाने को कहा जाए, तो कुछ ऐसी ही तस्वीर बनेगी। उसका बेटा गबरू जवान था। पति दूसरे कोने में चौकी पर बैठा हुआ था। शुरू में उन्हीं से बात हुई थी। बात होने का कारण भी था। उनकी उम्र 94 वर्ष थी। इतना वृद्ध व्यक्ति इसके पहले मैंने एक ही देखा था। उन्हीं की तरह नवनिर्वाचित सरपंच के ससुर भी क्षीण और कमजोर दिखाई पड़ रहे थे, पर ऊर्जा में कोई कमी नहीं थी। उन्होंने बताया कि उन्हें कोई बीमारी नहीं है और वे, अपनी उम्र के बावजूद, चुस्त-दुरुस्त हैं और प्रायः सभी काम कर लेते हैं।

यह पंजाब के फतहगढ़ साहिब जिले के एक विकसित गाँव का दलित परिवार था। हम लोग पंजाब में हाल ही में हुए पंचायत चुनावों पर एक कार्यशाला में हिस्सेदारी करने चंडीगढ़ गए हुए थे। कार्यक्रम के अगले दिन पार्थ बाबू (इंस्टीट्यूट ऑफ सोशल साइंसेज में एसके डे चेयर के प्रोफेसर) ने उस गाँव में जाने का कार्यक्रम बनाया। पंजाब चुनावों का अध्ययन कर रहे प्रो. गोपाल अय्यर, जो अपने ढंग के मनमौजी और सरोकार-संपन्न व्यक्ति हैं, भी हमारे साथ थे। उन दोनों के लिए यह केस स्टडी का एक महत्वपूर्ण विषय था। उस महिला सरपंच और उसके घरवालों से बातचीत मुझे भी करनी थी, पर मैंने देखा कि मेरे दोनों विद्वान मित्र जिस बारीकी से अपनी बातचीत नोट ले रहे हैं, उससे मेरा भी काम चल जाएगा, तो मैंने आलसी बन जाने का निर्णय किया। इसका फायदा भी तत्काल मिलना शुरू हो गया। पार्थ और नैयर सरपंच के पुत्र तथा अन्य उपस्थित व्यक्तियों से, जिनमें कई सवर्ण भी थे (मुझे बताया गया कि एक दृश्य, यानी दलित परिवार में सवर्णों की उपस्थिति और पानी तथा कोक पीना, पास ही के राज्य हरियाणा में देखने को नहीं मिलेगा), विस्तार से एक-एक सूचना ले रहे थे और मैं बताने वालों के चेहरों पर गौर कर रहा था। बीच-बीच में उठ कर घर का चक्कर भी लगा आता था। गरीबी के चिह्न कहीं नहीं थे। दरवाजे के ठीक सामने एक भैंस पगुरा रही थी। ओसारे में एक लड़की कोई

रंग-बिरंगा कपड़ा सिल रही थी। साइकिल, मोटरसाइकिल आदि की उपस्थिति बता रही थी कि मैं पलामू या कालाहाड़ी में नहीं था। घर बड़ा और पक्का था। गली में दोनों किनारों पर नालियाँ थीं—खुली हुई। दूसरे घर भी बड़े और पक्के थे। हरएक के पास भैंस थी। यह दलितों का मुहल्ला था।

जिस चीज ने मुझे सबसे ज्यादा हैरान किया, वह था सरपंच महिला का अकेलापन। सचमुच ही वह कमरे में अकेली थी। हम आठ-नौ लोग थे। सारी बातचीत उस जुझारू महिला द्वारा पंच का चुनाव लड़ने और फिर निर्वाचित पंचों की बैठक में बहुमत से सरपंच चुने जाने की घटनाओं के इर्द-गिर्द घूम रही थी। सब उत्साहित हो कर बता रहे थे कि दलित महिलाओं के लिए आरक्षित सीट से पंचायत चुनाव लड़ने का फैसला उन्होंने अपनी ही पहल पर लिया और जीत कर भी दिखा दिया। निश्चय ही वह गाँव में लोकप्रिय होगी। परिवार और घर में जो कुछ भी बना था, वह पति-पत्नी के संयुक्त परिश्रम का परिणाम होगा, पर इस संयुक्त खाते में पत्नी ने ही अधिक योगदान किया होगा, क्योंकि वह स्त्री ठहरी, जिससे आशा की जाती है कि वह एक क्षण भी आराम नहीं करेगी। घर की एक-एक चीज बनाने-संजोने में उसका प्यार-भरा हाथ होगा—वह कमरा भी, कमरे में रखी हुई चौकी भी, उस पर डाली गई छींटदार चादर भी, दीवार पर लटक रहा कैलेंडर भी जिसमें सिख गुरुओं की प्रेरक तसवीरें थीं, प्लास्टिक की चार या पाँच कुर्सियाँ भी। वही इन सबकी मालकिन भी थी। लेकिन उस धड़कते हुए बैठकखाने में, जहाँ एक महिला दलित सरपंच के चुनाव की कहानी दुहराई जा रही थी और दो विद्वानों द्वारा बड़ी एकाग्रता से नोट की जा रही थी, वह अकेली थी—पूरी तरह अकेली। पूरे इंटरव्यू के दौरान उसने कुल सात या आठ शब्द कहे होंगे।

ऐसा नहीं है कि वह बोलना नहीं जानती थी या नहीं चाहती थी। लगभग दो घंटे की उस बातचीत के दौरान कई बार मैंने उसे कुछ कहने के लिए उद्यत होते देखा। एकाध बार कुछ स्फुट बोली भी। लेकिन उससे कोई कुछ पूछ नहीं रहा था। उससे सम्बन्धित सभी सवालों के जवाब दूसरे लोग दे रहे थे। कभी-कभी वह किसी जवाब की पुष्टि में सिर हिला देती थी। सभी यह मान कर चल रहे थे कि बताना उन पुरुषों की जिम्मेदारी है; जो सरपंच चुनी गई है, उसका काम उन बयानों पर मूक हस्ताक्षर कर देना है। वह अपना यह काम बखूबी निबाह रही थी। दलितों के घर में वह एक दर्जा ज्यादा दलित थी। घर की मालकिन होने के कारण उसका सम्मान था। लेकिन उससे यह अपेक्षा नहीं की जाती थी कि वह दिल्ली से आए हुआ मेहमानों का कौतूहल शांत कर सकेगी। हाँ, वह अनपढ़ भी थी। जब हममें से एक ने पूछा कि अनपढ़ होने से वह पंचायत का काम-काज कैसे देखेगी, तो पहली बार उसकी मुसकान देखने को मिली। उसने अपने बेटे की ओर संकेत करते हुए कहा, ये लोग हैं न। 'इन लोगों' ने भी कहा कि हमारे रहते इन्हें कोई कठिनाई नहीं होगी।

किसी ने भी नहीं कहा कि इनकी उम्र ही क्या है–सिर्फ सत्तावन साल! तीन-चार महीने में ही पढ़ना-लिखना सीख लेंगी। मुझे कस्तूरबा की याद आई। महात्मा गांधी से उनका जीवन भर का साथ था। वे किसी से कम बहादुर नहीं थीं। प्रत्येक संघर्ष में जम कर हिस्सा लिया। लेकिन महात्मा से शादी के समय भी वह अनपढ़ थीं और यर्वदा जेल में जब गांधीजी की गोद में उन्होंने आखिरी साँस ली, तब भी वह अनपढ़ ही रहीं। अनपढ़ का अर्थ मूर्ख नहीं होता है, लेकिन सिर्फ इस तर्क से शिक्षा के महत्व को नकारा नहीं जा सकता।

यह संरपच महिला कब तक मूक रहेगी? क्या उसकी बेटियाँ और नतिनियाँ व पोतियाँ भी ऐसे ही मूक रहेंगी? तालाब का जल अब स्थिर नहीं रहा। वह नदी की धार बन कर बहना चाहता है। एक दिन उसके वंशज गर्व से याद करेंगे कि उनके कुल में वह पहली औरत थी जिसने पंच का चुनाव जीता था और जो गाँव की सरपंच चुनी गई थी। इसका श्रेय पंचायती राज व्यवस्था को भी दिया जाएगा, जो भारत के गाँवों में एक मौन क्रांति का समर्थ वाहक है।

ग्राम माता भारत माता

किरन बेदी अच्छा बोलती हैं, यह मैंने सुना था, देखा नहीं था। ज्यादा लोगों का यह मानना है कि उनके साथ अन्याय हुआ। कुछ लोगों का कहना है कि वे अपनी महत्वाकांक्षा का शिकार हो गईं। लेकिन सच यह भी है कि महत्वाकांक्षा उन्हीं में पनपती है जो जीवन को किसी बड़े संकल्प का पर्याय मानते हैं और सिर्फ पद, पैसा और सफलता से संतुष्ट नहीं होते। सरकारी नौकरशाही में ऐसे लोगों की कदर कहाँ। सरकार गधे की चाल से चलती है और व्यवस्था को बदलने की बेचैनी से अभिप्रेरित ऐसे लोग हमेशा घोड़े पर सवार होते हैं। दुख की बात यह है कि वास्तविक जीवन में घोड़ा भले ही गधे को पछाड़ देता हो, सरकारी तंत्र में अकसर गधे ज्यादा बलवान साबित होते हैं। वे अपने बीच किसी घोड़े को देख कर डर जाते हैं और उसे लँगड़ा करने के लिए षड्यंत्र पर षड्यंत्र करते रहते हैं। कौन नहीं जानता कि वे अकसर सफल भी हो जाते हैं और घोड़े को अस्तबल में भेज दिया जाता है।

महिला पंचों और सरपंचों के एक सम्मेलन में किरन बेदी को बोलते हुए सुना और मैं तुरंत उन पर लट्टू हो गया। मैं ही नहीं, वहाँ उपस्थित सभी स्त्री-पुरुष लट्टू हो गए। उस सत्र में किरन बेदी को समापन भाषण देना था। लेकिन उन्होंने कोई औपचारिक भाषण बिलकुल नहीं दिया। शायद वे समझ गईं कि गाँवों से आई हुई इन लोगों को शहरी भाषण पिलाना मूर्खता है। इसके बजाय उन्होंने पंचों-सरपंचों से संवाद करना शुरू कर दिया। उस सम्मेलन में उपस्थित अधिकांश स्त्रियाँ माँ थीं, लेकिन शायद पहली बार उन्होंने इतनी संजीदगी से माँ होने का मतलब सुना होगा।

किरन बेदी ने कहा कि माँ होना काफी नहीं हैं, माँ बनो। अपने बेटे-बेटियों को खूब पढ़ाओ-लिखाओ। तभी वे आगे बढ़ेंगे और एक दिन तुम्हारी तरह पंच-सरपंच बनेंगे। इसके बाद किरन बेदी ने माँ के अर्थ का विस्तार करना शुरू कर दिया। उन्होंने कहा कि तुम्हें सिर्फ अपने बच्चों की माँ नहीं बनना है, पूरे गाँव की माँ बनना है। माँ जन्म देती है, इसलिए बच्चे के प्रति उसकी ममता सबसे ज्यादा होती है। इसलिए जब वह सरपंच बनती है, तो उससे उम्मीद की जाती है कि उसमें पूरे गाँव के प्रति वही ममता होगी जो अपने बच्चों के प्रति है। अर्थात वह ग्राम माता बन जाएगी। पुरुष जब ग्राम पिता बनता है, तो वह सेवा करने के बदले अपना

रुतबा बढ़ाने में लग जाता है। वह जैसे अपने बच्चों पर हुक्म चलाता है, उसी तरह गाँववालों पर हुक्म चलाने की कोशिश करता है। इसलिए पिता से उतनी अपेक्षा नहीं की जा सकती जितनी माता से।

किरन बेदी की बातें और आह्वान सुन कर स्त्रियाँ भी जोश में आ गई थीं और बीच-बीच में अपने संकल्पों की घोषणा भी करती जाती थीं। मैं आनंद से चमत्कृत तब हो गया जब किरन बेदी ने कहा कि आप लोगों को सिर्फ ग्राम माता बन कर संतुष्ट नहीं हो जाना चाहिए, बल्कि भारत माता बन कर दिखना चाहिए। उनकी यह बात सोलहों आना जायज है। पंचायती राज के समर्थक गाँव के बारे में ज्यादा सोचते हैं, देश के बारे में कम सोचते हैं। उनका कहना होता है कि गाँव समृद्ध होंगे, तभी देश समृद्ध होगा। इस तरह पंचायतवाद ग्रामवाद में बदल जाता है। निर्वाचित पंच-सरपंच भी ऐसा ही सोचते हैं। उनकी दृष्टि अपने गाँव से आगे नहीं जाती। वे इस सिक्के का यह दूसरा पहलू भूल जाते हैं कि जब तक राष्ट्रीय स्तर पर उचित नीतियाँ नहीं बनेंगी, ठीक से कामकाज नहीं होगा, तब तक गाँवों की हालत में कोई बड़ा सुधार नहीं हो सकता।

उदाहरण के लिए, पिछले कई वर्षों से कई राज्यों में किसान आत्महत्या कर रहे हैं। हर गाँव में निर्वाचित ग्राम पंचायत है, लेकिन कोई भी पंचायत इस शोकपूर्ण घटना को रोक नहीं पाती। यह असमर्थता इसलिए है कि राष्ट्रीय अर्थनीति पर गाँवों का कोई प्रभाव नहीं है। हमारे पास ग्राम माताएँ हैं, भारत माताएँ नहीं हैं। इसका उलटा भी सही है। भारतीय स्तर पर योजना बनानेवाले और देश की हुकूमत चलानेवाले भारी संख्या में मौजूद हैं, पर वे गाँवों की वास्तविक स्थितियों और जरूरतों से अनजान हैं। इस तरह, गाँव और देश के बीच जो पुल बनने चाहिए, वे अभी महज हमारे स्वप्नों में हैं। ये पुल कब बनेंगे?

जाहिर है, ये पुल ऊपर से तो नहीं बन सकते। राष्ट्रीय सरकार ज्यादा से ज्यादा यह सोच सकती है कि गाँववालों के लिए साल भर के कम से कम सौ दिनों के लिए रोजगार सुनिश्चित कर दो और अपने इस लघु सोच पर अभिमान कर सकती है। किसी गाँववाले से पूछ कर देखिए। क्या वह कभी स्वीकार कर सकता है कि गाँव में सिर्फ सौ दिनों की रोजगार गारंटी की जरूरत है—इसी से गाँव की दरिद्रता खत्म हो जाएगी? तिनकों से चिड़ियों के घोंसले बनाए जा सकते हैं, आदमियों के घर नहीं बनाए जा सकते। यह तो तभी हो सकता है जब ग्राम माताएँ भारत माता बन कर दिखाएँ। गाँवों के पुरुष राष्ट्रीय नीतियों पर गंभीरता से विचार करें और उनमें बदलाव लाने की माँग करें।

गाँव, शहर और देश के बीच एक जीवंत कड़ी है, इसे महसूस किए बिना संपूर्ण भारतीय नहीं बना जा सकता। जो सिर्फ अपनी और अपने गाँव या शहर की सोचता है, वह अपूर्ण भारतीय है। जब उसे संपूर्ण भारतीय होने का चस्का लगेगा, तो वह

खुशी (या, गम) से पागल हो जाएगा। जरूरत तो हमें विश्व मानवों की भी है, लेकिन जब तक राष्ट्रीयता की भावना का प्रसार नहीं होता, विश्व मानव बनने की इच्छा हास्यास्पद परिणाम भी ला सकती हैं। भारत के महानगरों में ऐसे तथाकथित विश्व मानव बहुत दिखाई पड़ते हैं, जिन्हें अपने देश की स्थितियाँ विचलित नहीं करतीं। फिर भी चूँकि समय भूमंडलीकरण का है, इसलिए विश्व स्तर पर होनेवाली चहल-पहल से हम आँख मूंद नहीं सकते। आज भारत की स्थिति ऐसी है कि वह विश्व नीतियों को प्रभावित नहीं कर सकता। पर वह इतना कमजोर भी नहीं है कि अपने को इन नीतियों के हानिकर प्रभावों से बचा नहीं सके। इसलिए पंचायतवाद को भारतवाद और अंततः विश्ववाद से जोड़ने की जरूरत है। तभी वह वर्तमान संस्कृति का एक हिस्सा बन कर रह जाने के बजाय एक नई और बेहतर संस्कृति का वाहक बन सकता है।

कृष्णा

उसका मूल नाम कृष्णा था। चार साल तक वह एक ऐसे पेशे में रही, जिसमें उसका नाम उसे भी याद नहीं कितनी बार बदला गया होगा। इनमें से सिर्फ तीन नाम उसे याद रह गए थे—रेशमा, गुरमीत और बबली। हर नाम छह-सात महीने चला था। लेकिन जब दिल्ली के एक वेश्यालय से उसकी मुक्ति कराई गई, तो रजिस्टर में उसने अपना वही नाम लिखवाया जो उसके माँ-बाप ने उसे दिया था—कृष्णा।

कृष्णा का एक अर्थ होता है काली, पर वह साँवली थी। स्वस्थ शरीर, सारे अवयव खिले हुए और त्वचा पर अर्धपरिपक्वता की आकर्षक परत। उसे मुक्त करानेवाली टोली के प्रधान थे एक मित्र पुलिस अधिकारी, जो हमारे इंस्टीट्यूट में यौन शोषण के व्यापार के लिए स्त्रियों और बच्चों की तस्करी पर शोध कर रहे थे। वे ही मुझे उस जगह ले गए जहाँ मुक्त कराई गई बारह लड़कियों-स्त्रियों को रखा गया था। कई से मैंने बातचीत की। इससे मुझे पहली बार पता चला कि हम जिस दुनिया को जानते हैं, उसके भीतर कई-कई रहस्यमय दुनियाएँ हैं। कृष्णा पश्चिम बंगाल के मेदिनीपुर जिले की थी। कलकत्ता में बहुत दिन रह चुके होने के कारण मैं थोड़ी-बहुत बाँग्ला जानता हूँ, इसलिए उससे बातचीत कुछ लंबी चली। चार साल लंबे दुर्दांत दोहन के बाद भी उसकी मूल ऊर्जा सूखी नहीं थी। दिख तो वह भी गंभीर रही थी, पर बातचीत में वह एक ऐसे मैने की तरह फुदक रही थी, जो अभी-अभी पिंजरे से निकल पर किसी नरम, हरी डाल पर बैठी हो। कृष्णा का गाँव के ही एक लड़के से भालोबासा हुआ और दोनों गाँव से भाग आए थे। एक हफ्ते तक बनारस में ऐश करने के बाद दोनों दिल्ली आए और लड़के ने उसे किसी को बेच दिया।

कृष्णा से दूसरी और तीसरी मुलाकात का श्रेय संयोग को है। मैं किताबें बदलने के लिए आईटीओ के पास स्थित दयाल सिंह लाइब्रेरी गया हुआ था। एक रैक के सामने खड़ा मैं भी किताबें खोज रहा था, वह भी। उस पर मेरी नजर पड़ी जरूर, पर मैं पहचान नहीं सका। उसने ही मुझ पर दस्तक दी। पता चला कि समाज कल्याण विभाग ने उसे एक संपन्न महिला के घर रखवा दिया था। उस कृपालु महिला ने कृष्णा को पढ़ाया-लिखाया और अब वह इंदिरा गांधी ओपेन विश्वविद्यालय से ग्रेजुएशन की तैयारी कर रही थी। खुशी से मेरी आँखें छलछला आईं। काश, जिस्मफरोशी की दुनिया

से रिहा कराई गई हर लड़की का भाग्य इतना अच्छा होता। अगर उस दुनिया में न्याय नहीं है, तो इस दुनिया में कितना न्याय है?

तीसरी मुलाकात बहुत दुखदायी थी। वह मुझे नोएडा के एक मॉल में मिली। रेडीमेड कपड़े देख रही थी। मैंने ही उसे टोका। इस बीच ढाई-तीन साल बीत चुके थे। उसकी नजरों की चमक और निश्छल हँसी बेदाग थी। पर आत्मा पर बोझ बढ़ गया था। इस बीच उसकी दो शादियाँ हो चुकी थीं। ब्यौरे उसी के मुँह से सुनिए–'दादा, जब पहली बार मेरी शादी हुई, तो मैंने महसूस किया कि यह दुनिया कितनी सुंदर है। मेरे पति को मेरा पिछला इतिहास बता दिया गया था। फिर भी उसने मुझे पत्नी का सम्मान दिया, इसलिए मैं उसका बहुत आदर करती थी। पर धीरे-धीरे तसवीर बदलने लगी। उसके व्यवहार में चिड़चिड़ाहट आने लगी। हमारे बीच तनातनी आए दिन की बात हो गई। एक दिन झगड़े के दौरान उसने ताना मारा कि रंडी रह चुकी हो, तो जिंदगी भर रंडी ही रहोगी। मेरा जख्म खुल गया। मैं रात भर रोती रही। जब वह मेरे इतिहास को ले कर बार-बार मुझे निशाना बनाने लगा, तो मैंने उसे छोड़ दिया और आंटी के घर लौट आई।

'आंटी ने ही मेरी दूसरी शादी कराई। इस बार लड़के को मेरे अतीत के बारे में नहीं बताया गया। हम दोनों बहुत खुश थे। एक दिन खाने पर उसका एक दोस्त आया। वह अविवाहित था और जब मैं कोठे पर बैठती थी, अपनी जिस्मानी प्यास बुझाने के लिए कई बार मेरे यहाँ आ चुका था। उसने मुझे पहचान लिया। जब तक वह हमारे घर में रहा, कोई अप्रिय घटना नहीं हुई। पर दोस्त को विदा कर लौटने के बाद मेरा शरीफ पति बिना कुछ पूछे मुझ पर हाथ-पैर चलाने लगा। जब मैं घायल हो कर गिर पड़ी, तो उसने कुरसी पर बैठ कर इत्मीनान से सिगरेट सुलगाई और दो-तीन कश लेने के बाद धुआँ फेंकती सिगरेट को मेरे दाहिने गाल के नजदीक ला कर चीखने लगा–बोल साली, तुमने मुझसे यह बात क्यों छिपाई कि तुम पेशा कर चुकी हो? मैंने कहा, इससे तुम्हें क्या फर्क पड़ता है? क्या मैं अच्छी पत्नी साबित नहीं हुई हूँ? फिर मुझे मजबूरी में कुछ दिन पेशा करना पड़ा, तो इसमें मेरा दोष क्या था? समझ लो, वह एक्सिडेंट था। तो यह भी एक्सिडेंट है, ऐसा कह कर उसने मेरे दोनों गाल जला दिए। छातियों को क्रूरता से दबोचता-मसलता रहा। मुझ पर थूका भी। मैं सब कुछ सहती रही। अब भी मुझे उम्मीद थी कि गुस्सा निकल जाने के बाद वह मुझे अपना लेगा। लेकिन हर तरह से बेइज्जत करने के बाद उसने रात को दो बजे मुझे घर से निकाल दिया। पास के बस स्टैंड पर मैंने रात गुजारी।

'इस बार मैं आंटी के पास नहीं गई। किस मुँह से जाती। एक परिचित की झोपड़ी में रहने लगी। कई छोटी-मोटी नौकरियाँ कीं। आजकल एक कारखाने में कपड़ा सिलाई का काम करती हूँ। अब अकेले ही रहती हूँ। किसी मर्द को देखती हूँ, तो मुझे अपने दोनों पतियों की याद आने लगती है। मन करता है कि सड़क

पर इतना थूकूँ, इतना थूकूँ कि सारे मर्द उसमें डूब जाएँ।'

उसकी आँखें भर आई थीं। खुल कर रोने के लिए वह एक कोने में चली गई। मेरी आँखें भी पसीज आई थीं। विदा लेने के पहले मैंने उससे कहा, 'अगर मैं विवाहित न होता, तो तुमसे कहता कि मेरे साथ चलो, हम इसी दुनिया में अपनी एक अलग दुनिया बनाएँगे।'

मंदाकिनी

मंदाकिनी से जो एक बार मिल लेगा, वह उसे कभी भूल नहीं सकेगा। वह लड़की नहीं, किसी उपन्यास की पात्र लगती है। ऐसे पात्र जो अन्य पात्रों-कुपात्रों की भीड़ में अलग से जगमगाते हैं। कथा में उनकी भूमिका छोटी-सी होती है, पर उनका व्यक्तित्व इतना बड़ा होता है कि छोटी-सी भूमिका में वह समा नहीं पाता। सीमांत पर रहते हुए भी सीमाओं की विस्तृत चौहद्दी में साँस लेनेवाले पात्रों को बौना कर देता है। मंदाकिनी ने जान-बूझ कर कभी ऐसा करना चाहा हो, यह मुझे याद नहीं। न कभी यह लगा कि वह ऐसा करना चाह सकती है। लेकिन उसकी संपूर्ण अभिव्यक्ति में कुछ ऐसा है जो उसे सुंदर और शीलयुक्त बनाता है। इन दोनों को सात्विक निखार मिलता है उसकी प्रत्युत्पन्न मति और बौद्धिक तीक्ष्णता से। उसने मुझे कई ऐसे किस्से सुनाए थे, जब उसने अपने से बड़ों को ढेर कर दिया था। एक साहब उसके साथ मनाली की सैर करना चाहते थे। मंदाकिनी ने कहा कि दिल्ली में मेरे एक लोकल गार्डियन हैं। दिल्ली से बाहर जाने के लिए मुझे उनसे अनुमति लेनी होगी। एक दूसरे साहब उसे एक टीवी चैनल में ऐंकर बना रहे थे। मंदाकिनी ने बताया कि मैं पीएचडी खत्म करने के बाद ही कोई नौकरी करूँगी। इसके लिए मुझे कम से कम तीन साल इंतजार करना होगा। सच यह था कि तब तक उसने एमए भी नहीं किया था।

वही मंदाकिनी जब पिछले महीने मिली, तो तरद्दुद में थी। इसके पहले मैंने उसे दुविधा में नहीं देखा था। परेशान होने पर भी वह नहीं चाहती थी कि किसी को उसकी परेशान की हवा लगे। एक बार उसने कहा था कि सहानुभूति प्रगट करनेवाले और उसके लिए कुछ भी उठा न रखने की कोशिश करनेवाले उसे इतने मिले थे कि अब वह उनसे कोसों दूर रहना चाहती है। उसने जिसकी भी सहानुभूति ली थी, वह कीमत वसूल करने के लिए घोड़े पर सवार हो जाता था। एक लेखक महोदय ने अपने प्रकाशक के यहाँ उसे प्रूफ रीडर लगवा दिया था। दस दिन के बाद ही उनका आग्रह हुआ कि दफ्तर से लौटते हुए मेरे घर आ जाया करना और एक घंटा मेरी किताबों के प्रूफ पढ़ दिया करना। मंदाकिनी बहुत खुश हुई कि उसे एक स्थापित लेखक के साथ काम करने का मौका मिलेगा और वह भाषा की बारीकियाँ सीख

सकेगी। पहले दिन वह लेखक के घर गई, तो पता चला कि जिस उपन्यास के प्रूफ उसे पढ़ने हैं, वह अभी लिखा जाना है। महीना पूरा करने के बाद उसने यह नौकरी छोड़ दी। इससे मिलते-जुलते कारणों से उसे कई नौकरियां बीच में ही छोड़नी पड़ गई थीं। तब भी जब उसे पैसों की सख्त जरूरत थी।

चाय का प्याला आते ही वह खुल पड़ी। उसकी बात, जितना मुझे याद है, उसके शब्दों में ही सुनिए–'सर, पहली बार इतनी मुश्किल में पड़ी हूं। आप जानते ही हैं कि किसी को प्यार करना और उसके साथ घर बसाने की बात सोचना मेरे लिए कितना मुश्किल है। बचपन से ही मेरा शरीर पुरुषों की लोलुपता का कातर साक्षी रहा है। प्रतिरोध करना मैंने बहुत बाद में सीखा। तब से मैंने किसी को अपने शिष्ट होने का फायदा उठाने नहीं दिया। शायद मेरी किस्मत ही कुछ ऐसी है कि मुझे हर बिल में साँप ही दिखाई देता है। जो अपने को जितना स्त्री समर्थक दिखाता है, उससे मुझे उतना ही डर लगता है। लेकिन इस बार एक ऐसे लड़के से मेरा पाला पड़ा है, जिसकी मनुष्यता के आगे मैं हार गई। इतना सीधा और सज्जन है कि आज तक उसने मुझे छुआ तक नहीं है। सिनेमा हॉल के अँधेरे में भी। लेकिन मैं जानती हूँ कि वह हर क्षण मेरे ही बारे में सोचता रहता है। एमबीए का आखिरी साल है। कल उसने कहा कि मैं तुमसे शादी करना चाहता हूं। मैं कोई जवाब नहीं दे पाई। सर, आप ही बताइए, मुझे क्या करना चाहिए।'

मैं क्या बताता। इस मामले में मेरे अनुभव ऐसे हैं कि सलाह देना असंभव जाना पड़ता है। स्त्री-पुरुष सम्बन्धों में जो पेच हैं, उनका कोई हल नहीं है। इसलिए जो भी रास्ता पकड़ो, वह कहीं न कहीं जा कर बंद हो जाता है। फिर भी, चूँकि मंदाकिनी लगातार इसरार किए जा रही थी, इसलिए हालाँकि, अगर, मगर वगैरह लगाते हुए मैंने कहा, 'मेरे खयाल से, तुम्हें अब सेट्ल हो जाना चाहिए। तुम भी नौकरी करती हो। एमबीए पूरा करने के बाद उसे भी अच्छी नौकरी मिल जाएगी। कब तक खुद भटकती रहोगी और दूसरों के भटकाव का कारण बनती रहोगी?' इस पर मंदाकिनी ठठा कर हँस पड़ी। बोली, 'जॉर्ज बर्नार्ड शॉ की सीख है कि पुरुष को जितनी देर से हो सके, शादी करनी चाहिए और स्त्री को जितनी जल्दी हो सके, शादी कर लेनी चाहिए।'

एक हफ्ते बाद एक साहित्यिक कार्यक्रम के समापन पर मंदाकिनी से मुलाकात हो गई। मंडी हाउस में पेड़ों की छाँह-छाँह चलते हुए मैंने पूछा, 'तो अंत में तुमने क्या फैसला किया?' वह बेहद संजीदा हो आई। फिर मुसकराते हुए कहा, 'मैंने उससे कह दिया कि मेरी शादी हो चुकी है।' अब संजीदा होने की बारी मेरी थी। उसने मुझे भारहीन करने के लक्ष्य से कहा, 'सर, मैं उससे कहती कि चलो, शादी के बिना ही साथ रहते हैं, तो वह कतई राजी नहीं होता। मुझे लगता है कि प्रेम वास्तव में है, तो उस पर विवाह की मुहर लगाना जरूरी नहीं है।'

सौदामिनी

सौदामिनी को मैं तब से जानता हूँ जब उसने बीए भी नहीं किया था। वह कोई कठिन कविता या निबंध का अर्थ समझने के लिए हमारे घर आती थी। उसकी आँखों में एक खास किस्म की चमक थी। वह चमक दूर से ही कहती थी कि यह लड़की बहुत आगे जाएगी। एक बार उसने निराला की एक भक्ति-कविता पढ़ कर पूछा था कि इस जमाने में भी ऐसी कविताएँ क्यों लिखी जाती हैं। अपना जीवन तो हमें ही चलाना है। इसमें प्रभु क्या कर लेंगे? मैंने उसे बताया कि निराला जी वेदांती थे। इसलिए वे ऐसी कविताएं लिखते थे। सौदामिनी ने कहा, 'वेदांत एक फाल्स विचाराधारा है। लेकिन क्लास में इस बात की ओर इशारा तक नहीं किया जाता। साहित्य के हमारे शिक्षक भी खुद वेदांती नहीं हैं, पर भक्ति वाली कविता इस तरह पढ़ाते हैं जैसे पूरी क्लास को वेदांती बना कर छोड़ेंगे।' सौदामिनी से बीच-बीच में संपर्क होता रहा। उसके बारे में आखिरी समाचार यह था कि वह किसी विश्वविद्यालय में पढ़ा रही है।

वही सौदामिनी पिछले हफ्ते हमारे घर आई, तो उसका स्वस्थ भरा-पूरा शरीर देख कर आँखें जुड़ा गईं। वह मेरे लिए कुछ नई पुस्तकें भी लाई थी। हालचाल जानने के बाद मैंने पूछा, अपने पतिदेव को साथ नहीं लाई? वे क्या करते हैं? सौदामिनी ने बताया, 'वे एक विज्ञापन कंपनी चलाती हैं। आज वे भी मेरी साथ आने वाली थीं, पर अचानक एक जरूरी मीटिंग आ जाने से सुबह ही निकल गईं।' वह बड़ी गंभीरता से बोल रही थी, पर जाहिर था कि वह भीतर ही भीतर अपनी हँसी रोक रही है। मैं भी विस्मित हुआ, 'क्या? तुम दोनों लेस्बियन तो नहीं हो?' सौदामिनी–'मैं जानती थी कि आप यह सवाल जरूर पूछेंगे। सभी यही पूछते हैं। नहीं, हम लेस्बियन नहीं हैं।' मैंने स्पष्ट किया, 'दरअसल, दो स्त्रियों के साथ-साथ रहने और परिवार जैसा बसाने से मन में पहला सवाल यही आता है। मेरे शब्दकोश में लेस्बियन होना गाली नहीं है। यह एक असाधारण बात जरूर है, इसलिए पूछ बैठा।'

सौदामिनी ने शांत स्वर में, लेकिन कुछ तुर्शी के साथ कहा, 'हाँ, साधारण बात यह है कि पत्नी बनने के बाद स्त्री पति की गुलाम हो जाए। पति की अतार्किक बात न मानने पर पिटती रहे। साधारण बात यह है कि पत्नी पति के सचिव की

तरह काम करे और अपने कैरियर की चिंता न करे। पति के रिसर्च करने में सहायक बने और खुद लिखना-पढ़ना छोड़ दे। मैंने दो विवाह किए, दोनों का निचोड़ यही है।' उसकी पीड़ा ने मुझे विचलित कर दिया। मैंने जानना चाहा, 'तुम्हारे पति की कहानी भी कुछ ऐसी ही है क्या?' सौदामिनी—'कहानी सभी की एक जैसी ही है। कोई-कोई जाहिर कर देती है, ज्यादातर इस उम्मीद में चुप रहती हैं कि आगे शायद बेहतर दिन आएँगे। यह उम्मीद उनके बूढ़ी हो जाने तक बनी रहती है। लेकिन आप हमें पति-पत्नी तो न कहें। हम दोनों पति हैं या हम दोनों पत्नियाँ हैं। परिवार में वर्ग विभाजन को हमने खत्म कर दिया है।'

सौदामिनी ने अपनी जीवन साथी श्वेता के बारे में जो कुछ बताया, वह भी कम विचलित करने वाला नहीं था। श्वेता ने एक फ्रेंच लड़के से शादी की थी। उन्हें एक बच्चा भी हुआ। बच्चा होने के बाद ही उसका पति इधर-उधर मुँह मारने लगा। जब बात बहुत आगे बढ़ गई, तो एक दिन पति को बैठा कर श्वेता ने उससे बातचीत की। इस पर वह उखड़ गया। कहने लगा कि तुम इंडियन्स बहुत दकियानूस हो। यह मेरी पर्सनल लाइफ है, इससे तुम्हें क्या मतलब? तुम भी चाहो तो मल्टिपुल रिलेशन्स बनाओ, मैं बिलकुल एतराज नहीं करूँगा। श्वेता ने कहा, रिलेशन तो हो। मैं तुम्हारी तरह फ्लर्ट नहीं कर सकती। उसने कहा, फ्लर्टेशन इज द स्पाइस ऑफ लाइफ (फ्लर्ट करना जिंदगी मसालेदार बनाए रखता है)। श्वेता ने जवाब दिया, जिंदगी मेरे लिए मसाला नहीं है। इसके बाद दोनों में तनातनी रहने लगी। आखिर में तलाक हो गया। अब श्वेता और उसका लड़का तथा मैं साथ-साथ रहते हैं। फ्लैट भी हम दोनों ने पैसा मिला कर खरीदा है।

मुझे अफसोस हुआ, 'गलती उस नालायक फ्रेंच की थी, नतीजा भुगत रहा है बच्चा। उसके सिर पर पिता का साया नहीं है।' सौदामिनी तुनक गई, 'एक पुरुष और एक स्त्री के स्थान पर दो स्त्रियों का साया क्या कुछ कम है? उसके दो-दो माँए हैं। वह हमारे प्यार-दुलार से बहुत खुश रहता है। और, स्त्री-पुरुष के समानांतर दो पुरुष या दो स्त्रियाँ घरबार क्यों नहीं बसा सकते? इसके लिए होमो या लेस्बियन होना जरूरी है।'

मेरे मुँह से 'बिलकुल नहीं' ही निकला, पर मैंने पाया कि मेरे हामी भरने में बहुत दम नहीं था। मैंने अपने आपसे सवाल किया, भीतर ही भीतर क्या मैं भी दकियानूस हूँ?

स्त्रियाँ ऐसी भी होती हैं

पुरुष क्रूर और निर्दय होते हैं तथा स्त्रियाँ सहृदय और ममतामयी--साहित्य और संस्कृति में परंपरागत मान्यता यही है। इस मान्यता को आज भी सार्वजनिक भाषणों में दुहराया जाता है। लेकिन ज्यादातर पुरुष इससे सहमत दिखाई नहीं देते। स्त्रियों को आज तक जिस तरह पद-दलित किया गया है और आज भी किया जा रहा है, उसे देखते हुए यह उम्मीद बेकार है कि स्त्रियों के गुणों और विशेषताओं को सामान्य जन द्वारा स्वीकार किया जाएगा। गुलामों में क्या गुण हो सकता है! अगर कुछ गुण दिखाई देते हैं, तो इसी कारण कि उन्हें बंधन में रखा गया है। दिलचस्प यह है कि जहाँ साहित्य और संस्कृति में स्त्री जाति का महिमान्वयन किया गया है, वहीं लोक जीवन में ऐसी अनेक कहावतें प्रचलित हैं, जिनके अनुसार स्त्री बहुत ही धूर्त, बेवफा और मूर्ख प्राणी है। एक कहावत में कहा गया है कि स्त्रियों को नाक न हो, तो वे गू खाएँ। दूसरी कहावत त्रिया चरित्र के बारे में : खसम मारके सत्ती होय।

आधुनिक भारत में स्त्रियों के प्रति यह विद्वेष और मजबूत हुआ है। इसका कारण यह है कि शिक्षा और अवसर पाने के बाद स्त्रियाँ बड़े पैमाने पर ऐसे रोजगारों में उतरी हैं जो पुरुषों के लिए आरक्षित माने जाते रहे हैं। इस तरह पुरुषों के लिए अवसर कुछ कम हुए हैं। यद्यपि दुनिया भर का अनुभव यही है कि स्त्रियों को पुरुषों की तुलना में कम महत्त्वपूर्ण काम दिए जाते हैं और उन्हें वेतन तथा मजदूरी भी कम मिलती है। फिर भी स्त्रियों का सार्वजनिक जीवन में उतारना मर्दों को नहीं भाता। सार्वजनिक जीवन में स्त्रियों के उतरने से पुरुष-स्त्री के बीच समानता के मूल्य बनते हैं और स्त्रियों में विभिन्न स्तरों पर आत्मनिर्भरता आती है। यह पुरुषों के लिए संकेत है कि सत्ता पर उनका एकाधिकार खत्म हो रहा है और स्त्रियाँ, जो अब तक उनके कब्जे में रही हैं, आजाद हो रही हैं। यह बात गैर-प्रबुद्ध पुरुष मंडली को नागवार गुजरती है। मुख्यतः यही कारण है कि महिला आरक्षण विधेयक पुरुष-प्रधान भारतीय संसद में पारित नहीं हो पा रहा है।

कुछ दिनों पहले जेपीनगर जिला मुख्यालय के पास बाबनखेरी गाँव में एक लोमहर्षक कांड हुआ। एक महिला ने अपने प्रेमी के साथ मिल कर अपने माता-पिता, दोनों भाइयों, भाभी, ममेरी बहन की दोस्त और एक नाबालिग भतीजे की हत्या

कर दी। यह इस तरह का शायद पहला कांड है। कारण क्या, था इस बारे में निश्चयपूर्वक कुछ बताया नहीं जा सका है। कारण कितना भी प्रबल हो, पर एक ही रात में सात-सात परिजनों की हत्या एक बहुत बड़ा प्रश्नचिह्न लगाती है। इस करुण घटना पर टिप्पणी करते हुए एक सज्जन 'चोखेर बाली' नामक विख्यात ब्लॉग में 'औरत ऐसी भी होती है क्या' शीर्षक से लिखते हैं : 'मिनटों में इस नारी ने एक प्यार भरे घर को कब्रिस्तान बना डाला। नारी माँ होती है, पर इस नारी ने तो एक डायन का रोल अदा किया। क्यों किया उसने यह सब? क्या कमी थी उसे? क्या चल रहा था उसके मन में? क्या यह सब उसने प्रेमी के लिए किया?'

ये बड़े सवाल हैं। इनका उत्तर विस्तृत जाँच के बाद ही मिल सकता है। लेकिन इस तरह की घटनाएँ आजकल काफी छपने लगी हैं कि पत्नी ने अपने प्रेमी के साथ मिल कर पति को जहर दे दिया या प्रेमी-प्रेमिका दोनों ने मिल कर पत्नी या पति की हत्या कर दी। ऐसी घटनाएँ पता नहीं कब से हो रही हैं। इन्हीं की ओर संकेत करने के लिए 'किस्सा तोता मैना' जैसी दिलचस्प किताब लिखी गई थी, जिसमें तोता एक कहानी द्वारा साबित करता है कि औरतें बेवफा होती हैं, तो मैना दूसरी कहानी के माध्यम से साबित करती है कि नहीं, बेवफा तो मर्द होते हैं। सच्चाई यह है कि दोनों ही अर्धसत्य हैं। पहले पुरुष ज्यादा स्वैराचारी होते थे, तो आजादी और खुलापन बढ़ने से अब स्त्रियाँ भी स्वैराचारी होने लगी हैं और हिंसा को भी अपना रही हैं। इससे पुरुष मानसिकता के अनेक प्रतिनिध यह कहने लगे हैं कि स्त्रियों का महिमान्वयन ठीक नहीं है, क्योंकि त्रिया चरित्र ही उनका वास्तविक गुण है। जब वे और ज्यादा आजाद होंगी, तो और कहर मचाएँगी।

पश्चिम में जहाँ स्त्रियाँ काफी हद तक आजाद हो चुकी हैं, ऐसे प्रमाण नहीं मिलते कि वे बड़े पैमाने पर डायन हो चुकी हैं। उनमें से अनेक हिंसा कर रही हैं और परिवारों को बरबाद कर रही हैं, यह तथ्य है। लेकिन यह साबित होना बाकी है कि स्त्री का वास्तविक रूप यही है। सभी समाजों में स्त्रियाँ अधिक मानवीय दिखाई देती हैं। शायद प्रकृति ने उन्हें ऐसा बनाया ही है, क्योंकि इसके बिना वे संतति परंपरा को आगे बढ़ाने की जिम्मेदारी का निर्वाह नहीं कर पातीं। बेशक कुछ माताएँ भी क्रूर साबित हुई हैं, लेकिन ये घटनाएँ अपवाद ही हैं, नियम का रूप नहीं ले पाई हैं। फिर भी यह मानने में कोई हर्ज नहीं दिखाई देता कि हम वास्तविक स्त्री को नहीं जानते। अभी तक स्त्रियों को बनाया गया है। वे अपने स्वाभाविक रूप में प्रस्फुटित नहीं हुई हैं। लेकिन हमें यह नहीं भूलना चाहिए कि पुरुष भी वैसे बनाए गए हैं जिस रूप में वे उपलब्ध हैं। अर्थात एक ही संस्कृति एक खास तरह के पुरुष और एक खास तरह की स्त्रियों का निर्माण कर रही है। फिर भी इसी संस्कृति में गौतम बुद्ध, ईसा मसीह और गाँधी जैसे पुरुष पैदा होते हैं और कैकेयी, तिष्यरक्षिता तथा फूलन जैसी स्त्रियाँ।

तथ्य यह भी है कि जब पुरुष कोई क्रूर घटना करता है, तो हम दाँतों तले उँगली नहीं दबाते। लेकिन जब स्त्री ऐसा करती है, तो हम घोर आश्चर्य में पड़ जाते हैं। इसी से साबित होता है कि पुरुष की तुलना में स्त्रियों से अधिक मानवीय होने की अपेक्षा की जाती है। क्या इसी बात में स्त्री चरित्र के बेहतर होने की स्थापना निहित नहीं है? आखिर कोई तो वजह है कि अब तक कोई स्त्री हिटलर, मुसोलिनी, स्टाालिन या माओ नहीं बनी। इसका यह उत्तर पर्याप्त नहीं है कि स्त्रियोँ को पर्याप्त राजनीतिक सत्ता नहीं मिली है। जबाब यह भी दिया जा सकता है कि स्त्रियों के हाथ में पहले सत्ता तो दीजिए, फिर देखिए क्या होता है। हो सकता है कि स्त्री-पुरुष के बारे में परंपरागत मान्यताएँ ध्वस्त हो जाएँ। हो सकता है, व्यवस्था में सुधार आए। जो भी हो, निवेदन है कि पुरुष की तरह स्त्री को भी वैसा बनने का हक दीजिए जैसा वह होना चाहती है। एक वर्ग आजाद हो या नहीं, इसका फैसला करनेवाला दूसरा वर्ग कैसे हो सकता है?

महिला दिवस पर

सामाजिक मामलों में खुशी और गम का अद्‌भुत मिलान होता है। पंद्रह अगस्त और छब्बीस जनवरी की तरह अंतरराष्ट्रीय महिला दिवस भी एक मुट्ठी में खुशी और दूसरी मुट्ठी में गम ले कर आता है। अगस्त और जनवरी के पर्व हमारे पुरखों के संघर्ष की यादगार बन कर आते हैं और हमें स्वाधीनता संघर्ष के मूल्यों और आदर्शों की याद दिलाते हैं। वह समय इतना दूर भी नहीं था कि उसकी अनुगूँजें हमें झंकृत न कर दें। देश में अभी भी ऐसे हजारों लोग जीवित हैं जिन्होंने इस संघर्ष में हिस्सा लिया था और अपना बहुत कुछ गँवाया था। यही वजह है कि स्वतंत्रता दिवस और गणतंत्र दिवस पर देश की उपलब्धियों का मूल्याँकन करते समय हमारी मन उदास हो जाता है। हमें लगता है कि हमारे साथ धोखा हुआ है और इन दोनों दिवसों पर होनेवाले समारोह बिलकुल रस्मी हैं।

क्या अंतरराष्ट्रीय महिला दिवस का चरित्र भी कुछ ऐसा ही है? यह तो नहीं ही कहा जा सकता कि यह विश्व के नारी समाज को राष्ट्र संघ का एक तोहफा है। कोई भी तोहफा मुफ्त नहीं मिलता। तोहफे को भी कमाना पड़ता है। जब राष्ट्र संघ ने हर साल 8 मार्च को विश्व महिला दिवस के रूप में मनाने का निर्णय किया, तब तक दुनिया भर में स्त्री चेतना का संघर्ष एक निर्णायक दौर तक पहुँच चुका था। लेकिन इस संघर्ष को पश्चिमी देशों में जैसी सफलता और मान्यता मिली, वह विश्व के अन्य भूखंडों में रहनेवाली आधी आबादी को नहीं मिल सकी। जहाँ तक हमारे अपने देश का सवाल है, हमने अपने संविधान में स्त्रियों को पुरुषों के बराबर जगह देने में जरा भी कृपणता नहीं की। हमारा संविधान बनानेवाले प्रबुद्ध, प्रगतिशील और दूरदर्शी लोग थे। उन्होंने उन परिस्थितियों में जितना आदर्श संविधान बनाना संभव था, उसकी पूरी कोशिश की। उस विरासत को आगे बढ़ाने की जिम्मेदारी उन महानुभावों की थी, जिन पर इस दस्तावेज को लागू करने की लोकतांत्रिक जिम्मेदारी थी। यह काम कितना हुआ और कितना नहीं हुआ, यह हमारे सामने है। कहा जा सकता है कि अंतरराष्ट्रीय महिला दिवस मनाने की जितनी जरूरत फ्रांस, जर्मनी या अमेरिका में है, उससे ज्यादा जरूरत एशिया और अफ्रीका में रहनेवालों की है। किसी भी देश के सांस्कृतिक विकास को आँकने का यह एक विश्वसनीय पैमाना हो सकता

है कि वहाँ स्त्रियों की हालत कैसी है। इस मामले में हम भारतीय अपने आप पर बहुत ज्यादा इतरा नहीं सकते।

यही कारण है कि भारत में अंतरराष्ट्रीय महिला दिवस स्त्रियों का कोप दिवस बन जाता है। वे तरह-तरह के तथ्य और आँकड़े जुटा कर यह साबित करती हैं कि देखो, आज भी हमारे साथ कितना अन्याय हो रहा है। इस दिन हर मुखर स्त्री समाज के विरुद्ध अपने एफआईआर को फिर से लिखती है और उसमें नई घटनाएँ जोड़ती है। महिला दिवस पर गाना-बजाना कम होता है और दुखड़ा ज्यादा रोया जाता है। यह स्वाभाविक भी है। साल भर में हम जितनी समस्याओं से फारिग होते हैं, उससे ज्यादा नई समस्याएँ पैदा हो जाती हैं। इसलिए भारत में नारी संघर्ष के कम से कम दो चेहरे हैं। एक चेहरा मध्यवर्गीय महिलाओं का है, जिसकी मुख्य माँग आजादी की है। वे अपने शरीर को ले कर, अपनी आत्मा को ले कर और अपनी पारिवारिक तथा सामाजिक भूमिका को ले कर बहुत ही सचेत हैं और अपने सारे अधिकार हासिल करना चाहती हैं। दूसरा चेहरा ग्रामीण महिलाओं या शहर में रहनेवाली गरीब महिलाओं का है। उनके लिए स्वतंत्रता से ज्यादा मूल्य दैनंदिन जीवन की सुविधाओं का है। उन्हें देह की आजादी से ज्यादा प्यारी है कई किलोमीटर दूर से पानी लाने और ढिबरी या लालटेन की मद्धिम रोशनी में चूल्हा-चौका करने के बोझ से आजादी।

वे मूर्ख या पागल हैं जो इन दोनों आजादियों को एक-दूसरे के विकल्प के रूप में देखते हैं। जीवन में इस तरह का बँटवारा नहीं होता और न चलता है। यही कारण है कि भारत में महिला आंदोलन तेज नहीं हो पा रहा है। ऐसा लगता है जैसे स्त्रियों के दो अलग-अलग लोक हैं और उनके बीच कोई संवाद नहीं है। मध्यवर्गीय औरत अपने लिए जिन स्वतंत्रताओं की माँग करती हैं, वे सभी स्वतंत्रताएँ गरीब औरतों को भी चाहिए और उन्हें भी तुरंत चाहिए—कल या परसों नहीं। लेकिन इन स्वतंत्रताओं का उपभोग एक ऐसे ढाँचे में ही किया जा सकता है जिसमें मूलभूत भौतिक स्वतंत्रताएँ सभी को हासिल हों। हर अधिकार की एक सामाजिक और आर्थिक पृष्ठभूमि होती है। यह बात उन्हें समझा पाना मुश्किल है जिनके लिए मानव अधिकार या स्त्री अधिकार सिर्फ माँग करने या नारेबाजी की बात है।

सच तो यह है कि आर्थिक सुरक्षा की चिंता भारत की मध्यवर्गीय महिलाओं के लिए उतना ही बड़ा मुद्दा है जितना निर्धन महिलाओं के लिए। कोई औरत नौकरी करने जाती है, महज इससे यह अनुमान नहीं कर लेना चाहिए कि उसे आर्थिक सुरक्षा प्राप्त हो गई है। असली सवाल यह है कि वह जो पैसा कमा रही है, उसे खर्च करने का अधिकार किसके पास है। हमारे परिवारों में अभी भी लोकतंत्र नहीं है। लोकतांत्रिक माहौल बनाए बिना परिवार में या समाज में किसी भी वर्ग के वास्तविक अधिकारों की रक्षा नहीं की जा सकती।

क्या यह बात आश्चर्यजनक नहीं है कि अंतरराष्ट्रीय महिला दिवस पर शहरों में और मीडिया में तरह-तरह के रंगारंग आयोजन होते हैं तथा धरना-प्रदर्शनों का ताँता लग जाता है, लेकिन कोई भी समूह अपने शहर की वेश्या टोलियों में जा कर उन औरतों को मुक्त कराने के बारे में नहीं सोचता जो शोषण और दमन की सबसे बुरी शिकार हैं? यहाँ शहरी और ग्रामीण को कोई भेद नहीं रह जाता। ये औरतें पेशा तो शहरों मे करती हैं, पर भगाई और उठाई गाँवों और कस्बों से जाती हैं। कहा जा सकता है कि यह औरतों का तीसरा वर्ग है, जिसके प्रति औरतों के बाकी दोनों वर्गों में पूर्ण उदासीनता देखी जाती है। इससे पता चलता है कि हर आंदोलन की तरह महिला आंदोलन का भी एक वर्ग आधार है। यह वर्ग आधार इतना मजबूत है कि महिला आंदोलन को एकीकृत नहीं होने देता। कई बार महिलाएँ महिलाओं के शोषण में खुद भी शरीक होती हैं।

इस वर्ष अंतरराष्ट्रीय महिला दिवस पर एक प्रयोग किया जाना चाहिए। पुरुषों को, पितृसत्तात्मकता को और व्यवस्था को कठघरे में खड़ा करने के बजाय महिला समूह अपनी अभी तक की गतिविधियों पर विचार करें और अपने विश्वासों का वस्तुपरक परीक्षण करें। सिर्फ माँगने से जो मिलता है, वह अकसर सांकेतिक होता है, वास्तविक नहीं। इसी तरह, माँग रखनेवालों को तभी कुछ हासिल होता है जब उनमें कुछ दम हो। असली सवाल यह है कि यह दम कैसे हासिल किया जाए। इसके लिए साफ समझ, आत्मीय सामूहिकता और संघर्ष का ठोस कार्यक्रम होना चाहिए।

तीन प

लोकप्रिय साहित्यिक मासिक 'नया ज्ञानोदय' का जुलाई अंक 'महिला लेखन पर केंद्रित' है। कवर पर ऐसा बता कर इसके ऊपर शीर्षक दिया गया है: 'लिखती हुई स्त्रियाँ'। यानी लिखनेवाली स्त्रियाँ हैं, पर वे जो लेखन कर रही हैं, वह महिला लेखन है। यहाँ स्त्री और महिला के द्वंद्व से अगर आपके मन में भी वही उभर रहा है जो मेरे मन में, तो मुझे खुशी होगी। इस द्वंद्व की ओर इशारा करने का एक कारण और है। इसका सम्बन्ध स्त्री लेखन की दिशाओं से है। जिनका लेखन स्त्री विमर्श की चौहद्दी में आता है, वे स्त्री लेखक हैं। जिनके सरोकार पुरुष लेखन की तरह व्यापक हैं, वे महिला लेखक हैं। महिला शब्द अंग्रेजी के लेडी की वजन पर बनाया गया है। महिलाएँ औरत नहीं होतीं। वे स्त्री भी नहीं होती हैं। वे महिलाएँ होती हैं। पाकिस्तान के जुल्फिकार अली भुट्टो ने एक बार हमारी इंदिरा गाँधी के लिए 'वह औरत' शब्दों का प्रयोग किया था, तो देश भर में भूचाल आ गया था। यह वर्ग दृष्टि का मामला है। यहाँ महिला डी-सेक्सुअलाइज हो जाती है। औरत के बारे में चाहे जो कह लो, पर महिला के बारे में बोलते वक्त सावधान रहना होगा।

तो, 'नया ज्ञानोदय' के इस विशिष्ट अंक की कहानियाँ पढ़ते हुए, मुझे जिस बात की प्रतीति हुई, वह यह है कि स्त्री लेखन के ज्यादातर दायरे में तीन प आते हैं—पति, प्रेम और परिवार। ऐसा लगता है, यही उनका जीवन है या इसी जीवन को वे ठीक से जानती हैं। जिस तरह दलित लेखक एक विशिष्ट प्रकार का लेखन करते हैं, उसी तरह स्त्रियाँ भी एक खास तरह का लेखन करती हैं। पहला दलित विमर्श कहलाता है, दूसरा स्त्री विमर्श। ऐसा नहीं है कि ये विषय कम महत्वपूर्ण हैं। पुरुषों के लिए भी ये उतना ही महत्वपूर्ण हैं जितना स्त्रियों के लिए। सच तो यह है कि पुरुष किसी स्त्री के साथ पति-पत्नी के रूप में तीस-चालीस साल तक रहते हुए उतना नहीं जान पाता, जितना वह ऐसी चार कहानियाँ पढ़ कर जान-समझ जाता है जो स्त्री विमर्श का हिस्सा हैं। साहित्य के इस महकमे में स्त्री का स्वकीय और निर्भीक स्वर मार्मिक ढंग से प्रगट होता है। स्त्री पीड़ा का कोई प्रामाणिक दस्तावेज आज है, तो यह उसका लेखन ही है। इसके बाहर सब लॉलीपॉप, आइसक्रीम और

केक है। पहले यह काम लोक गीत किया करते थे। पर अब लोक ही नहीं रहा, तो उसके गीत कहाँ से आएँगे?

इस तर्क से, उस लेखन को क्या कहा जा सकता है, जो लिखा तो स्त्रियों द्वारा ही जाता है, पर जिसके विषय तीन प से बाहर होते हैं? इसी अंक में महाश्वेता देवी की एक कहानी है। उसका सरोकार कुछ और है। उसमें भी स्त्री-पुरुष की कथा है, पर सरोकार के केंद्र में फासीवादी परिवार नियोजन नीति है, इमरजेंसी की याद है, 'जरायमपेशा' जातियों की मुसीबतें हैं और भारतीय पुलिस का चरित्र है। क्या यह कहानी स्त्री विमर्श में आएगी? नहीं आएगी। क्या यह आश्चर्य की बात नहीं है कि देश की सबसे विख्यात और सम्मानित लेखिका महाश्वेता देवी का साहित्य स्त्री विमर्श के दायरे में नहीं आता? क्या महाश्वेता देवी स्त्री नहीं हैं? या, स्त्री होते हुए भी वे पुरुष लेखन करती हैं?

हिन्दी में भी ऐसी अनेक लेखिकाएँ हैं, जिनका सारा लेखन स्त्री विमर्श के दायरे में नहीं आता, जैसे मन्नू भंडारी, ममता कालिया, नासिरा शर्मा, गीतांजलिश्री, अलका सरावगी आदि। ये व्यापक सरोकारों वाली लेखिकाएँ हैं। कोई कह सकता है कि ये स्त्रियाँ सिर्फ फॉर्म में हैं, इनका मनोजगत वही है जो पुरुषों का होता है। यह एक भयानक झूठ होगा। यह अवश्य है कि इस वर्ग की लेखिकाएँ जब स्त्री पात्रों का चित्रण करती हैं, तो उनकी लेखनी कुछ और तरल हो जाती है। दूसरे शब्दों में, ये अपने स्त्री-सुलभ स्नेह और वात्सल्य का जो प्रसाद दूसरे चरित्रों को देती हैं, वह स्त्री पात्रों के दोने में कुछ ज्यादा गिरता है। बिरादरी का मामला ठहरा। लेकिन इनकी संवेदना और दृष्टि की व्यापकता के बारे में संदेह नहीं किया जा सकता। इनमें प्रेमचंद की परंपरा का ही विकास दिखाई देता है। फिर भी पुरुष लेखकों से ये तनिक भिन्न हैं। मेरा तो मानना है कि पुरुष लेखकों और स्त्री लेखकों की संवेदना का विश्लेषण करके देखिए, आप पाएँगे कि लेखिकाओं की संवेदना में ज्यादा मानवीयता और सत्यता है। कुछ पुरुष लेखक ऐसे भी हुए हैं जो अपनी संवेदना की गहराई में स्त्रीत्व की ऊँचाइयों को छू लेते हैं। जयशंकर प्रसाद ऐसे ही लेखक थे। फणीश्वरनाथ रेणु भी। यह तत्व हजारी प्रसाद द्विवेदी में भी कहीं-कहीं दिखाई देता है।

मैं इस स्थापना से कतई सहमत नहीं हूँ कि पुरुष में स्त्री के गुण आ जाएँ तो वह देवता बन जाता है और स्त्री में पुरुष के गुण आ जाएँ तो वह राक्षसी हो जाती है। क्या गौतम बुद्ध पुरुष नहीं थे? या महात्मा गांधी में पौरुष की कमी थी? सच तो यह है कि मानवता का विकास होने की प्रक्रिया में पुरुष भी सभ्यतर होता गया है और स्त्री व्यक्तित्व को भी नए आयाम मिलते गए हैं। इसके बावजूद, मुझे लगता है कि स्त्रीत्व के कई ऐसे पहलू हैं जो स्त्रियों तक ही सीमित रहेंगे। इसलिए स्त्री संवेदना सामान्य मानव संवेदना से कुछ विशिष्ट बनी रहेगी। शायद प्रजाति के स्तर

पर स्त्री कुछ बेहतर मनुष्य है। इसीलिए गांधी जी अपने बच्चों के पिता और माँ, दोनों बनना चाहते थे। मनु गांधी ने उन्हें अपनी माँ के रूप में ही देखा है। लेकिन हमें सिर्फ मैत्रेयी पुष्पा या अनामिका ही नहीं चाहिए। हमें अलका सरावगी भी चाहिए। बल्कि हम तो प्रतीक्षा कर रहे हैं कि स्त्री लेखकों में कब कोई प्रेमचंद पैदा होगा।

माँ का जीवन

तीन दिन पहले हमसे एक भारी अपराध हुआ। घर की मरम्मत कर रहे एक कारीगर ने पुरानी खिड़की को तोड़ कर नीचे गिराया, तो एक कबूतर का घोंसला भी उजाड़ दिया। तिनकों का वह बेतरतीब समवाय फर्श पर आ गिरा जो उस कबूतर और उसके दो नवजात शिशुओं का घर था। खिड़की के एक टुकड़े पर दोनों शिशु, अपनी आसन्न नियति से अनजान, अपने पैर हिला-डुला रहे थे। अभी उनकी आँखें भी नहीं खुली थीं। पंखों में कोई जान नहीं थी। यह चार्ल्स डारविन का दौ सौवी वर्षगाँठ का साल है, इसलिए मैंने अनुमान लगाया कि जैसे हम मनुष्यों के पूर्वजों ने कभी यह तय किया होगा कि सामने के दोनों पैरों का प्रयोग हाथों के रूप में करना चाहिए, वैसे ही पक्षियों के पुरखों ने कभी यह इच्छा की होगी कि सामने के दोनों पैरों का प्रयोग पंख के रूप में करना चाहिए। तय किया था या इच्छा की थी, यह कहना शायद ठीक नहीं है। यह तथा पशु-पक्षियों में इस तरह के अन्य परिवर्तन जीवन के विकास की स्वाभाविकं प्रक्रिया मे ही हुए होंगे। मैंने इसके पहले पक्षियों के अंडे तो देखे थे, पर उनके नवजात शिशु नहीं। उस दिन देखा और मन में खयाल आए, तो यह बात भी याद आई कि देखना ही जानना है। पढ़ा है कि दर्शन शब्द की उत्पत्ति जिस धातु से हुई है, उसका अर्थ भी देखना ही है।

अपराध बोध की शुरुआत तब हुई जब हम यह सोचने लगे कि अब इन नवजात शिशुओं का क्या होगा। क्या ये जीवित रह पाएँगे? वे जिस अवस्था में थे, हम उनके लिए कुछ नहीं कर सकते थे। क्या ये भी विकास की बलि वेदी पर शहीद हो जाएँगे? हमने उनके घोंसले का जैसा-तैसा पुनर्निर्माण किया और कमरे से दूर हट कर इंतजार करने लगे कि शायद इनकी माँ आए और इनकी देखभाल करने लगे। जब अँधेरा हो आया और वह नहीं लौटी, तो हम निराश होने लगे। तभी याद आया कि एक दूसरी खिड़की पर बनाए अपने घोंसलें में एक दूसरी कबूतर अंडे दिए हुए हैं। पत्नी ने सुझाया कि इन बच्चों को उसी घोंसले में रख दिया जाए। शायद कोई सूरल निकल आए।

अगले दिन दोपहर को जो दृश्य दिखाई पड़ा, उससे हम अभिभूत हो गए। एक कबूतरी उन दोनों बच्चों के मुँह बारी-बारी से अपने मुँह में डाल कर दुलार कर रही

थी। यह दृश्य बेहद आनंददायक था। हममें से किसने युवा माताओं को अपने नवजात शिशुओं को दुलारते-चूमते-उठाते-बैठाते नहीं देखा होगा! उस वक्त स्त्री के चेहरे पर ही नहीं, उसके पूरे अस्तित्व में आह्लाद की जो लहर दौड़ती रहती है, उसका कोई जोड़ नहीं है। यह वह विलक्षण सुख है जो कोई माँ ही अनुभव कर सकती है। कबूतरों की मुद्राओं में इतनी बारीक अभिव्यक्तियाँ नहीं होतीं। क्या पता होती भी हैं, पर हम उन्हें पढ़ना नहीं जानते। सचमुच, हमारे अज्ञान की कोई सीमा नहीं है। हमारे आसपास कितना कुछ घटता रहता है, पर हम उससे अवगत नहीं हो पाते। अपने व्यक्तित्व की कैद दुनिया की सबसे बदतर कैद है। थोड़ी देर बाद हमने पाया कि कबूतरी दोनों बच्चों पर बैठ कर उन्हें से रही है। दोनों अंडे भी पास ही पड़े हुए थे। शायद उनके खोल में पल रहे दो जीवन भी सुरक्षित निकल आएँ। अब हमने चैन की साँस ली कि हम हत्यारे नहीं हैं।

वह बेचारी कबूतरी दिन भर बैठी बच्चों के जीवन में ऊष्मा भरती रही। यह तय करना असंभव था कि उसने दिन भर कुछ खाया या नहीं। हो सकता है, बीच-बीच में कुछ देर के लिए घोंसले से बाहर निकल कर वह कुछ चारे का जुगाड़ कर लेती हो। हो सकता है उसका सामयिक प्रेमी ही कुछ ला कर वहाँ रख जाता हो। जिस बात ने मुझे सबसे अधिक परेशान किया, वह यह थी कि अगर यह माँ कबूतर एक हफ्ते भी इन बच्चों (यह भी पता नहीं कि ये बच्चे उसी के थे या उसने उन्हें अनायास ही गोद ले लिया था) को सेती है, तो हम मनुष्यों की भाषा में उसके सात कार्य दिवस नष्ट हुए। अगर वह कहीं नौकरी करती होती, तो उसके सात दिन के पैसे कट जाते। इन सात दिनों तक वह ममता की कैद में अपने छोटे-से घोंसले तक सीमित रही और मुक्त आकाश में उड़ने तथा अठखेलियाँ करने से वंचित रही। इसका हरजाना कौन देगा? यह तो तय ही है कि कुछ दिनों के बाद बच्चे उड़ जाएँगे और अपनी अलग जिंदगी जीने लगेंगे। तब वे न तो अपनी माँ को पहचानेंगे और न माँ उन्हें पहचान सकेगी। एक स्त्री ने सृष्टि क्रम को आगे बढ़ाने में अपनी भूमिका अदा की और किस्सा खत्म हो गया।

बताते हैं कि आदमी के बच्चे का बचपन दुनिया के सभी जीवों में सबसे लंबा होता है। उसका गर्भस्थ जीवन भी सबसे लंबा होता है। इस पूरी अवधि में उसकी माँ को कठिन तपस्या करनी पड़ती है। उसका अपना जीवन स्थगित हो जाता है। आदमी का बच्चा ज्यादा देखरेख और सावधानी की भी माँग करता है। यह अधिकतर माँ के जिम्मे ही आता है, हालाँकि आजकल पति लोग भी कुछ सहयोग करने लगे हैं। जब संयुक्त परिवार का चलन था, तब माँ को कुछ प्रतिदान मिल जाता था। आजकल बड़ा होते ही बच्चे फुर्र से उड़ जाते हैं। वे एक ही शहर में रहते हैं, तब भी माँ-बाप से उनकी मुलाकात महीनों नहीं हो पाती। जिनके बच्चे परदेस चले जाते हैं, उनका बुढ़ापा निराश्रय और छायाहीन हो जाता है। ऐसी माँ को शुरू में भी कष्ट

सहना होता है और बाद में भी। मातृत्व की इतनी बड़ी कीमत चुकाना क्या कुछ ज्यादा नहीं है? अन्य पशु-पक्षियों की तुलना में मानव माँ इतना त्याग क्यों करे? आँचल में दूध आँखों में पानी का पर्याय क्यों बने?

शायद इसीलिए पश्चिम की आधुनिक स्त्री मातृत्व की महिमा को ताक पर रख कर अपना जीवन जीने में कोताही नहीं करती। गर्भावस्था के आखिरी महीने ही उनकी गतिविधियों को सीमित करते हैं। गर्भ-मुक्त होते ही वह फिर पूर्ववत सक्रिय हो जाती है और बच्चे अकेले या बेबी सिटरों की निगरानी में पलते-बढ़ते हैं। बाद में बच्चों को व्यस्त रखने के लिए खिलौनो के ढ़ेर, टेलीविजन और वीडियो गेम दे दिए जाते हैं। हमारे महानगरों में भी यह चलन शुरू हो गया है। स्त्रियाँ माता का पुराना लंबा रोल निभाना नहीं चाहतीं। यह कैसे तय किया जाए कि माँ की पुरानी भूमिका अच्छी थी या आज की भूमिका अच्छी है? पहली भूमिका में माँ का जीवन त्याग-तपस्या से भरा होता है और दूसरी भूमिका के कारण दुनिया में ऐसे लोगों की तादाद बढ़ रही है जिन्होंने माँ-बाप का प्यार जाना ही नहीं। जाहिर है, जिसे प्यार नहीं मिला, वह प्यार दे भी नहीं सकता। क्या कोई और रास्ता भी है, जिसमें माँओं को अपना जीवन स्थगित न करना पड़े और बच्चों को भी भरपूर प्यार मिल सके?

माता न कुमाता, पुत्र कुपुत्र भले ही

दुनिया भर में जिस व्यक्ति का मैं सबसे ज्यादा गुनहगार हूँ, वह मेरी माँ है। जिस स्त्री ने मेरे सारे नखरे उठाए, जिसने मुझे सबसे ज्यादा भरोसा दिया, जिसने मुझसे कभी कोई शिकायत नहीं की, उसे मैंने कोई सुख नहीं दिया। दुख शायद कई दिए। अब जब वह नहीं है, मेरा हृदय उसके लिए जार-जार रोता है।

लगभग साल भर से अकसर रात को सपने के वक्त या सपने में मेरी माँ, मेरे पिता, मेरी भौजी, मेरे बड़े भाई किसी न किसी दृश्य में मेरे सामने आ उपस्थित होते हैं। बड़े भाई की मृत्यु पिछले साल ही हुई। वे मेरे पूर्व पारिवारिक जीवन की एकमात्र जीवित कड़ी थे। शायद उनकी मृत्यु के बाद से ही पुराने पारिवारिक दृश्य बार-बार मेरी स्मृति में या मेरे स्वप्न जगत में मुझे घेर ले रहे हैं। उस समय न कोई विषाद होता है, न कोई आनंद। बस मैं उस दृश्यावली का सामान्य अंग बना अपने अतीत को जीता रहता हूँ। लेकिन आँख खुलने पर या वर्तमान में लौटने पर मुझे अपनी माँ और पिता दोनों की बहुत याद आती है। यह ग्लानि घेर लेती है कि मैंने उनके साथ बहुत अन्याय किया। खासकर माँ के साथ, जिसने मुझे अपने ढंग से बहुत प्यार दिया।

परिश्रमी तो मेरे पिता भी थे, पर माँ के मेहनती होने को मैं अधिक गाढ़ी स्याही से रेखांकित करना चाहता हूँ। हमारे समुदाय में स्त्रियों का मुख्य काम होता है खाना बनाना, कपड़े धोना और घर को साफ-सुथरा रखना। शुरू में यह सब करते हुए मैंने अपनी माँ को कभी नहीं देखा, क्योंकि जब मैंने होश सँभाला, मेरी ममतामयी भौजी घर का चार्ज ले चुकी थीं। माँ मेरे और मेरे छोटे भाई और बहन के कपड़े जरूर धो देती थी। लेकिन बाद में जब पारिवारिक कलह के कारण मेरे बड़े भाई ने अपनी अलग इकाई बना ली, तो माँ ने गजब जीवट का परिचय दिया। वह हम सबके लिए खाना बनाती थी, कपड़े भी धोती थी और दुकानदारी में पिताजी के साथ सहयोग भी करती थी। एक पल के लिए भी बेकार बैठना उसे गवारा नहीं था।

मैं उन दिनों आधुनिक साहित्य पढ़-पढ़ कर ऐसा उल्लू का पट्ठा हो चुका था कि एक छोटी-सी बात पर नाराज हो कर मैंने घर छोड़ दिया और अलग अकेले रहने लगा। वह दृश्य मुझे कभी नहीं भूलेगा जब करीब ग्यारह बजे अपने दो-चार कपड़े

और कुछ किताबें एक छोटे-से सूटकेस में भर कर मैं घर छोड़ रहा था। पिताजी देख रहे थे, माँ देख रही थी, पर किसी ने भी मुझे नहीं रोका। यह दुख अभी तक सालता है। वैसे तो थोड़ा बड़ा होते ही मुझे यह एहसास होने लगा था कि मेरा कोई नहीं है, पर उस घटना के बाद इसका फैसला भी हो गया।

दरअसल, मुझे न तो पिता पसंद थे, न माँ। वे दोनों बहुत ही साधारण भारतीय थे। उन्हें न तो बच्चों से लाड़-प्यार करना आता था और न उनकी देखभाल करना। घर-द्वार सजाने में भी उनकी कोई रुचि नहीं थी। कपड़े फट जाने पर सिल-सिल कर पहने जाते थे—जब तक वे एकदम खत्म न हो जाएँ। गरीबी थी, पर उससे ज्यादा मानसिक गरीबी थी। एक तरह से मैं अपने आप ही पला, जैसे सड़क पर पैदा हो जानेवाले पिल्ले पल जाते हैं या मोटरगाड़ियों के रास्ते के किनारे के पौधे पेड़ होते जाते हैं। इसीलिए मेरे मानसिक ढाँचे में काफी खुरदरापन है। प्रेम पाने की इच्छा है, प्रेम देने की इच्छा है, भावुकता भी है, लेकिन कुछ अक्खड़पन, कुछ लापरवाही, कुछ व्यंग्यात्मकता और कुछ गुस्सा भी है। आज मैं इस बात की सच्चाई को अच्छी तरह समझता हूँ कि जिसे बचपन में दुलार नहीं मिला, उसका व्यक्तित्व जीवन भर के लिए कुंठित हो जाता है। मैं बहुत मुस्तैदी से इस कुंठाग्रस्तता से लड़ता हूँ, फिर भी पार नहीं पाता।

दरअसल, मेरे कॉलेज जाने तक मेरे शेष परिवार और मेरे बीच एक भयानक खाई उभर आई थी। मैं पढ़ते-लिखते हुए मध्यवर्गीय जीवन के सपने देख रहा था और इसमें मेरे माता-पिता की कोई भूमिका नहीं थी। मैं एक नई भाषा सीख रहा था और वे भाषा और संस्कृति की दृष्टि से बहुत पिछड़े हुए थे। वे न अखबार पढ़ते थे न रेडियो सुनते थे। माँ पिता की तुलना में और भी पिछड़ी हुई थी। इस तरह के तथ्य मध्यवर्गीय चाहतों वाले मेरे मन ही हीन भावना भरते थे। जब से उसे देखने की मुझे याद है, वह बूढ़ी ही थी और स्त्रीत्व की कोई चमक उसमें नहीं थी। शुरू में उसके प्रति मेरे मन में बहुत चाव था। जब चाँद से लाए हुए पत्थर के टुकड़ों में से एक टुकड़े का प्रदर्शन कोलकाता में किया जा रहा था, मैं उसे अपने साथ वह टुकड़ा दिखाने ले गया था। लेकिन धीरे-धीरे मैं उससे उदासीन होने लगा, हालाँकि वह अपने ढँग से मेरी चिंता करती रही। मैं जब घर के पास एक छोटा-सा कमरा ले कर रहने लगा, तो उसने ग्वाले से कह कर मेरे लिए रोज एक पाव दूध का इंतजाम कर दिया था।

विवाह होने के बाद मुझमें थोड़ी पारिवारिकता आई। मैंने दो कमरों का एक फ्लैट लिया और उसमें रहने के लिए माँ-पिता और छोटे भाई-बहन को आमंत्रित किया। वे कुछ दिन कितने सुंदर थे! लेकिन एक बार पिताजी द्वारा एक मामूली-सी घटना के बाद, जो हिन्दू परिवारों के लिए सामान्य-सी बात है, पर उन दिनों मेरे सिर पर लोहिया सवार होने के कारण मैंने उन्हें कहला दिया कि जब तक वे मेरी पत्नी

से माफी नहीं माँगते, अब वे मेरे घर में खाना नहीं खा सकते। माफी माँगना मेरे घरेलू परिवेश में एक सर्वथा नई बात थी, जिसका अर्थ समझ या समझा पाना भी मुश्किल था। सो पिताजी अलग हो गए। उनके साथ ही दूसरे सदस्य भी उनके साथ हो लिए। मैंने उस समय मुक्ति की साँस ली थी, पर अब लगता है कि वह मेरी हृदयहीनता थी। जवानी में आदमी बहुत-से ऐसे काम करता है जिनके अनुपयुक्त होने का पछतावा बाद में होता है जब प्रौढ़ता आती है। ऐसे कितने ही पछतावे मेरे सीने में दफन है। कभी-कभी वे कब्र से निकलते हैं और रुला देते हैं।

बाद में माँ से मेरा संपर्क बहुत कम रहा। एक बार जब वह बीमार पड़ी, मैं उसे अपने घर ले आया और उसका इलाज कराया। एक बार जब वह गाँव में मेरे मामा के साथ रही थी, 'रविवार' के लिए किसी रिपोर्टिंग के सिलसिले में मेरा उत्तर प्रदेश जाना हुआ और मैं जा कर उससे मिल आया। माँ को लकवा मार गया था। कुछ घंटे उसके साथ बैठ कर चलने को हुआ, तो मैंने उसकी मुट्ठी में दो सौ रुपए रख दिए था। वैसा आनंद न उसके पहले मिला था न उसके बाद मिला। कोलकाता में जब उसे हृदयाघात हुआ, यह मैं ही था जिसके प्रकार से उसे अस्पताल में भरती कराया गया। अस्पताल में उसकी सुश्रूषा के लिए मैंने एक नर्स रख दी थी। उन दिनों मेरी पत्नी ने भी माँ की बहुत सेवा की। यह मेरे लिए चिरंतन अफसोस की बात रहेगी कि जिस दिन उसका देहांत हुआ, मेरे दफ्तर, आनंद बाजार पत्रिका समूह, में अचानक हड़ताल हो गई थी और मैं दफ्तर के लिए घर से निकला, तो दोस्तों-सहकर्मियों के साथ गप-शप करते हुए काफी समय बीत गया और मैं देर रात गए घर लौटा। उन दिनों मोबाइल नहीं था, नहीं तो इतना बड़ा अघटन नहीं होता कि मैं माँ के शवदाह में शामिल न हो सका। यह सारा दायित्व मेरी पत्नी ने लगभग अकेले सँभाला।

जब से मैं भारत के हिन्दी प्रदेश में आधुनिकता की सीमाएँ समझने लगा, तभी से मेरी पिछली गलतियाँ बुरी तरह मुझे हांट कर रही हैं। मैं परिवार में एकमात्र उच्च शिक्षित लड़का था। मुझे संयुक्त परिवार को ढहने से रोकने की पूरी कोशिश करनी चाहिए थी। मुझे अपने माँ-बाप की, खासकर बूढ़ी माँ की, सेवा और मदद करनी चाहिए थी। लेकिन यह मैंने नहीं किया। उन दिनों मेरी जो आमदनी थी, वह खुद मेरे लिए काफी नहीं थी। लेकिन यह मुख्य कारण नहीं था। माँ से मेरा मन उचट चुका था। मैं उसकी दुनिया से निकल आया था और अपनी दुनिया में पूरी तरह रम चुका था। मुझे याद भी नहीं रहता था कि मेरी कोई माँ भी है। उसे शायद याद आता रहता हो, पर वह क्या कर सकती थी? अगर कुछ कर सकती होती, तब भी उसने नहीं किया। लेकिन इसमें सारा दोष मैं अपना ही मानता हूँ (अब मानता हूँ; उन दिनों दोष की बात दिमाग में भी नहीं आती थी)। यह एक ऐसा पाप था, जिसकी कोई माफी नहीं है। मैं माफी माँगना भी नहीं चाहता–माँगूँ भी तो किससे? मैं अपने

हृदयस्थल में अपने उस पाप को ढोना चाहता हूँ, ताकि उसके अनुताप की रोशनी में अपने सत्यों का लगातार संशोधन और परिमार्जन कर सकूँ।

मुझे इस बात का एहसास है कि मेरे साथ जो बीती है, वह सिर्फ मेरी कहानी नहीं है। वह लाखों (शायद करोड़ों) लोगों की बदबूदार कहानी है। निम्न वर्ग या निम्न-मध्य वर्ग से आनेवाले नौजवान जब थोड़ी-बहुत सफलता अर्जित कर लेते हैं, तो उनके पुराने पारिवारिक रिश्ते धूमिल होने लगते हैं। इनमें सबसे ज्यादा उपेक्षा माँ की होती है। वह सिर्फ देती ही देती जाती है, पाती कुछ नहीं है। यहाँ तक कि कृतज्ञता का स्वीकार भी नहीं। मैं माँ को ले कर भावुकता का वह वातावरण नहीं बनाना चाहता जो हिन्दी कविता में एक दशक से बना हुआ है (इसके पहले यह दर्जा पिता को मिला हुआ था)। लेकिन माँ-बेटे या माँ-बेटी का रिश्ता एक अद्‌भुत और अनन्य रिश्ता है। इस रिश्ते का सम्मान करना जो नहीं सीख पाया, वह थोड़ा कम आदमी है। मेरी माँ जैसी भी रही हो, 'साकेत' में मैथिलीशरण गुप्त की यह पंक्ति मेरे सीने में खुदी हुई है कि माता न कुमाता, पुत्र कुपुत्र भले ही। मैं कुपुत्र साबित हुआ, मेरी यह दुख कोई भी चीज कम नहीं कर सकती। उसका प्रायश्चित यही है, अगर कोई प्रायश्चित हो सकता है, कि मैं एक ऐसी संस्कृति की रचना करने में अपने को होम कर दूँ जिसमे माँ का स्थान जीवन के शीर्ष पर होता है।

जो अपनी माँ को प्यार नहीं कर पाया, वह दुनिया में किसी और को प्यार कर सकेगा, इसमें गहरा संदेह है।

मिट्टी का खिलौना है

चाँद मुहम्मद की दूसरी पत्नी फिजा का छटपटाना, रोना-धोना और न्याय के लिए सबसे फरियाद करना जिसे प्रभावित न करे, उसका दिल बहुत कठोर होगा। उन्हें तो हृदयहीन ही मानना चाहिए जिनके लिए यह हास-परिहास और मनोरंजन का विषय है। टीवी वालों के लिए कोई भी मेलोड्रामा, उस पर विषाद की चाहे जितनी गहरी छाया हो, जश्न मनाने की चीज होती है। शायद ही कोई दूसरा पेशा हो जिसमें किसी का दुख किसी और का सुख बन जाता है। डॉक्टरी और वकीली को कुछ हद तक ऐसा कहा जा सकता है। सो हमारे समाचार चैनल फिजा की ट्रेजेडी को देश भर में इस तरह फैला रहे हैं मानो कोई इस घटना के किसी पहलू से अपरिचित रह गया, तो उसके जीवन में बहुत बड़ा शून्य आ जाएगा।

आज फिजा की जो मनोदशा है, वही मनादशा कुछ महीने पहले चाँद मुहम्मद की पहली पत्नी सीमा की थी। यह भी कहा जा सकता है कि दूसरी पत्नी को जो मिल रहा था, पहली पत्नी उससे कहीं बहुत ज्यादा खो रही थी। चाँद मुहम्मद बनने के पहले चंद्रमोहन ने अपनी सारी संपत्ति पहली पत्नी सीमा के नाम कर दी, इससे कोई तसल्ली नहीं मिलती। चंद्रमोहन ने अपनी समझ से क्षतिपूर्ति या न्याय की दिशा में एक बड़ा कदम उठाया था, पर जैसा कि बाइबल में कहा गया है, जिंदगी सिर्फ रोटी के सहारे नहीं चलती। रोटी तो अनुराधा बाली के पास भी थी, पर उसे चाँद चाहिए था। यह बात मीडिया संचालकों को नहीं पता हो, यह नहीं हो सकता। वे भी सिर्फ लंच और डिनर के सहारे जिंदगी नहीं काट रहे होंगे। लेकिन न तब सीमा की मनःस्थिति के बारे में जानने की उत्सुकता किसी को थी और न अब है। जब सीमा का बहुत कुछ लुट रहा था, तो उसमें कुछ मजा नहीं था। अब जब कि फिजा अपने लुटेहुएपन पर विलाप कर रही है, तो सभी को इसमें जानने की सामग्री मिल रही है। यही जीवन है। लेकिन क्या यही जीवन है?

बेशक, सीमा का हश्र एक ऐसी कठोर ट्रेजेडी है जिसमें कुछ भी नया नहीं है। जिनके मर्द उन्हें छोड़ कर चले गए हैं, ऐसी औरतों की संख्या हर साल बढ़ती जाती है। ऐसे उदाहरण कम मिलते हैं कि किसी ने दूसरी स्त्री को विधिवत अपना बनाने

के लिए धर्म परिवर्तन कर लिया हो और राजपाट को खतरे में डाल लिया हो। जब कोई पुरुष या स्त्री पहले विवाह के लिए ऐसा करता है या करती है, तब इसे त्याग और उत्सर्ग का महान उदाहरण माना जाता है। यह है भी। दूसरी स्त्री के लिए ऐसा करने में आदर्शवाद कम है, रोमांस ज्यादा। इसीलिए चाँद-फिजा की जोड़ी एक दिलचस्प खबर बन गई। उससे भी दिलचस्प खबर तब बनी जब चाँद मुहम्मद के जीवन में उतना ही बड़ा एक और मोड़ आया। सुहागरात के रंग अभी फीके भी नहीं पड़े थे कि वह अपनी महबूबा से बीवी बनी स्त्री को त्याग कर अचानक अदृश्य हो गया। फिजा के लिए यह एक मौका था कि वह अपनी परित्यक्त सह-पत्नी सीमा की वेदना से संवेदित होती। पर अपना दुख सभी को ज्यादा भारी लगता है। कोई कर्मफलवादी आस्तिक कहेगा कि बोया पेड़ बबूल का आम कहाँ से खाय।

लेकिन मामला इतना सीधा नहीं है। सीमा से चंद्रमोहन का सम्बन्ध वास्तविक ही रहा होगा, जैसे फिजा से चाँद मुहम्मद का सम्बन्ध वास्तविक था। पति-पत्नी के बीच दरार क्यों आई, हम नहीं जानते। चाँद मुहम्मद अपनी नवविवाहिता फिजा को छोड़ कर अचानक क्यों चलता बना, यह भी हम नहीं जानते। ये जानकारियाँ होने से मानव सम्बन्धों के वितान के बारे में हमारा ज्ञान बढ़ता और युग्म जीवन की तमन्ना रखने वाले भावी स्त्री-पुरुष कुछ अधिक सावधान होते। लेकिन दो व्यक्तियों के बीच क्या चल रहा है या क्या घटित हुआ होगा, यह जानना हमारे अधिकार क्षेत्र के बाहर है। शायद यह सब जानने में हमें बहुत ज्यादा दिलचस्पी भी नहीं होनी चाहिए। शायद हम पूरा-पूरा जान भी नहीं सकते। शायद वे दोनों भी पूरी तरह नहीं समझते होते, क्योंकि आपस का मामला होने के साथ-साथ यह दो जनों का अपना-अपना मामला भी है। इसलिए ऐसे विषयों पर चर्चा करना कभी भी खतरे से खाली नहीं होता। इसीलिए इन पर बातचीत करते समय बहुत सावधान रहने की जरूरत है। भले ही इसके अनंत सामाजिक आयाम हों, पर अंततः यह एक व्यक्तिगत ट्रेजेडी है।

इस सिलसिले में दो बातें बिलकुल स्पष्ट हैं। पहली बात यह है कि दो-दो स्त्रियों के साथ अन्याय हुआ है। पहली स्त्री के साथ हुए अन्याय में चाँद और फिजा, दोनों ही कुछ हद तक शामिल थे। फिजा के साथ हो रहे अन्याय में फिलहाल सिर्फ चाँद दोषी जान पड़ता है। लेकिन हो यह भी सकता है कि फिजा की किसी बात ने उसे यह ड्रास्टिक कदम लेने के लिए मजबूर कर दिया हो। दूसरी बात यह है कि इस पूरे कांड में जिस चीज की सबसे ज्यादा तौहीन हुई है, वह है धर्म। क्या चंद्रमोहन और अनुराधा बाली नाम के वास्ते हिन्दू थे? क्या चाँद और फिजा नाम के वास्ते मुसलमान बने? फिर तो हमें हिन्दू-मुसलमान होने का दावा छोड़ ही देना चाहिए। जिस धार्मिक पदाधिकारी ने दोनों को इस्लाम में दाखिल किया, उसकी गुनहगारी भी कुछ कम नहीं है। अब कोई धर्म-रक्षक मौलाना यह फतवा दे रहा है

कि चाँद मुहम्मद का अपनी हिन्दू पत्नी के साथ दुबारा घर बसाना इस्लाम के उसूलों के खिलाफ है। लेकिन जब पहली पत्नी के रहते हुए दूसरी शादी करने के लिए इस्लाम का दुरुपयोग किया जा रहा था, तब किसी ने इस धूर्तता की निंदा नहीं की। यह कैसी धार्मिकता है जो अधर्म को बरदाश्त ही नहीं, प्रोत्साहित भी करती हैं?

तीन व्यक्तियों के इस नाटकीय घटनाक्रम के आईने में हमारी नजर एक स्थायी सत्य पर भी जानी चाहिए। यह विषादपूर्ण सत्य है मानव सम्बन्धों की नाजुकता। प्रकृति में स्थायी सम्बन्ध बहुत कम होते हैं। सब कुछ नदी-नाव सम्बन्ध पर आधारित होता है। हमारे पुरखों ने मनुष्य और मनुष्य के बीच, खासकर नर-नारी के बीच, स्थायी सम्बन्ध की परिकल्पना की। इसके लिए कायदा-कानून बनाए। धर्म और ईश्वर को भी बीच में डाला। इस व्यवस्था में सबसे ज्यादा अन्याय स्त्री के साथ हुआ। उसकी पीठ पर सभ्यता को बनाए रखने का पूरा बोझ लाद दिया गया। इससे उसका अपना व्यक्तित्व तिरोहित होने लगा। परिणामस्वरूप पुरुष व्यक्तित्व में भी गंभीर विकृतियाँ आईं। इस बीच ऐसे बहुत-से विद्रोही स्त्री-पुरुष हुए जिन्होंने इस व्यवस्था का बंदी होने से इनकार कर दिया। आज, आर्थिक व्यवस्थाएँ बदलने से, यह प्रक्रिया जोरों पर है।

इसके साथ ही स्त्री-पुरुष सम्बन्धों की वास्तविकता भी सामने आ रही है। जब व्यक्ति पराधीन होते हैं, तब वे सच को नहीं जीते, नाटक करते हैं। जब वे अचानक स्वाधीन हो जाते हैं, तो उनके व्यवहार में उच्छृंखलता आ जाती है। आज के समय में दोनों ही चीजें एक साथ देखी जा सकती हैं—खासकर भारत जैसे समाजों में, जहाँ परंपरा की ताकतें बहुत कमजोर नहीं हुई हैं और आधुनिकता की शक्तियाँ बहुत मजबूत नहीं हो पाई हैं। भविष्य की अपेक्षाकृत संतुलित व्यवस्था में सम्बन्ध शायद ज्यादा टिकाऊ हों, पर तब भी यह बुनियादी सचाई अपनी जगह बनी रहेगी कि किसी भी सम्बन्ध को बनाए रखना हँसी-खेल नहीं हैं। यह एक ऐसा नाजुक खिलौना है जो जरा-सी ठेस लगते ही टुकड़े-टुकड़े हो सकता है।

विवाह आयोग के प्रस्ताव पर

कहा जाता है—जहाँ चाह वहाँ राह। मेरा खयाल है, यह अनुप्रास के उदाहरण तक ही सीमित हो कर रह जाए, तो अच्छा है। तमाम विफल कवियों, प्रेमियों और राजनेताओं को पूछ कर देखिए, वे बिलबिला कर कहेंगे कि चाहे में तो कोई कमी नहीं थी, पर राह नहीं निकल सकी। यही शिकायत असंख्य विवाहित युगलों की है। वे विवाह के पहले जिसे समाधान समझते थे, वह बाद में समस्या साबित होती है। फिर भी इस सिद्धांत को संदेह की नजर से नहीं देखा जाता कि समस्या है, तो समाधान भी होगा।

इस भ्रांति को तीन तरह के लोगों ने फैलाया है। पहले वर्ग के लोग वैज्ञानिक हैं। इन्होंने हमारे देखते-देखते इतनी समस्याओं का समाधान निकाल दिया है कि लगता है, बाकी समस्याओं का हल भी वे निकाल ही लेंगे। इसी उम्मीद में ब्लड प्रेशर, गंठिया, डिप्रेशन आदि के असंख्य रोगी आशावादी बने हुए हैं कि शायद जल्द ही कोई जादू की पुड़िया बाजार में आ जाएगी, जिसे फाँक लेने पर हमारा रोग आधुनिक मनुष्य के व्यक्तित्व से चरित्र की तरह गायब हो जाएगा। दूसरे वर्ग के लोग तमाम तरह के बाबा और बॉबियाँ हैं। उनके पास हर विफल व्यक्ति को देने के लिए कुछ न कुछ रहता है। कोई अँगूठी, कुछ भभूत, कोई यज्ञ, कोई व्रत। यहाँ तक कि मरते हुए आदमी के लिए भी महामृत्युंजय पाठ। पहले कहा जाता था, भगवान रोग ठीक करता है और फीस डॉक्टर ले जाता है। आजकल कहा जा सकता है, डॉक्टर इलाज करता है और श्रेय कोई बाबा ले जाता है। तीसरा वर्ग राजनेताओं का है, जो कभी यह स्वीकार कर ही नहीं सकते कि कुछ समस्याओं का कोई समाधान नहीं है। वे मानते हैं कि हर समस्या का समाधान है और मतदाताओं को भी इसी भ्रम में रखते हैं। बेचारा मतदाता हर बार इसी उम्मीद में नए नेताओं को वोट देता है और पाँच वर्ष के बाद पाता है कि ये आलू उन आलुओं से भी ज्यादा सड़े हुए हैं।

हमारी प्रिय कवि और लेखक अनामिका भी असाध्य आशावादी हैं। वे भी शायद यह मानती हैं कि हर समस्या का समाधान है। स्त्री-पुरुष के बीच सबसे बड़ी समस्या तो विवाह को सफल बनाना ही है। इस मामले में सभी नुस्खे समान रूप से विफल साबित हुए हैं। पूरब में भी और पच्छिम में भी। फिर भी अनामिका ने उम्मीद नहीं छोड़ी है। उन्हें लगता है कि कुत्ते की दुम सीधी की जा सकती है।

इसके लिए अपने ताजा उपन्यास 'तिनका तिनके पास' में उन्होंने अपने एक सदाशयी पात्र खालिद के माध्यम से एक मजेदार प्रस्ताव रखा है। खालिद का कहना है कि सर्विस कमीशन की तरह विवाह कमीशन भी होना चाहिए। उसकी परीक्षा शृंखलाओं में क्वालीफाई करके ही कोई शादी के उपयुक्त घोषित हो। यानी स्त्री-पुरुष अपनी मर्जी से शादी नहीं कर सकते। समाज पहले इसकी जाँच करेगा कि वे शादी करने के उपयुक्त हैं भी या नहीं। जाहिर है, जो शादी करना चाहेगे, उन्हें पहले विवाह कमीशन के कार्यालय में आवेदन पत्र जमा करना होगा। हो सकता है, कुछ के आवेदन हाथों हाथ रद्द कर दिए जाएँ। जैसे, अमुक के पास रोजगार का स्थायी साधन नहीं है, तो उसे छाँट दिया जाएगा। किसी को इस आधार पर छाँट दिया जाएगा कि उसने फॉर्म को ठीक से नहीं भरा है। जो एक फॉर्म तक नहीं भर सकता, वह एक स्त्री को कैसे भर सकेगा? जिनके आवेदन पत्र स्वीकार किए जाएँगे, उनके लिए परीक्षा शृंखलाएँ आयोजित की जाएँगी—प्राथमिक, मध्यवर्ती और फाइनल। इनमें उत्तीर्ण होने के बाद ही वे शादी के लिए क्वालिफाइड घोषित किए जाएँगे।

यहीं से मुश्किलें शुरू होती हैं। सबसे बड़ी मुश्किल यह है कि प्रश्नपत्र कौन बनाएगा और परीक्षक कौन होगा? मेरा खयाल है, यह वह कॉलेज है, जहाँ सभी छात्र होते हैं, प्रोफसर कोई नहीं होता। कौन माई का लाल छाती पर हाथ रख कर दावा कर सकता है कि मेरा वैवाहिक जीवन पूरी तरह सफल है? जो पुरुष यह दावा करता है, उसकी स्त्री से पूछ कर देखिए। जो स्त्री यह दावा करती है, उसके पुरुष से पूछ कर देखिए। जो युगल इस तरह का दावा करता है, उसके बाल-बच्चों से और वे न हों तो उसके पड़ोसियों से पूछ कर देखिए। सिर्फ खुदा की लाठी ही ऐसी चीज नहीं है जो बेआवाज होती है।

अनामिका की योजना के अनुसार, क्वालीफाई हो जाने के बाद कम से कम साल भर का प्रशिक्षण और साल भर का प्रोबेशन भी होगा। प्रशिक्षण का विचार अच्छा है। जब अन्य सभी कामों के लिए लोगों को प्रशिक्षित किया जाता है, तो वैवाहिक जीवन को सफल बनाना तो बहुत बड़ा काम है। जिसने कभी नाव तक न चलाई हो, उसे अचानक पानी के जहाज का कप्तान कैसे बनाया जा सकता है? मैं तो मानता हूँ कि पति नहीं, पिता बनने के पहले और उसके बाद भी प्रशिक्षण देने की जरूरत है। मैं ऐसे दर्जनों बेटे-बेटियों को जानता हूँ जिन्हें अपने पिताओं पर शर्म है। अगर जन्म से पहले भगवान उनसे पूछता कि तुम्हें अमुक का पुत्र बना कर भेज रहा हूँ, जाओगे न, तो वे क्या कहते? वे यह कहते कि सर, मुझे कुत्ते का पिल्ला बना कर धरती पर भेज दीजिए, पर इनके घर कदापि न भेजिए।

प्रशिक्षण तक तो मामला ठीक है, पर अनामिका जी का पात्र कहता है कि एक साल का प्रोबेशन भी होगा—'प्रोबेशन काल में एक छत के नीचे बिना शारीरिक समागम के साथ रहने दिया जाए और बिना विशेष चख-चुख के यह साल निकल

जाए, तब मिले 'कन्फर्मेशन लेटर' और बच्चे संसार में लाने की सुविधा।' मेरे विचार से, अनामिका जी के समाधान का सबसे ज्यादा समस्यामूलक पहलू यही है। वे ऋषि-महर्षि क्या मूर्ख थे जिनका कहना था कि आग और फूस को साथ-साथ नहीं रखना चाहिए? इतनी परीक्षाएँ देने और एक साल का प्रशिक्षण लेने के बाद भी अगर विवाहार्थियों को यह संकल्प पत्र भरना पड़े कि हम साल भर तक एक ही छत के नीचे रहेंगे, पर एक-दूसरे के साथ सोएँगे नहीं, तो यह पूरी योजना की विफलता नहीं तो और क्या है? जो योजना अविश्वास पर टिकी हुई हो, वह सफल नहीं हो सकती। इस एक साल लंबी परीक्षा में कितने युवक-युवतियाँ उत्तीर्ण हो पाएँगे? और, जो इस कठिनतम परीक्षा में फेल हो गए, उनका क्या होगा? क्या उनका विवाह प्रमाणपत्र उनसे छीन लिया जाएगा? क्या उनसे दुबारा सारी प्रक्रिया से गुजरने को कहा जाएगा? अठारह वर्ष से अधिक युवा जब तक पूरी प्रक्रिया से निष्कलंक पास नहीं हो जाते, तब तक वे अपनी जवानी का क्या करेंगे? विवाह कम होंगे और व्यभिचार उससे कई गुना ज्यादा होने लगेगा। और कहीं, विवाह आयोग के कर्मचारियों में भ्रष्टाचार नाम का कीड़ा घुस गया, तब तो गजब ही हो जाएगा।

इसलिए मैं तो यह मानने लगा हूँ कि विवाह में विवाह की समस्या का कोई समाधान नहीं है, जैसे कोयले की खान में सफेदी पर पैसा खर्च करना बेकार है। आखिर हम यह मान क्यों नहीं लेते कि कुछ समस्याओं का कोई समाधान नहीं है? यह मानने के बाद शायद कुछ समाधान दिखाई पड़ने लगे।

विवाह का शोक गीत

दिल्ली में और दिल्ली के बाहर ऐसे लोगों की संख्या कम नहीं है, जिनका दावा है कि वे 'इदन्नमम्', 'चाक' और 'अल्मा कबूतरी' जैसे उपन्यासों की लेखिक मैत्रेयी पुष्पा के बारे में सब कुछ जानते हैं। उनमें से शायद ही किसी को इस बात की जानकारी हो कि मैत्रेयी का एक उपन्यास दांपत्य जीवन की कटुता, यानी पति के गुस्से का शिकार हो गया था और पूरा उपन्यास लेखिका को दुबारा लिखना पड़ा था। उस प्रसंग को याद करते हुए मैत्रेयी अपनी आत्मकथा के दूसरे भाग 'गुड़िया भीतर गुड़िया' में लिखती हैं—'डॉक्टर साहब की नाराजगी मेरे उपन्यास की पांडुलिपि ले डूबी। चिंदी-चिंदी घर में उड़ रही थी और मैं बिलख-बिलख कर रो रही थी। ऐसे में माँ ही होती है, जो व्यथा सुन सकती है। मगर वे नहीं आईं, उन्होंने पत्र लिखा।'

माँ ने अपने पत्र में दो मूल बातें कहीं थीं। एक, 'तू कुछ न बनी, बस कवि बन गई। इससे किसका भला होगा? तू कुछ कमाती, तो पति तेरी वैल्यू समझता। आदमी को रुपया-पैसा औरत से भी ज्यादा प्यारा होता है।' यह बात शायद ठीक से कही नहीं गई थी। पुरुष कमाऊ पत्नी को पसंद करते हैं, लेकिन अपने ही घर में लेखिका की अवहेलना इसलिए नहीं हो रही थी। यह इसलिए हो रही थी, क्योंकि तब लेखिका के पास आय के स्रोत नहीं थे। वे अपने गुजारे के लिए पति पर निर्भर थीं। इसीलिए पति को यह साहस हो सका कि वे अपनी पत्नी की जब-तब ठुकाई करते रहें। दो, 'मैंने तो पहले ही कहा था, ब्याह मत करो, तेरे लक्षण ब्याहवाली लड़कियों से अलग हैं।' इसके बाद मैत्रेयी पुष्पा के हृदय से जो उद्गार निकला, वह मनन करने योग्य है—'माताजी की चिट्ठियाँ या मेरी पांडुलिपि की चिंदियाँ, मेरा कलेजा तार-तार हो गया और दिल से बस यही निकला—माताजी, मैं अब विधवा कब हूँगी?' बुरी से बुरी स्थिति में भी कोई स्त्री विधवा होना नहीं चाहती। मैत्रेयी भी नहीं चाहती होंगी। वे सिर्फ विवाह के संताप से मुक्त होना चाहती थीं, लेकिन उनके दिल से निकला तो यह क्रूर और हताश वाक्य—माताजी, मैं अब विधवा कब हूँगी? इस वाक्य की थोड़ी चीरफाड़ की जाए, तो रहस्य का एक सिरा हाथ लगता है। हिंदू स्त्री जानती है कि मृत्यु के पहले उसकी मुक्ति नहीं है। बेशक इस विवाह

में अब तलाक की व्यवस्था है, लेकिन तलाक पाना आसान नहीं है। आसान हो, तब भी तलाक के नतीजे, खासकर जब बच्चे हो गए हों, इतने भयावह हैं कि तलाक किसी समाधान की तरह दिखाई नहीं देता। खासकर उन स्त्रियों के लिए, जो मैत्रेयी पुष्पा की तरह गाँव की पृष्ठभूमि से शहर में आई हैं – वे भीतर से तो मुक्त और साहसी होती हैं, पर शहर की दुनिया का मुकाबला कैसे करें, यह नहीं जानतीं।

अतएव, वे तमाम तकलीफें सहते हुए भी विवाह को तोड़ने की जोखिम लेना नहीं चाहतीं। हालाँकि इस आत्मकथा के शुरू में ही इल्माना नाम की एक स्त्री का जिक्र आया है, जिसने विवाह के भीतर घुटते रहने से तलाक लेना बेहतर समझा, लेकिन लेखिका में जद्दो-जहद करने की क्षमता चाहे जितनी हो, उसकी मानसिक पृष्ठभूमि इस तरह की नहीं है कि वह अपने वैवाहिक सम्बन्ध को लात मार कर, स्वतंत्र जीवन जीने की शुरुआत कर सके। वह स्त्री पहले है, लेखिका बाद में। लेकिन वह अपने उस स्त्रीत्व का क्या करे, जो उसके रचनात्मक विकास में बाधक हो रहा हो? इसीलिए उसके अंतस से यह करुण आवाज उठती है कि अब मेरे स्वतंत्र होने का रास्ता क्या है? जाहिर है, वह अपनी कुमारी अवस्था में लौट जाना चाहती है, जब उस पर किसी प्रकार के बंधन नहीं थे और वह अपना मनचाहा जीवन जी सकती थी। 'माताजी, मैं अब विधवा कब हूँगी'—के पीछे स्वतंत्रता का यही आर्तनाद है, किसी मृत्यु की कामना नहीं। वैधव्य का अर्थ कुँवारापन है, वैवाहिक स्थिति के अवसान की कामना है। अन्यथा विधवा होने का चाव किसे हो सकता है? दरअसल, यह पूरी आत्मकथा विवाह संस्था के विरुद्ध एक लंबी एफआईआर है। विवाहित स्त्री का जीवन कितना दयनीय हो जाता है, यह बात कही तो बार-बार जाती है, पर आत्मकथा के स्तर पर इसके साक्ष्य बहुत ज्यादा उपलब्ध नहीं हैं। बहुत पहले मैंने नयनतारा सहगल की एक किताब पढ़ी थी—'रिलेशनशिप', जिसमें उन्होंने विस्तार से बताया था कि विवाह के बाद उनकी स्थिति क्या हो गई थी। उन्हें न केवल कैद कर दिया जाता था, बल्कि उन पर हाथ भी उठाया जाता था। इस तरह के छिटपुट वृत्तांत मिल जाते हैं, लेकिन हिंदी में यह शायद पहली मुकम्मिल किताब है, जिसमें वैवाहिक जीवन की घुटन का सिलसिलेवार और विश्वसनीय वर्णन सामने आया है। कहा जा सकता है कि डॉ. रमेशचंद्र शर्मा से उनका सम्बन्ध एक बेमेल विवाह था, जिसमें पति की अपेक्षाओं का पत्नी की विकास यात्रा से कोई तारतम्य नहीं था। इसलिए इस सम्बन्ध में अपने-अपने स्तर पर दोनों कसमसा रहे थे। लेकिन सभी नहीं, तो अधिकांश विवाह क्या बेमेल विवाह ही नहीं होते? जब राम और सीता का विवाह अंत में बेमेल विवाह ही साबित हुआ, तो साधारण विवाहों की क्या बिसात! दरअसल, यह ऐसा सम्बन्ध है, जिसमें प्रेम के बंधन और स्वतंत्रता की माँग के बीच संतुलन बिन्दु बना पाना महात्माओं के लिए ही संभव है। विवाह संस्था पर दुनिया भर में विचार-पुनर्विचार चल रहा है। पश्चिमी समाजों में तो विवाह एक खामोश मौत

मर रहा है। वहाँ एकल माताओं और एकल पिताओं की संख्या इतनी तेजी से बढ़ रहा है कि भविष्य के बारे में सोच कर डर लगता है। फिर भी विवाह हो रहे हैं और समाज व्यवस्था के स्तर पर विवाह की विदाई का कोई प्रस्ताव उभरता हुआ दिखाई नहीं देता। इसके कारण हैं और ठोस कारण हैं। विवाह के अभ्युदय के पहले मानव समाज लाखों-करोड़ों साल तक उन्मुक्त जीवन बिता चुका था। जब से विवाह आया, तभी से स्त्री पराधीन हुई। विवाह का इतिहास वस्तुतः स्त्री की पराधीनता का इतिहास है। अब जबकि स्त्री एक आत्मनिर्भर इकाई हो रही है, वह अपनी खोई हुई आजादी की माँग कर रही है। लेकिन मौजूदा व्यवस्था में विवाह संस्था का अवसान जितनी समस्याओं का समाधान करेगा, उनकी तुलना में और अधिक समस्याएँ पैदा करेगा। जब विवाह नहीं था, तब सामुदायिकता था। अब जब एक बार और विवाह नहीं होगा, तो एक और सामुदायिक व्यवस्था की खोज करना होगा। इसे ही समाजवाद कहते हैं। निजी पूँजी और बाजारवाद के रहते हुए विवाहहीनता विवाह से ज्यादा भारी ट्रेजेडी होगी।

विवाह की मीयाद

जर्मनी की सबसे चमक-दमक वाली नेता गैब्रील पॉली ने अपने चुनाव घोषणापत्र मे यह प्रस्ताव शामिल कर हड़कंप मचा दिया है कि विवाह की मीयाद सात वर्ष होनी चाहिए। सात वर्ष के बाद भी कोई युगल अपने वैवाहिक सम्बन्ध को बनाए रखना चाहता है, तो उसे इस सम्बन्ध की अवधि बढ़ाने की सुविधा मिलनी चाहिए। पॉली की उम्र पचास वर्ष है। उनका दो बार तलाक हो चुका है। तलाक के लिए जिम्मेदार कौन था, नहीं मालूम। इसकी खोज करने की जरूरत भी नहीं हैं। हमारे लिए इतना ही काफी है कि गैब्रील पॉली को भली-भाँति पता है कि आजकल विवाह टिकाऊ नहीं होते। उन्हें यह अनुभव भी है कि तलाक का मामला कितनी बदमजगी का होता है। पहले तो खुशी-खुशी शादी करो, फिर अदालत के चक्कर लगाते फिरो कि योर ऑनर, हमें एक-दूसरे से बिछड़ने का मौका दिया जाए। पॉली को लगता है कि इससे बेहतर तो यही है कि विवाह की मीयाद शुरू में ही तय कर दी जाए, जिसके बाद वह स्वतः भंग माना जाएगा। जर्मनी में और यूरोप के शेष हिस्सों में राजनेताओं और सामाजिक प्रश्नों पर विचार रखने वाले कई लोगों ने सात वर्ष के इस प्रस्ताव की हँसी उड़ाई है, हालांकि वे जानते हैं कि शादी के तीन-चार वर्ष बाद ही अधिकतर जोड़े तलाकनामा लिए घूमते नजर आते हैं। इस अतिरंजित प्रतिक्रिया से ऐसा लगता है कि इस परंपरागत मान्यता से कि विवाह जीवन भर का सौदा होता है, लोग अभी ऊपर नहीं उठ पाए हैं। हाँ, वे यह जरूर मानते हैं कि बीच में ही अनबन हो गई, तो सम्बन्ध विच्छेद की सुविधा होनी चाहिए।

जाहिर है, जर्मनी की इस ओजस्वी महिला नेता ने कान को दूसरी ओर से पकड़ने की कोशिश की है। अगर जीवन भर के लिए किया जाने वाला विवाह बीच में ही तोड़ा जा सकता है, तो शुरू में ही उसकी अवधि क्यों न तय कर दी जाए, ताकि पति-पत्नी दोनों चौकन्ना रहें और एक-दूसरे के सामने अपना सर्वोत्तम पेश करते रहें? प्रेम में हम गुलाम हो जाते हैं और विवाह के बाद अपने पार्टनर को गुलाम बनाने की कोशिश करते हैं। अपराध और दंड का यह अद्भुत रिश्ता है। होता यह भी है कि एक बार विवाह हो जाने के बाद दोनों दंपति एक-दूसरे की ओर से निश्चिंत हो जाते हैं और वैवाहिक सम्बन्ध को लगातार जीवंत तथा सार्थक बनाए

रखने की जरूरत महसूस नहीं करते। विचारणीय है कि विवाह और रक्त सम्बन्धों को छोड़ कर और कोई मानव सम्बन्ध जीवन भर के लिए नहीं होता। रक्त सम्बन्धों में हम चुनाव नहीं कर सकते, पर विवाह एक चयन है। जब दास-दासियाँ होती थीं, वे अपने पूरे जीवन के लिए होती थीं। उनकी मुक्ति का दिन मुकर्रर नहीं किया जाता था।

अब कानूनी रूप से दास व्यवस्था कहीं नहीं है। आजीवन कैद जरूर दी जाती है, लेकिन वह सजा है। हम विवाह को सजा नहीं मानते। यह माँ द्वारा संतान को जन्म देने के बाद जीवन का सबसे बड़ा उत्सव है। वैवाहिक जीवन यह उत्सव मनाते हुए ही गुजार देना चाहिए। सबसे अच्छा विवाह वही है जो शेष जीवन को उत्सवमय बनाए रखे और एक-दूसरे की जिम्मेदारियों के निर्वाह में सहायक बने। जो विवाह बीच में टूट जाते हैं, वे शायद शुरू से ही त्रुटिपूर्ण होते हैं। जब तक त्रुटि का पता चलता है, काफी देर हो चुकी होती है, जिससे अनावश्यक कटुता और तकलीफ पैदा होती है। इससे बचने का एक व्यावहारिक तरीका यह है कि विवाह को अनंत न बनाया जाए। कोई भी चुना हुआ सम्बन्ध अनंत नहीं हो सकता और विवाह भी एक सम्बन्ध ही है। बहुत-से लोग अपने तोते या मैने पर गर्व करते हैं कि उसने पोस मान लिया है। इसकी असली परीक्षा यह है कि उस तोते या मैने को पिंजरे से निकाल कर उड़ा दिया जाए। उसके बाद देखना चाहिए कि वह अपनी खुशी से पिंजरे में वापस लौटता/लौटती है या नहीं। कुत्तों और घोड़ों के बारे में जरूर सुना गया है कि उनमें से कई अपने स्वामी की मृत्यु के बाद खाना-पीना छोड़ देते हैं और आँसू बहाते हुए प्राण त्याग देते हैं। सती प्रथा का विरोधी होते हुए भी मैं उस पति या पत्नी की तारीफ ही करूँगा, जिनकी जीने की इच्छा अपने जीवन साथी के गुजर जाने के बाद खत्म हो जाती है। आदर्श स्थिति शायद यह न हो, पर प्रेम अपने को किस-किस तरह से व्यक्त करता है, कौन जानता है! लेकिन प्रेम है या नहीं, यह जानना ही सबसे मुश्किल है। अकसर वासना प्रेम की मुलायम चादर ओढ़ कर अपने को प्रगट करती है। प्रेम निवेदन करते समय जो याचक नजर आता है, विवाह के बाद वह शेर हो उठता है। यहाँ शेर में शेरनी भी शामिल है। आदमी को जानवर बनने से रोकने के लिए भी मीयादी विवाह उपयोगी साबित हो सकता है। कुछ लोग प्रेम को मीयादी बुखार मानते हैं। यह बुखार उतर जाने के बाद भी जो सम्बन्ध टिका रहे, वही असली सम्बन्ध है। बाकी सब समझौता है। मानवता जितना आगे बढ़ आई है, उसके बाद भी उसे समझौते का जीवन जीने को बाध्य क्यों करना चाहिए?

कुछ समझदार लोग कह सकते हैं कि सात वर्ष भी क्यों? कोई जोड़ा जितने वर्षों के लिए निबद्ध होना चाहता है, उतने ही वर्ष क्यों नहीं? यह प्रश्न भी विचारणीय है। बहरहाल, विवाह की मीयाद भी तय की जाए, उसके साथ यह शर्त जरूर लगानी चाहिए कि जिस दंपति को कम से कम बीस साल तक साथ रहना है, उसे ही बच्चा

पैदा करने का अधिकार होगा। तलाक का सबसे बुरा शिकार बच्चा ही होता है। इस सिलसिले में अपने मुहल्ले की एक कामवाली याद आती है। जिस व्यक्ति से उसका विवाह हुआ था, वह कुपति निकला। उससे छुट्टा-छुट्टी हो गई। उसके बाद, इस युवा काम वाली की जिंदगी में कई पुरुष आए। पर कोई नहीं टिका। कोई पैसे ले कर भाग गया, कोई कुछ और। आजकल वह जिस पुरुष के साथ रहती है, उससे विवाह कर लेने की सलाह दी गई, तो होशियार काम वाली ने कहा, विवाह कर लूँगी, तो वह मुझे नौकरानी समझने लगेगा। अभी ही ठीक है। वह बदमाशी करेगा, तो मैं उसे घर से निकाल दूँगी। आश्चर्य की बात यह कि जिस सत्य को एक साधारण काम वाली भी, इतने कम समय में, समझ गई है, उसे ले कर विद्वानों में इतना मतभेद नजर आता है।

साथ रहने की कीमत

वे दोनों ही पढ़े-लिखें हैं। अच्छी नौकरियों में लगे हुए हैं। दोनों में से किसी की भी तनख्वाह पचास हजार रुपए महीने से कम नहीं है। विचारों और रहन-सहन, दोनों में आधुनिकता है। स्त्री-पुरुष समानता में दोनों की आस्था है। फिर भी उनके दांपत्य जीवन में दरारें आ गईं और तीन-चार साल साथ बिताने के बाद पता चला कि वे एक-दूसरे के लिए नहीं बने हैं। लड़की अपनी माँ के साथ रहने चली गई। लड़के ने भी समझ लिया कि किस्सा खत्म हुआ। लेकिन अदालत की मुहर लगे बगैर, तलाक की खानापूरी नहीं हो सकती। तलाक पाने के दो तरीके हैं। एक रास्ता यह है कि पति-पत्नी दोनों अदालत में जा कर जज से कहें कि हुजूर, हम अब एक दिन भी साथ नहीं रह सकते, सो हमारे विवाह को भंग कर दीजिए। मेरे खयाल से विवाह--विच्छेद का यह सबसे शरीफ रास्ता है। जब विवाह आपसी सहमति से हुआ था, तो तलाक भी आपसी सहमत से ही हो। दूसरा रास्ता उस स्थिति में काम आता है, जब एक पक्ष तलाक लेना चाहता हो और दूसरा पक्ष वैवाहिक सम्बन्ध को बनाए रखना चाहता हो। यह बहुत ही कटु स्थिति है। तलाक चाहने वाले को अदालत में जाकर दूसरे पक्ष पर ऐसा आरोप लगाना पड़ता है, जिसके आधार पर तलाक मिल सके। दूसरा पक्ष आरोप को स्वीकार नहीं करता और अपना बचाव करता है। इस तरह तलाक का मुकदमा वर्षों खिंचता जाता है। इसका सबसे भद्दा पक्ष यह है कि दांपत्य जीवन के गोपनीय पहलुओं की चर्चा खुलेआम करनी पड़ती है और घर की बातें बाहर आने लगती हैं। हमारी इस कहानी के लड़के ने स्वाभाविक रूप से चाहा कि शराफत के रास्ते से सम्बन्ध-विच्छेद हो जाए। लेकिन...

लेकिन सामने आया यह कि लड़की ने लड़के का मुक्त करने की कीमत माँगी पचीस लाख रुपए। साथ में मकान और गाड़ी भी। फिलहाल दोनों पक्षों के वकील समझौते की शर्तों पर बातचीत कर रहे हैं। आशा है कि हसीना मान जाएगी। लेकिन जब से मैंने पचीस लाख की रकम सुनी, तभी से मेरा सिर चकराया हुआ है। यह किस चीज की कीमत है? विवाह करने का निर्णय दोनों ने मिल कर किया था। प्रेम विवाह के पहले से दोनों एक तरह साथ रह रहे थे। अब बाद में नहीं पटी तो नहीं पटी। कौन जानता है कि इसके लिए कौन ज्यादा जिम्मेदार है? फिर लड़की

पढ़ी-लिखी है। फर्राटे से अंग्रेजी बोलती है। तलाक के बाद वह बड़े शान से जीवन यापन कर लेगी। हो सकता है, कमाई और शोहरत में लड़के से आगे भी निकल जाए, फिर साथ छोड़ने का हर्जाना वह क्यों माँग रही है? क्या यह स्त्री के रूप में इतने दिन तक साथ रहने की कीमत है? अगर हाँ, तो मुझे विवाह और वेश्यावृत्ति में अधिक अंतर नहीं दिखता। सहारा कमजोर को चाहिए। मजबूत भी सहारा माँगने लगे, तो इसका अर्थ यह होगा कि वह वैवाहिक सम्बन्ध के भीतर कमजोर की हैसियत से रह रहा था।

इस मामले में मैंने दो-चार जानकार मित्रों से बात की, तो पता चला कि तलाक के बाद पति को हर महीने एक निश्चित रकम इसलिए देनी पड़ती है कि वह अपनी पत्नी के भरण-पोषण के लिए कानूनी रूप से जिम्मेदार है। पत्नी से तलाक हो गया, तब भी उसकी यह जिम्मेदारी बनी रहती है। उसकी जिम्मेदारी तभी खत्म होती है, जब उसकी पूर्व पत्नी दूसरा विवाह कर लेती है। अर्थात जब उसके भरण-पोषण की जिम्मेदारी दूसरा पुरुष स्वीकार कर लेता है। इसके पहले मुझे अंदाजा तक नहीं था कि विवाहित स्त्री की आर्थिक हैसियत यह होती है। पति की संपत्ति में, उसकी आमदनी में उसका बराबर का हिस्सा नहीं होता। अधिकार के रूप में वह सिर्फ गुजारा माँग सकती है। जिस समाज में इस तरह का कानून चलता है, उस समाज को सभ्य समाज कैसे कहा जा सकता है? इस कानून के रहते हुए स्त्री-पुरुष समानता का दावा क्या फूहड़ स्वाँग नहीं है? दो आत्माएँ मिल कर एक हो जाएँ, दो शरीर एक-दूसरे को अंतरंगता से जानते रहें, लेकिन दोनों का बैंक बैलेंस अलग-अलग हो। इससे एबसर्ड स्थिति क्या हो सकती है?

विवाह सम्बन्धी स्त्री-पुरुष समानता का एक पुख्ता आधार होना चाहिए। पति की कमाई पत्नी की भी कमाई होनी चाहिए। अगर बच्चे हैं, तो इस कमाई में उनका भी उचित हिस्सा लगाया जाना चाहिए। अगर पत्नी भी कमाती है, तो उसकी आमदनी भी समग्र परिवार की आमदनी मानी जानी चाहिए। इसी तरह, परिवार के पास जो भी संपत्ति हो, उस पर सभी का बराबर हक होना चाहिए। एक ही परिवार में पति अमीर और संपत्तिशाली हो और पत्नी गरीब हो, उसके नाम पर कोई संपत्ति न हो, बच्चों का कोई आर्थिक आधार न हो, यह एक असभ्य स्थिति है। आय और संपत्ति का यही तर्क खर्च पर भी लागू होता है। परिवार की आय से जो भी खर्च हो, वह पूरे परिवार की सहमति से हो। प्रत्येक सदस्य को अलग से जेब खर्च जरूर मिलना चाहिए, ताकि सामूहिकता की मजबूत गिरफ्त में उसका दम न घुटने लगे। ऐसा वैवाहिक और पारिवारिक वातावरण ही लोकतांत्रिक कहे जाने का अधिकारी है, बाकी सब धोखा है।

ऐसी स्थिति में तलाक के साथ ही पति-पत्नी के बीच पारिवारिक संपत्ति का समान विभाजन हो जाना चाहिए। जो बच्चों को पाल-पोस रहा हो, उसे बच्चों का

हिस्सा भी मिलना चाहिए। अगर यह संपत्ति इतनी न हो जिससे पत्नी शालीनता के साथ गुजर-बसर कर सके, तब घाटे की पूर्ति पति को अपनी आय से करनी चाहिए। अर्थात गुजारा भत्ता देने का सवाल तब उठता है, जब पत्नी कमाने की स्थिति में न हो। तलाक के निर्णय के समय ही यह व्यवस्था की जानी चाहिए कि जिस पक्ष की कोई आय नहीं है, वह तलाक के बाद आर्थिक रूप से आत्मनिर्भर जीवन जी सके। सहमति से लिए जाते हैं, उनकी शर्तें भी आपसी सहमति से तय जानी चाहिए। अगर दोनो पक्ष आपसी बातचीत से ये शर्तें तय करने में असमर्थ साबित होते हैं, तो यह जिम्मेदारी अदालत को निभानी चाहिए। वैवाहिक जीवन की विशेष परिस्थितियों में कुछ विशेष विधान करने होंगे, लेकिन इस बात पर मोटा-मोटी सहमति बननी ही चाहिए कि समानता तथा लोकतंत्र के बिना विवाह एक अनुचित सम्बन्ध है।

परिवार में जनतंत्र

परिवार अगर नागरिकता की पाठशाला है, जैसा कि पाठ्य पुस्तकों में बताने की प्रथा है, तो हमारी नागरिकता में जो कमियाँ हैं, उनका स्रोत खोजना बहुत आसान है। जनतंत्र में सभी नागरिकों की हैसियत समान बताई जाती है। लेकिन यह समानता सिर्फ कागज पर दिखाई देती है। धन, पद, रिहाइश की जगह (गाँव या शहर) और (भारत में) जाति यह तय करते हैं कि किस नागरिक को कितनी इज्जत बख्शी जाएगी। यहाँ तक कि सड़क पर भी, जो किसी भी व्यवस्था में सर्वाधिक जनतांत्रिक जगह होती है, नागरिक की हैसियत इससे तय होती है कि वह पैदल चल रहा है या गाड़ी में और गाड़ी में चल रहा है, तो उस गाड़ी का मॉडल क्या है। जहाँ एक ही देश में इतने प्रकार की नागरिकताएँ होती हों, वहाँ कई तरह की पारिवारिकताएँ दिखाई पड़े, तो इस पर आश्चर्य करना मूर्खता नहीं तो उसके काफी करीब की चीज जरूर है।

आश्चर्य करना हो, तो इस पर करना चाहिए कि नागरिकताओं के फर्क पर शुरू से ही टिप्पणी की जाती रही है—जब जनतंत्र का उदय नहीं हुआ था, उसके बहुत पहले से, लेकिन परिवार के भीतर की तानाशाहियों पर चर्चा हाल की घटना है। इन तानाशाहियों को पहचान बहुत पहले लिया गया था—उदाहरण के लिए बौद्ध परंपरा की थेरी गाथाओं में, इसके और पहले याज्ञवल्क्य की इस धमकी में कि 'गार्गी, तुमने इसके बाद कोई प्रश्न पूछा, तो तुम्हारा सिर फट जाएगा, जॉन स्टुअर्ट मिल द्वारा अपनी शादी के अवसर पर बनाए गए इस हलफनामे में कि कानून और परंपरा के द्वारा पति को पत्नी के रू-ब-रू जो विशेषाधिकार मिले हुए हैं, एतद्वारा मैं उनका परित्याग करता हूँ। लेकिन इन तानाशाहियों के स्रोत क्या हैं, इस पर काफी कम चर्चा हुई हैं। इससे भी कम चर्चा इस पर हुई है कि इन स्रोतों को कैसे नष्ट किया जाए, ताकि न केवल स्त्री-पुरुष मुक्ति की साँस ले सकें, बल्कि बच्चों और बूढ़ों को भी न लगे कि परिवार में उनकी स्थिति दूसरे या तीसरे दर्जे की है।

इस दृष्टि से रमेश उपाध्याय और संज्ञा उपाध्याय द्वारा संपादित त्रैमासिक पत्रिका 'कथन' का अक्टूबर-दिसंबर 2003 अंक अनोखा हैं। इस अंक में एक भुला कर रखे गए सवाल 'परिवार में जनतंत्र' पर विशेष सामग्री है। परिचर्चा में तीन प्रबुद्ध

स्त्रियों—कुमकुम सांगरी, निवेदिता मेनन और सविता सिंह—के लंबे, लेकिन उबाऊ नहीं, लेख हैं, जो इस समस्या के सभी पहलुओं की गहरी छानबीन ही नहीं करते, बल्कि इससे मुक्ति की शर्तों का संधान भी करते हैं। बातचीत में इस बार ज़ुबैर रिज़वी से विचारों का आदान-प्रदान है और साक्षात्कार करने वाले रमेश उपाध्याय के दुर्भाग्य से इस अंक का सबसे कमजोर पहलू यही है। रिज़वी की दिलचस्पी प्रश्न की परिक्रमा करने में ही बनी रहती है—संपादक द्वारा बार-बार कुरेदे जाने के बावजूद, इससे यह आभास मजबूत होता है कि परिवार के किले में सेंध लगाने के लिए प्रत्येक प्रकार की मोहग्रस्तता का परित्याग करना आवश्यक है।

इस पर कोई मतभेद नहीं हो सकता कि पूँजीवाद पारिवारिक जनतंत्र का सबसे शक्तिशाली शत्रु है। कुमकुम का यह सुंदर कथन कि परिवार असमानता का कारखाना है, पूँजीवाद पर भी इतनी ही सटीकता से लागू होता है। सविता सिंह ने इस द्वैतता का और भी प्रखर खुलासा किया है। लेकिन समाजवादी व्यवस्था में स्थिति पूरी तरह बदल जाएगी, यह उम्मीद बहुत ठोस नहीं है, क्योंकि रूस में पूँजीवादी तंत्र को तोड़ दिया गया, तो जल्द ही लेनिन जैसा आदमी भी पारिवारिक मूल्यों को बचाए रखने की अपील करने लगा। चीन, क्यूबा आदि देशों का अनुभव भी कुछ अलग नहीं है। इन अनुभवों से पैदा होनेवाली उलझनों से निजात पाने के लिए, यही मान कर चलना सुरक्षित होगा कि समाजवाद के वास्तविक प्रयोग होने अभी बाकी हैं। इसकी प्रेरणा नारीवाद से मिलेगी, सविता सिंह के इस आशावाद का समर्थन किया जा सकता है, बशर्ते नारीवाद का मार्क्सवादी स्वरूप और ज्यादा विकसित हो तथा उसके बुनियादी सूत्रों को सरल और साफ तरीके से रखा जाए। उनका यह आग्रह बिल्कुल दुरुस्त है कि समानता और स्वतंत्रता के बीच प्राथमिकता तय करनी हो, तो हम स्वतंत्रता को प्राथमिकता दें। अमर्त्य सेन के कई अध्ययनों से यह स्पष्ट होता है कि कुछ असमानताएँ स्वतंत्रता को ही पुष्ट करती हैं।

यह भी आश्चर्यजनक है कि परिवार के सफाए को लेकर प्लेटो और मार्क्स एक ही निष्कर्ष पर पहुँचते हैं, हालांकि दोनों मनीषियों के स्वप्न-लोक बिल्कुल अलग-अलग हैं। प्लेटो मजबूत राज्य की बात करता है और इस बात पर जोर देता है कि बच्चों का पालन-पोषण इस तरह होना चाहिए कि किस बच्चे के माँ-बाप कौन हैं, यह पता लगाना संभव न हो। मार्क्स के स्वप्न-लोक में पूँजी के साथ राज्य भी खत्म हो जाता है और समाज समुदाय में बदल जाता है, जहाँ किसी पर किसी का एकाधिकार नहीं रह जाता। ऐसी व्यवस्था में बच्चों का पालन-पोषण परिवार में नहीं, समुदाय में होगा। जैसे जनतंत्र में प्रत्येक नागरिक एक इकाई होता है, वैसे ही उस समुदाय में प्रत्येक व्यक्ति—स्त्री और पुरुष ही नहीं, बच्चे और वृद्ध भी—एक इकाई होगा—पूरी तरह से स्वाधीन, जिसकी स्वाधीनता की गारंटी सामुदायिकता के ताने-बाने में निहित होगी। प्रेम से कर्तव्य की भावना पैदा होगी और कर्तव्य

बोध से प्रेम की। बच्चों के विकास को किसी प्रकार के कृत्रिम अवरोध से रोका नहीं जाएगा, बल्कि सभ्यता की बेहतरीन विरासत से सज्जित करते हुए, उन्हें तमाम तरह के प्रश्न पूछने और स्वयं भी उनका उत्तर खोजने की पूरी आजादी दी जाएगी। बूढ़ों के देखभाल की जिम्मेदारी उनके बेटे-बेटियों की नहीं, समुदाय के सभी सदस्यों की होगी। इस व्यवस्था के बारे में एक बड़ा संशय यह रह जाता है कि उसमें गलती करने की आजादी होगी या नहीं, क्योंकि स्वतंत्रता को जाँचने की यह एक अचूक कसौटी है।

क्षुद्र का एक अर्थ होता है। छोटा परिवार यानी पति-पत्नी के इर्द-गिर्द बुना हुआ परिवार, जो एकल भी हो सकता है और संयुक्त भी, इसलिए क्षुद्र होता है, क्योंकि वह शेष समाज के विरुद्ध एक षड्यंत्र के रूप में ही जीवित रह सकता है। किसी भी षड्यंत्रकारी इकाई में जनतांत्रिकता हो ही नहीं सकती, क्योंकि जनतंत्र हमेशा खुला खेल फर्रुखाबादी होता है। इसलिए आज जिसे हम परिवार के रूप में जानते हैं, उसका बेहतर भविष्य यही है कि पूरा समाज या समुदाय ही एक परिवार बन जाए।

इस बड़े परिवार में दुख नहीं होंगे, यह कौन कह सकता है? एक चतुर नेता की तरह फिलहाल यही कहा जा सकता है कि जब रास्ते में नदी पड़ेगी, तब उसे पार करने के बारे में सोचेंगे। लेकिन अगर हम परिवार के इस प्राकृतिक लोक को संभव बनाना चाहते हैं, तो हमारे कर्तव्य आज ही से शुरू हो जाते हैं। नौ मन तेल न हो, तब भी राधा को नाचना शुरू कर देना होगा। नौजूदा व्यवस्था के भीतर ही जनतांत्रिकता की ओर जितना बढ़ा जा सकता है, बढ़ कर दिखाना होगा। यह कम कठिन नहीं होगा और इससे भविष्य की कठिनाइयों का अनुमान भी लग सकेगा। साथ ही, यह पूरी प्रक्रिया सुखकर भी होगी और वह खिड़की खोलेगी, जिससे झाँक—कर भविष्य के सुखों का रोमांचक अनुमान किया जा सकेगा। परिवार अगर समाज की इकाई है, तो दहाई और सैकड़े को बदलने की कोशिश करने के साथ ही इकाई से भी रचनात्मक छेड़छाड़ आवश्यक है। बल्कि इसी से तय होगा कि दहाई और सैकड़े के साथ छेड़छाड़ की इच्छा कितनी गंभीर है। क्या हमारे अन्य कम्युनिस्ट भाई-बहन सुन रहे हैं? कोई चाहे तो मुझसे भी पूछ सकता है कि जो मैं कह रहा हूँ, वह मैं स्वयं भी सुन रहा हूँ या नहीं?

गोरेपन का गुमान

भारत में रंगभेद की समस्या हजारों सालों से मौजूद है, पर इसकी चर्चा नहीं होती। यह चर्चा अब शुरू हो जानी चाहिए, नहीं तो हमारे सामाजिक जीवन का एक पक्ष भविष्य में भी असभ्य बना रहेगा। टीवी पर इस असभ्यता का बाजा हर आधे घंटे पर बजता रहता है, जब कोई गोरी लड़की बताती है कि उसका यह गोरापन अमुक क्रीम की देन है। कुछ क्रीमों और साबुनों के विज्ञापनकर्ता तो यह दावा भी कर रहे हैं कि उनके इस्तेमाल से सप्ताह भर में ही फर्क दिखाई पड़ने लगेगा। ऐसे विज्ञापनों की सच्चाई पर कोई अध्ययन हुआ है या नहीं, मुझे मालूम नहीं। कॉमनसेंस कहता है कि गोरा बनाने के इन उत्पादों से कोई दीर्घकालीन फायदा नहीं हो सकता। शुरू में थोड़ा-बहुत फर्क नजर आता होगा, पर जैसे ही इन साबुनों या क्रीमों का इस्तेमाल बंद कर दिया गया, 'पुनर्मूषको भव' की स्थिति बन जाती होगी। या, लंबे समय तक इस्तेमाल करने से त्वचा का रंग खराब हो जाता होगा। इस बात की अर्जेंट जरूरत है कि गोरा बनाने के उत्पादों का इस्तेमाल करने वाले मीडिया के माध्यम से अपने अनुभव सामने रखें, ताकि सच्चाई सामने आ सके।

लेकिन इस काम में क्या मीडिया मददगार होगा? मुझे भरपूर संदेह है। दरअसल, टीवी उद्योग खुद भी गोरेपन का मरीज है। बीबीसी, सीएनएन आदि चैनलों पर समाचार पढ़नेवाली ऐसी औरतें अक्सर मिल जाती हैं, जो अधेड़ हैं या युवा नहीं हैं। कई बार तो वे सुंदर या आकर्षक भी नहीं होतीं। पर अपने काम में दक्ष होती हैं। वे जो समाचार पढ़ती हैं, उसकी पृष्ठभूमि से अच्छी तरह अवगत होती हैं। पर भारत के टीवी चैनलों पर एंकर बनने के लिए लड़की का सुंदर होना अनिवार्य करार दिया गया है और इसी स्टैंडिंग ऑर्डर का अगला क्लॉज यह है कि सुंदर होने के लिए गोरा होना जरूरी है। मैं बहुत दिनों से उम्मीद कर रहा हूँ कि टीवी पर कोई साँवली या काले रंग की लड़की दिखाई देगी। आखिर त्वचा की कौन-सी रंगत है, जो भारत में नहीं पाई जाती? मीडिया में सभी को दिखाई पड़ना चाहिए। राष्ट्रीय मीडिया में तो निश्चित तौर पर। पर मेरी यह उम्मीद अभी तक पूरी नहीं हुई है। अब तो नई एंकरें ऐसी आ रही हैं, जिन्हें मानो सौंदर्य प्रतियोगिताओं से छाँट कर लाया गया हो। ऐसी ही स्थितियों में यह कठिनाई पैदा होती है : तुमको देखें कि तुमसे बात करें।

निजी क्षेत्र तो निजी क्षेत्र, सार्वजनिक क्षेत्र का टेलीविजन भी गोरेपन की इस महामारी से ग्रस्त नज़र आता है। वहाँ भी साँवली औरत की गुजर नहीं है। यह सारा ट्रेंड रंग भेद का नहीं है तो क्या है? कहते हैं, भारत रोज एक डिग्री ज्यादा आधुनिक होता जा रहा है। हकीकत यह है कि जिस समय यूरोप और अमेरिका में श्वेत महिलाएँ अश्वेत पुरुषों से शादी करते नहीं हिचक रही हैं, संयुक्त राज्य अमेरिका ने एक अश्वेत को राष्ट्रपति चुन कर पूरी दुनिया से ताली बजवा ली है, उसी दौर में हमारे यहाँ साँवले और काले रंग की बेकदरी आपराधिक ढंग से बढ़ रही है। 'वधू चाहिए' के विज्ञापन एक-एक पढ़ते चलें, आपको भारत के धनी-मानी, उच्च शिक्षित और प्रोफेशनल वर्ग के सौंदर्य बोध की सीमाएँ समझ में आ जाएँगी।

भारत में रंग भेद की इस समस्या का शास्त्रीय विवेचन बहुत कम हुआ है। जहाँ तक मुझे पता है, सिर्फ नीरद चंद्र चौधुरी ने इस रंग ग्रंथि को समझने की कोशिश की है। इसका एक कारण यह हो सकता है कि वे खुद भी गोरे नहीं थे। चौधुरी की मान्यता थी कि आर्य बाहर से आए थे और वे अपने गोरे रंग के प्रति बहुत सचेत थे। यहाँ के मूल निवासी गहरे रंग के थे। आर्यों ने उनसे किसी प्रकार का सामाजिक सम्बन्ध नहीं बनाया। अपनी कौम के गोरेपन को बनाए रखने के लिए इन वैदिक हिन्दुओं ने तरह-तरह के उपाय अपनाए, जिसका एक रूप वर्ण व्यवस्था थी। वर्ण व्यवस्था ही आगे चल कर जाति व्यवस्था बन गई, इससे वर्ण (रंग) और जाति के एकमएकपन को समझा जा सकता है। यह अकारण नहीं है कि हमारे देश में सवर्ण आम तौर पर गोरे या साफ रंग के होते हैं तथा अवर्ण या नीची मानी जानेवाली जातियों के लोग धूसर या काले रंग के। विवाह सम्बन्धों में जाति और गोत्र पर इतना जोर बताता है कि दांपत्य और पारिवारिक जीवन में रक्त की शुद्धता और रंग की चेतना कितनी प्रबल रही है। साँवली, पर सुंदर लड़की की तुलना में गोरी, पर कम सुंदर या असुंदर लड़की की शादी जल्दी हो जाती है। रंग भेद का यह औपनिवेशिक दृष्टिकोण बताता है कि भारत किस तरह एक भीतर से विभाजित देश रहा है। जो समाज अपने ही एक बड़े हिस्से की त्वचा को उसके रंग के कारण नापसंद करे, वह क्या खाक तरक्की करेगा?

अपनी दिलचस्प पुस्तक 'ऑटोबॉयोग्राफी ऑफ एन अननोन इंडियन' में नीरद बाबू लिखते हैं कि उन्हें खुद भी अपने काले रंग के कारण पूर्वाग्रह का शिकार होना पड़ता था। एक पार्टी में वे अपनी भतीजी के साथ गए थे, जो थी तो बहुत सुंदर पर, उसका रंग नीरद बाबू जैसा ही था। जब एक फ्रेंच मित्र को उन्होंने बताया कि यह लड़की मेरी भतीजी है, तो मित्र ने प्रशंसा के स्वर में कहा, वही मैं कहूँ कि यह खूबसूरत लड़की कौन है। इसके बाद नीरद चौधुरी अपने पूर्व अनुभवों को याद करते हुए लिखते हैं कि खासकर काले रंग की लड़कियों के प्रति हिन्दू न केवल हृदयहीन हो सकते हैं, बल्कि बलपूर्वक क्रूरता का एहसास इसलिए नहीं हो पाता कि सभी, वे भी जो इसका शिकार है, इस पूर्वाग्रह से ग्रस्त हैं।

दो सुंदरियों की कथा

दफ्तर से निकल कर पटरी वाले की दुकान पर चाय पीते हुए उस पर नजर पड़ी। वह भुट्टा बेच रही थी। नहीं, बेच नहीं रही थी; छील रही थी। बेचने वाला पास में ही रेहड़ी लगाए हुए था। दोनों के बीच क्या रिश्ता है, मुझे मालूम नहीं। हो सकता है, वह उसकी निःशुल्क सहायता कर रही हो या फिर थोड़े-से पैसे की खातिर यह काम कर रही हो। उसके अगल-बगल चार बच्चे उसकी मदद कर रहे थे। नहीं, उनमें से एक लड़का था और वह मदद नहीं कर रहा था। वह उछल-कूद का मुफ्त आनंद ले रहा था। लेकिन जिस चीज ने मुझे तत्काल रोमांचित किया, वह थी उसकी निश्छल सुंदरता। वह साँवली थी। उसके शरीर का ढाँचा दुबला नहीं था। प्रकृति की योजना के मुताबिक उसे भरे हुए शरीर का होना चाहिए था। पर परिस्थितियों ने उसे दुबला और कमजोर बना दिया था। मामूली और ढेर सारा गम खाए हुए कपड़े, अस्त-व्यस्त रूखे बाल, जगह-जगह अड्डा जमाए हुए मैल और उसके पूरे अस्तित्व को घेरे हुए उदासीनता का बड़ा-सा धुआँसा वृत्त। इस सबके बावजूद वह अद्वितीय सुंदरी लग रही थी। मेरी नजर में नहीं, दुनिया की किसी भी कसौटी पर।

यह प्रताप उसके चेहरे की बनावट और उसकी आँखों की चमक का था उसके दाँत थोड़ा-सा बाहर आए हुए थे, पर यह बाहर आयापन उसकी सुंदरता में चार चाँद लगा रहा था। वह जिधर भी नजर डालती थी, उजाला-सा हो जाता था। हालाँकि वह इधर-उधर नजर कम डाल रही थी। सिर को लगभग झुकाए हुए अपने काम में दत्तचित्त थी। बस कभी-कभी अपने बच्चों को देख लेती थी। उसके भीतर शायद अपनी सुंदरता के प्रति यह सतर्कता नहीं थी कि बीच-बीच में देख लेती रहे कि उसे कोई देख रहा है या नहीं। मेरे दफ्तर में कई युवा स्त्रियाँ काम करती हैं। वे सभी ज्यादा या कम सुंदर हैं। लेकिन अगर सौंदर्य प्रतियोगिता में खड़ा कर दिया जाए, तो वह इन सभी से बीस ठहरेगी। अगर उसे कुछ दिन अच्छा भोजन दिया जाए और किसी सादगीपसंद ब्यूटीशियन को उसकी सेवा में लगा दिया जाए, तो वह उनसे बीस नहीं, चौबीस बैठेगी। अभी वह जैसा हो सकती थी, उसका आधा भी नहीं थी। फिर भी वह असाधारण सुंदरी थी।

उसके सौंदर्य और स्वास्थ्य को किसने लील लिया था? वे उसके आसपास ही थे। चार बच्चे जो अपने आपमें निर्दोष और उसके जैसे ही सुंदर थे, पर अपने पिता की दूषित संतान नीति का विज्ञापन कर रहे थे। उसकी उम्र तीस से कम ही लगी। इतनी कम उम्र में चार-चार प्रसवों ने, जिनके बीच अंतराल दो से तीन वर्षों का होगा, उसकी शक्ति को आधा तो खींच ही लिया होगा। थोड़ी देर में उसका पति आया और उसे किसी काम से अपने साथ, साथ नहीं पीछे, ले गया। मैंने उस गरीब को खूनी निगाहों से देखा और ईसा मसीह की पवित्र उक्ति दुहराई–'ईश्वर, इसे माफ कर देना, यह नहीं जानता कि इसने क्या कर रखा है।'

दूसरी सुंदरी इसी सड़क के उस पार अपनी छोटी-सी दुकान लगाती है। आजकल वह गाँव गई हुई है, जो मध्य प्रदेश में है। जब वह वहाँ से लौटेगी, तो एक बड़े-से पेड़ के नीचे चाय, बिस्कुट, सिगरेट, गुटका आदि बेचेगी। उसके इर्द-गिर्द भी चार बच्चे मँडराएँगे। इनमें भी एक लड़का है, जो स्कूल जाता है और स्कूल से लौटकर किसी जिम में नहीं जाता न टीवी देखता है। वह अपनी माँ के साथ बैठता और जरूरत पड़ने पर दूध, सिगरेट के पैकेट आदि खरीद कर लाता है। सुंदरी जहाँ बैठेगी, उससे थोड़ी दूर पर उसकी बैसाखी और विकलांग साइकिल पार्क की हुई होगी, जो यहाँ की किसी उदार कॉलोनी के प्रबंधकों ने उसे भेंट की हुई है। उसकी बैसाखी बैसाखी तो क्या है, बाँस का एक डंडा है, जो उसके जैसा ही गरीब दिखता है। उसका एक पाँव पिछले के पिछले प्रसव के बाद सूखने लगा था और आखिर पूरी तरह सूख गया। अब बिल्कुल काम नहीं करता। उसके शब्दों में, बहुत इलाज करवाया, पर कोई फायदा नहीं हुआ। इसके बावजूद पिछले साल उसने अपनी चौथी संतान को जन्म दिया, जो अक्सर उसका दूध पीती हुई मिलेगी। थोड़ी क्रूरता से कहा जाए, तो दूध नहीं, खून। उसके बाकी बच्चे भी उसका खून पी कर ही बड़े हुए हैं। वह उससे बहुत, बहुत ज्यादा दुबली-पतली है जितना उसकी शरीर संहिता में लिखा है। उस सबके बावजूद वह भी अद्भुत सुंदर है। जब वह हँसती है, तो चारों तरफ फूल झरते हैं, जिनकी खुशबू बहुत देर तक बनी रहती है। जब वह कुछ बोलती है, तो भाषा के साथ जितना भी सौंदर्य लिपट सकता है, लिपट आता है। उसकी आँखें तो मानो हमेशा उसके आंतरिक सौंदर्य को बाहर फेंकती रहती हैं। निर्धनता, नहीं दरिद्रता उसके कपड़ों, उसकी देह, उसके बालों यानी लगभग हर उस चीज से टपकती रहती है जिससे वह भौतिक स्तर पर घिरी रहती है। इसके बावजूद उसके अद्वितीय सुंदरी होने की घोषणा करते हुए मुझे अतिशयोक्ति का आरोप लगने का डर नहीं है, तो कल्पना की जा सकती है कि वह वास्तव में कितनी सुंदर है, यानी उसकी निर्धनता, अपोषण, अस्वास्थ्य आदि को हटा दिया जाए तो।

कहते हैं, भारत में सुंदरता का जलजला आया हुआ है। हमारी सुंदरियाँ विश्व विजय पर निकली हुई हैं। लेकिन हमारे देश में एक और सौंदर्य लोक है जो अपने

निर्धन बाशिंदों की तरह ही राष्ट्रीय अँधेरों में डूबा हुआ है। हमारे यहाँ कभी सौंदर्य के सच्चे पारखी पैदा हुए, तो उनकी बड़ी से बड़ी डायरियाँ ऐसी सुंदरियों के नाम से भर जाएँगी जिनमें से दो के बारे में लिखकर मुझे अनुभव हो रहा है कि मैं एक बहुत बड़ा नैतिक कर्ज उतार रहा हूँ।

शेविंग के पीछे

दो-तीन साल से एक गंभीर समस्या से गुजर रहा हूं। समस्या यह है कि मूँछ-दाढ़ी बढ़ाऊँ या नहीं। आप कह सकते हैं कि इसमें समस्या क्या हैं। मन करे तो बढ़ाओ। न करे, तो मत बढ़ाओ। जी नहीं, मामला इतना सीधा नहीं है। जब तक किसी मामले को सिद्धांत के रंग में न रँग लूँ, मुझे मजा नहीं आता। हर काम के पीछे तर्क होना चाहिए। दूसरे लोग भी ऐसा करते हैं, यह पर्याप्त तर्क नहीं है। दूसरे लोग तो चोरी भी करते हैं, चमचागीरी भी करते हैं, छुआछूत भी बरतते है, रंडीखाना भी जाते हैं। तो क्या मैं भी यह सब करने लगूँ?

शादी के पहले मैंने एक बार दाढ़ी बढ़ाई थी। तब लेखक बनने और लेखक जैसा दिखने का हलका-सा जुनून था। यह अधिक दिन तक चल नहीं सका। लेखक बनने का जुनून नहीं (यह तो अभी तक कायम है), लेखक जैसा दिखने का जुनून। जिस दिन शादी करने के लिए बारात के साथ निकलना था, उसी दिन सबेरे नाई के यहाँ गया और दाढ़ी साफ करा ली। कन्या पक्ष का ऐसा कोई आग्रह नहीं था, पर मुझे लगा कि अपेक्षित यही है। उसके बाद दाढ़ी रखने की नौबत नहीं आई। मूँछ मुड़ाने में समय लगा। हुआ यह कि तब तक मैं 'रविवार' में काम करने लगा था। कार्यालय में ऐसी सूरतें ज्यादा थीं जो न मूँछ रखती थीं न दाढ़ी। लेकिन यह बात बहुत मुख्य नहीं थी। मुख्य बात यह थी कि मेरी मूँछ के कुछ बाल पक गए थे। चूँकि दाढ़ी रोज बनाता था, इसलिए वहाँ के सफेदी नजर नहीं आती थी। पर मूँछ का विलोपन इसलिए उचित न था कि मेरे माता-पिता जीवित थे। बताते हैं कि पिता के जीवित रहते मूँछ मुड़ाना उचित नहीं है। पर पके हुए बालों सहित न दिखने की लालसा इस सामाजिक आग्रह पर भारी पड़ी। एक दिन मैंने मूँछों की वही गति कर दी जो बहुत पहले दाढ़ी की कर चुका था।

हाल ही में गांधी जी ने बहुत आक्रांत किया। खादी पहनने की सोचने लगा। प्याले की जगह इस्तेमाल करने के लिए कुल्हड़ ले आया। जूते छोड़ दिए। पैदल कुछ ज्यादा चलने लगा। कार में चलने में शर्म पहले भी आती थी, अब और ज्यादा आने लगी। इसी क्रम में मन में यह प्रश्न पैदा हुआ कि मूँछ-दाढ़ी का क्या किया जाए। रोज शेव करना सिरदर्दी है। इसमें कम से कम पंद्रह मिनट तो जाया होते

ही हैं। क्या इस समय को बचाया नहीं जा सकता? गांधीवाद में इस प्रश्न का कोई उत्तर नहीं था। गांधी जी ने दाढ़ी से बहुत पहले छुटकारा पा लिया था। लेकिन मूँछ वे आखिर तक रखे रहे। शुरू में काफी समय तक भरी-पूरी मूँछे, जैसे राजेंद्र प्रसाद की थीं। बाद में बालों की एक बारीक-सी रखा, जो मूँछ से ज्यादा उसका प्रतीक थी। पर दाढ़ी वे रोज बनाते थे। उनकी ऐसी तसवीर मेरे देखने में अभी तक नहीं आई, जिसमें उनकी दाढ़ी कई दिनों की बढ़ी हुई हो। यहाँ तक कि उपवास के दिनों में भी नहीं। ऐसा क्यों था? मैंने कई गांधी विशेषज्ञों से पूछा कि गांधीजी रोज दाढ़ी क्यों बनते थे, जबकि यह खर्चीला है और समय खाऊ तो है ही? यह प्रश्न महत्त्वपूर्ण इसलिए है कि गांधीजी समय और पैसा, दोनों की बहुत किफायत करते थे। यह सही है कि बहुत बाद के दिनों में वे अपनी दाढ़ी खुद नहीं बनाते थे। यह कोई और करता था, फिर भी समय तो लगता, था ही चाहे जिसका लगे और साबुन, ब्लेड, गरम पानी, फिटकरी वगैरह का खर्च तो था ही। यह भी नहीं हो सकता कि सूक्ष्मदर्शी गांधी की निगाह इधर न गई हो। लेकिन किसी भी गांधीवादी से इसका जवाब नहीं मिला। अगर किसी अन्य गांधीवादी के पास जवाब हो, तो मेरा उनसे निवेदन है कि मुझे भेजने की कृपा करें।

धर्म और विज्ञान, दोनों का कहना है कि जब औरों का जवाब न मिले, तो अपने आपसे पूछो। अपने-आप से पूछने पर जो आधा-अधूरा जवाब मिला, वह यह है। ऐसा लगता है दाढ़ी-मूँछ सफाचट करने का रिवाज पश्चिम से आया है। इस रिवाज से पहले सौंदर्य के प्रतिमान पुरुष और स्त्री के लिए अलग-अलग थे। पुरुष सौंदर्य में दाढ़ी-मूँछ के लिए प्रचुर स्थान था। यह बात यूरोप और भारत, दोनों के लिए समान रूप से सच है। दोनों इलाकों के राजाओं, संतों, कलाकारों आदि के चित्र दाढ़ी-मूँछ के साथ मिलते हैं। संभवतः उन्नीसवीं शताब्दी में किसी समय यूरोप में स्त्री सौंदर्य ही पुरुष सौंदर्य का प्रतिमान बनने लगा। यह माना जाने लगा कि स्त्री इस कारण सुंदर दिखती है कि उसके चेहरे पर दाढ़ी-मूँछ नहीं होती। इससे चिकना चेहरा और चिकना लगने लगता है। तो हम पुरुषों को भी ऐसा क्यों नहीं करना चाहिए? पहले दाढ़ी की विदाई हुई, बाद में मूँछों की। पुरुष स्त्रियों की तरह दिखने लगे। यूरोपीय संस्कृति की यह समझ धीरे-धीरे विश्व समझ बनने लगी। आज भी यही समझ चल रही है, अगर्चे कुछ लोग समझते हैं कि मूँछ रखने से उनका चेहरा ज्यादा सुंदर और रौबदार लगता है, सो जैकी श्रॉफ जैसी मूँछें भी फैशन से बाहर नहीं हुई हैं। ध्यान देने की बात यह है कि नियमित शेव करने के मामले में गांधी, जिन्ना और जवाहरलाल—इन तीनों की रुचि एक जैसी थी। ये तीनों ही पश्चिमी संस्कृति से बहुत प्रभावित थे। गांधीजी सिर्फ कुछ मामलों में। बाकी मामलों में वे हिन्दू थे। लेकिन हिन्दू समाज में दाढ़ी-मूँछ को नियमित शेव करने का विधान उन दिनों नहीं था। अलबता देवताओं की मूर्तियों और चित्रो में उन्हें मूँछ-दाढ़ी रहित दिखाया जाता

था। महावीर और बुद्ध को भी। इसके पीछे मान्यता शायद यह है कि देवता तो चिर युवा होते हैं।

तो क्या गांधी जी भी पुरुष सौंदर्य के यूरोपीय प्रतिमानों के कायल थे? क्या वे भी चिर युवा दिखना चाहते थे? पता नहीं। उनके सामने रवीन्द्रनाथ का मॉडल था। विश्वकवि ने बहुत पहले से लंबी दाढ़ी रखना शुरू कर दिया था। इससे उनकी सुंदरता में वृद्धि ही हुई। जो भी हो, यह मामला विचारणीय लगता है कि मूँछ-दाढ़ी का कलात्मक उपयोग करते हुए पुरुष समुदाय क्यों न अपने वर्ग की सुंदरता का अलग प्रतिमान बनाए? उसे इतने बड़े पैमाने पर स्त्रियों की तरह दिखने की नित्य कोशिश क्यों करनी चाहिए? ईश्वर ने कुछ सोच कर ही हमें पुरुष बनाया होगा। फिर हम अपना चेहरा स्त्रियों की तरह बनाने में रोज समय और पैसा क्यों खर्च करते हैं?

ब्यूटी की ड्यूटी

राजेंद्र यादव को स्त्रीत्व और सुंदरता का विशेषज्ञ माना जाता है। मैं यह नहीं कहूँगा कि यह स्त्रीत्व और सुंदरता, दोनों के साथ अन्याय है। बहुत-से लोग ऐसा मानते हैं। मेरा खयाल है, इसके पीछे द्वेष नामक मनोभाव की निर्णायक भूमिका है। इस कोटि का द्वेष एक अन्य महत्वपूर्ण लेखक-विचारक अशोक वाजपेयी के प्रति भी दिखाई पड़ता है। सफलता किसी भी तरह की हो, वह अपने आसपास कुछ जलन जरूर पैदा करती है। लेकिन सिर्फ इसीलिए किसी ऐसे बुद्धिजीवी की उपेक्षा नहीं होनी चाहिए, जो अपने समय के प्रश्नों के साथ निरंतर टकरा रहा हो और हर विषय में अपना एक मत रखता हो। मत की स्वतंत्रता के युग में भारत जैसे देश कुछ ही हैं जहाँ मत-विभिन्नता इतनी कम है और असहमति जताने वाले समूह भी सिर्फ सहमति बर्दाश्त करते हैं तथा इसी आधार पर दोस्तों-दुश्मनों की सूची बनाते रहते हैं। यही कारण है कि किसी सुस्थापित लेखक के विचारों पर निष्पक्ष बहस नहीं हो पाती। लोग तुरंत दो और दो चार करने लगते हैं कि ऐसा करनेवाला व्यक्ति फेंस के इधर है या उधर। यहाँ तक कि वे लेखक भी, जिनके विचारों पर विचार होता है।

अब यही देखिए कि मुझे राजेंद्र यादव की 2005 की डायरी के एक पन्ने पर (हंस, अप्रैल 2008) की गई स्थापना का प्रतिवाद करने की जबरदस्त इच्छा हो रही है, लेकिन डर भी लग रहा हैं कि कहीं इसे यादव-विरोधियों की नियमित कार्रवाइयों में शामिल न कर लिया जाए। यह जोखिम उठा कर भी मैं कहना चाहता हूँ कि करीना कपूर की सुंदरता या आकर्षकता के निमित्त से उन्होंने सुंदरता का जो विवेचन किया है, वह कायल करनेवाला नहीं है। कहीं से भी। वे कहते हैं, 'जो लड़की आपको सुंदर लगे, उसमें आप पवित्रता, दिव्यता, नम्रता और शालीनता सभी कुछ आरोपित कर लेते हैं। इसलिए जब वह कमर, कूल्हे या नितम्ब मटका कर नाचती है, या फूहड़ ढंग से शरीर प्रदर्शन करती है, तो मन को धक्का लगता है।'

प्रस्ताव यह है कि हमें धक्का नहीं लगना चाहिए, क्योंकि क्या जरूरी है कि जो सुंदर है वह निष्पाप, शाश्वत और पवित्र भी हो? क्यों वहाँ करुणा, ईमानदारी, हमदर्दी सभी कुछ होंगे? क्या खूबसूरत बिल्ली भी उतनी ही खूँखार नहीं होगी जितनी

वह जो वैसी नहीं है?' मुझे लगता है कि खूबसूरत बिल्ली का खयाल 'हंस' संपादक को गलत लाइन पर ले गया। बिल्ली चाहे असुंदर हो या सुंदर, वह रहेगी बिल्ली ही। अगर बिल्लियाँ आम तौर पर खूँखार होती हैं, तो सभी बिल्लियाँ ऐसी ही होंगी। मुझे बिल्ली कभी खूँखार जानवर नहीं लगी। रघुवीर सहाय बिल्लियाँ ही पालते थे। उन्होंने लिखकर बताया है कि बिल्ली उन्हें इसलिए पसंद है क्योंकि वह स्वाभिमानी होती है और पोस नहीं मानती। बिल्ली के इस स्वभाव में रघुवीर जी एक सुंदरता देख रहे थे। यह सुंदरता है या नहीं, इसे थोड़ी देर के लिए परे रख कर हम यह सोच सकते हैं कि आदमी बिल्ली नहीं है। बिल्लियों के इतिहास में औपनिषदिक ऋषि, गौतम बुद्ध, भगवान महावीर, ईसा मसीह, कार्ल मार्क्स, महात्मा गांधी आदि नहीं पैदा हुए। इसीलिए वे आज भी बिल्लियाँ ही हैं, जबकि आदमी नामक प्रजाति में लाखों वर्षों के चिंतन-मनन और प्रयोगशीलता के कारण बड़े परिवर्तन आ गए हैं। मनुष्य का मूल स्वभाव शायद ज्यादा न बदला हो, जैसा कि नृतत्वशास्त्री, जंतुविज्ञानी, मनोवैज्ञानिक आदि बताते रहते हैं, फिर भी इक्कीसवीं सदी के मनुष्य की कोई तुलना पाषाण काल के व्यक्ति से नहीं की जा सकती। संस्कृति ने प्रकृति में भारी पैमाने पर हस्तक्षेप किया है और इसके ठोस नतीजे निकले हैं।

बुद्धिमानों का कहना है कि हर स्त्री सुंदर होती है, कुछ स्त्रियाँ ज्यादा सुंदर होती हैं, बस। यह एक डिप्लोमेटिक वक्तव्य है, फिर भी इसे मान कर चलने में कोई हर्ज नहीं है। इससे भी यह निहित है कि जो स्त्रियाँ ज्यादा सुंदर हैं, उनमें कुछ अतिरिक्त है। यह अतिरिक्तता लगभग उसी कोटि की है जैसी विद्वान, कवि, साधु, समाजसेवी आदि व्यक्तियों में देखी जाती है। विद्वत्ता, कवित्व, साधुत्व आदि अर्जित किए जाते हैं, लेकिन हर व्यक्ति विद्वान या लेखक नहीं हो सकता। सभी व्यक्तियों में सभी तरह के गुण जन्म से ही अंतर्निहित होते हैं, लेकिन कुछ व्यक्तियों में कुछ खास गुण परिस्थिति विशेष के कारण ही फूलते-फलते हैं। कुछ प्रकृति की देन, कुछ समाज का अवदान और कुछ निजी तपस्या—इन सबके संयोग से कुछ व्यक्ति अतिरिक्त योग्यता या गुणधारी हो जाते हैं। सुंदरता भी ऐसी ही नियामत है। इसमें भी प्रकृति, समाज और निजी उद्यम, सभी का योगदान होता है। बहुत-सी बालिकाएँ राजेंद्र यादव की पहली पसंद करीना कपूर से भी ज्यादा नमक लिए हुए पैदा होती हैं। पर उनकी गरीबी, अशिक्षा और उनके साथ होनेवाला सलूक कुछ ही वर्षों में उनका कचूमर निकाल देता है। कुछ सुंदरताएँ संपन्न परिवारों में जन्म लेती हैं, पर लालन-पालन की गड़बड़ियों और अपनी लापरवाहियों के कारण वे जल्द ही नयनाभिराम नहीं रह जातीं। इसके विपरीत कम सुंदरता के साथ पैदा होनेवाली अनेक स्त्रियाँ अपने को नित्य आकर्षक बनाए रखती हैं। इसलिए कहा जा सकता है कि जिस व्यक्ति में भी कुछ अतिरिक्त है, उस पर अकेले उसका अधिकार नहीं है। उसमें प्रकृति का और उससे अधिक समाज का अवदान है।

इसीलिए इस अतिरिक्त विशेषता या गुण की कुछ सामाजिक जिम्मेदारी भी होती है। अगर कोई वैज्ञानिक अपने ज्ञान का उपयोग सहांरक हथियार बनाने, घातक रसायन तैयार करने आदि में करता है, तो क्या यह ठीक है? अगर कोई कवि अपनी काव्य प्रतिभा का उपयोग सांप्रदायिक या फासीवादी वातावरण बनाने के लिए करता है, तब भी क्या वह सम्माननीय है? इसी तरह कोई सुंदरी अपनी सुंदरता का उपयोग लोगों को ठगने में, उन्हें उल्लू बनाने में करती है, तो क्या यह कहा जाएगा कि इसमें हर्ज क्या है? अगर पुरुषों से यह अपेक्षा की जाती है कि वे ऐसे प्रोफेशन स्वीकार नहीं करेंगे, जो अनीति को प्रोत्साहित करते हों, तो स्त्रियों से भी यह अपेक्षा होगी कि वे कमर मटका कर समाज में अपसंस्कृति न फैलाएँ। जितनी अधिक शक्ति, उतनी ही ज्यादा जिम्मेदारी–सामाजिकता की माँग यही है। सच तो यह है कि पवित्रता, दिव्यता, ईमानदारी, करुणा, नम्रता, शालीनता आदि गुणों की अपेक्षा सभी से की जाती है, क्योंकि यही विकसित होने के लक्षण हैं और उसी तर्क से यह अपेक्षा उन व्यक्तियों से ज्यादा की जाती है, जिनमें कुछ अतिरिक्त गुण या खूबी है, जैसे ज्ञान और सौंदर्य। किसी सुंदर और शिक्षित महिला को डॉन या ठग साध्वी के रूप में देखकर हमें धक्का क्यों नहीं लगना चाहिए?

ओ मेरे वेलेंटाइन

ओ मेरे वेलेंटाइन, आजकल तुम कहाँ हो? मैं तुम्हारी याद में न जीती हूँ न मरती हूँ। वे दिन कितने अच्छे थे, जब हम एक-दूसरे के प्यार में डूबे हुए थे। वक्त कैसे कटता था, इसका एहसास ही नहीं हो पाता था। हम दोनों प्यार की दुनिया के अनुभवी थे, इसलिए हम सच्चे प्यार के महत्व को समझते थे। हम जानते थे कि प्यार की आग को प्रज्वलित रखने के लिए गिफ्ट की क्या अहमियत है। मेरे पास देने को क्या था। मैं मामूली मिडिल क्लास की छोकरी। मेरे पास जो कुछ था, वह मैंने पहली गंभीर मुलाकात में ही तुम्हारे हवाले कर दिया था। सच कहती हूँ, वैसी तृप्ति न उसके पहले कभी मिली न उसके बाद। मैंने देख लिया, तुम्हीं मेरे वेलेंटाइन हो। दम कई और भरते थे, पर उनमें दम नहीं था। यह तुम्हारा सच्चा प्रेम ही था कि तुम मुझे उपहारों से लादते रहे। कभी कुछ, कभी कुछ। इससे लगातार मेरे सामने यह प्रत्यक्ष होता रहा कि हमारे प्यार में कोई स्वार्थ नहीं है।

ओ मेरे वेलेंटाइन, इसीलिए यह देखकर मुझे बहुत आश्चर्य हुआ कि तुम पहला मौका पाते ही अमेरिका चले गए। जाने के पहले तुमने मुझे सूचित भी नहीं किया। मैं हैरान, हैरान से ज्यादा परेशान। लेकिन मुझे तुम्हारे प्यार पर पूरा भरोसा था। मैंने यह सोच कर तसल्ली पाने की कोशिश की कि तुम मुझे सरप्राइज देना चाहते हो। तुमने मुझे पहले भी कई बार सरप्राइज दिया था। हर बार मैं तुम्हारी होशियारी पर निहाल हो जाती थी। मेरा प्रेमी मेरे लिए क्या नहीं कर सकता है। वह दिन मेरे लिए सपने की तरह बीतता था, जब सरप्राइज के नाम पर तुम मुझे एक नए गिफ्ट से भर देते थे।

ऐसे ही एक सरप्राइज के मौके पर मैंने जीवन में पहली बार विमान की यात्रा की। मैं तो आकाश में उड़ रही थी—सचमुच में और मुहावरे में भी। तब पहली बार मुझे एहसास हुआ था कि प्यार एक आसमानी चीज है। तुम जितना ऊपर उड़ते हो, उतना ही जमीन पर आते जाते हो। हालाँकि हम बहुत दूर नहीं गए थे—सिर्फ मनाली तक, और वहाँ भी सिर्फ दो दिन रहे, हालाँकि कार्यक्रम एक सप्ताह का था। मैं अपने से ज्यादा तुममें डूबी हुई थी। तुम्हारे साथ मैंने पहली बार बर्फ देखी। मैंने तुमसे कहा भी था कि हमारा प्यार बर्फ की तरह उजला और मैलहीन है। तुमने जवाब दिया था कि यह बर्फ आज नहीं तो कल पिघल जाएगी, पर हमारे प्यार की बर्फ

कभी नहीं पिघलेगी। फिर अचानक क्या हुआ कि तुम तीसरे दिन ही लौट चलने की जिद करने लगे। चलते समय होटल के रजिस्टर में मैंने देख लिया कि बुकिंग सिर्फ दो दिन के लिए थी।

लेकिन ओ मेरे वेलेंटाइन, मेरे प्रेमिल मन में यही आया कि तुम मुझे एक और सरप्राइज देना चाहते थे। अपनी उदासी से मैंने सोचा कि क्या प्यार ही एक सरप्राइज की तरह नहीं है? लेकिन मैंने यह बात तुम पर जाहिर नहीं होने दी। कनखी से देखने पर मुझे यह भी पता लग गया कि तुमने दो दिन में बारह एसटीडी किए थे। वे एसटीडी तुमने कब किए, मुझे पता ही नहीं चल पाया। मैं निराशा की घटा से भर आई। वैसे, प्यार में निराशा का यह मेरा पहला अनुभव नहीं था। सच कहूँ, तो इसके पहले तुमने भी कई बार निराश किया था। हो सकता है, मैंने भी तुम्हें निराश किया हो। लेकिन इससे हमारे रिश्तों में कोई फर्क नहीं पड़ा। कौन नहीं जानता कि प्यार का लफड़ा पाला है, तो सब कुछ सहना पड़ता है और पहले की तरह बने रहना होता है।

ओ मेरे वेलेंटाइन, मुझे यह देखकर बहुत खुशी हुई कि तुमने अमेरिका जाते ही मुझे ई-मेल किया। तुमने लिखा, हमारा प्यार तो अमर है, जिंदगी भर के लिए है, लेकिन किसी विदेशी यूनिवर्सिटी में एडमिशन का मौका बार-बार कहाँ मिलता है। जब मुझे एडमिशन की खबर मिली, तो मैं खुशी से झूम उठा। उस वक्त मुझे किसी की याद नहीं रही। मात्र एक हफ्ते का समय था। वीजा वगैरह की अनेक झंझटे थीं। तुम्हें यह जान कर मुझ पर गर्व होगा कि मेरा एडमिशन हो गया है और क्लासेज भी शुरू हो गई हैं। मैंने सोचा कि तुम्हारा एमबीए होना मेरे भी काम आयेगा। शुरू में तुम्हारे ई-मेल लगातार आते रहे। फिर तुम मुझे भूल गए। मुझे लगा कि तुम पढ़ाई में बहुत व्यस्त हो। मैं तुम्हें दिक नहीं करना चाहती थी, इसलिए मैंने भी एक और प्यार पाल लिया। तुम एमबीए होना चाहते थे, यह लड़का पहले से ही एमबीए था। लेकिन था महा कंजूस। हर चीज में देखता था कि कॉस्ट की तुलना में बेनिफिट कितना है। सो, उससे मेरी नहीं पटी। मैंने बाद में और भी कइयों को दिल दिया, लेकिन मजा नहीं आया।

लेंकिन मैं खाली नहीं रहना चाहती थी। सो, कुछ न कुछ हमेशा चलता रहा। तुम भी क्या कम थे। मैंने उड़ती-उड़ती अफवाह सुनी कि तुमने एक अमीरजादी अमेरिकन से शादी कर ली। यह शायद पहली बार था, जब तुम गिफ्ट देने को बजाय लेने लगे। लेकिन प्यार की पहली शर्त यह है कि बहुत कुछ माफ करना पड़ता है। मैं भी तुम्हें माफ कर रही हूँ। और मेरे वेलेंटाइन, आज भी मैं तुम्हारे प्यार में डूबी हुई हूँ। सच्ची। मुझे विश्वास है कि तुम्हें भी एक निहायत भौतिकवादी देश में सच्चा प्यार नहीं मिला होगा। मैं तुम्हारा दामन खुशियों से भर देना चाहती हूँ। क्या तुम मुझे अमेरिका नहीं बुला सकते?

संत ने क्या कहा था

भारत के महानगरों में वेलेंटाइन दिवस मनाना इतना लोकप्रिय हो गया है कि संत वेलेंटाइन अपने ही देश के लगने लगे हैं। वैसे, संत स्वभावतः सार्वदेशिक होते हैं। वे किसी विशेष क्षेत्र के भले की नहीं, विश्व भर के हित में सोचते हैं। इसी तरह, सभी समाजों के संतों में कुछ बातें सामान्य होती हैं। फिर भी धार्मिक और सांस्कृतिक परिवेश के कारण संतों के नाम, वेशभूषा, भाषा आदि अलग-अलग हो जाते हैं। यह एक तरह से अच्छा ही है, क्योंकि इससे यह बात साबित होती है कि कोई भी समाज ऐसा नहीं है। जिसने संत न पैदा किए हों। यह मानव समाज की विविधता में एकता का एक उत्कृष्ट उदाहरण है। इसलिए संत वेलेंटाइन अगर भारत के मध्य वर्ग की युवा पीढ़ी के आकर्षण का केंद्र बन चुके हैं, तो यह कोई हैरत की बात नहीं है।

हैरत की बात यह है कि संत वेलेंटाइन एकमात्र ईसाई समाज में ही पैदा हुए। दूसरी परंपराओं में ऐसा कोई संत दिखाई नहीं देता जो प्रेम और विवाह जैसी चीजों में सिर खपाता हो। माना जाता है कि संत का सम्बन्ध इहलोक से नहीं, परलोक से होता है। लेकिन यह बात पूरी तरह से सही नहीं है। यदि धर्म मूलतः धरती के जीवन की समस्याओं का समाधान करने के लिए अस्तित्व में आया था, तो संत भी सामाजिकता से परे नहीं हो सकते। उन्होंने भले ही स्वयं लौकिकता का त्याग कर दिया हो, पर उनकी शिक्षाएँ उनके भी काम की हैं जो लौकिकता में डूबे हुए हैं। अगर ऐसा नहीं होता, तो कोई भी समाज संतों की पूजा नहीं करता।

संत वेलेंटाइन किस बात के प्रतीक हैं? उन्हें इसलिए याद किया जाने लगा है कि जब राजा ने शादी करने पर रोक लगा दी, क्योंकि उसे युद्ध के लिए सैनिक चाहिए थे, तो उन्होंने इस तानाशाही के खिलाफ विद्रोह कर दिया और नौजवान जोड़ों की शादी कराने लगे। ऐसा नहीं है कि संत वेलेंटाइन को ब्रह्मचर्य की 'महत्ता' का पता नहीं लेगा। ज्यादा संभावना है कि वे स्वयं ब्रह्मचारी ही रहे होंगे। लेकिन मैं अपने लिए ब्रह्मचर्य को उचित मानता हूँ, इसका मतलब यह नहीं है कि जो ब्रह्मचर्य का पालन करने के लिए उत्सुक नहीं हैं, उनके अधिकारों के अतिक्रमण में सहयोग करने लगूँ। जो तर्क सामान्य गृहस्थ के लिए आदरणीय है, वह संतों पर तो और

गंभीरता से लागू होता है। इस नाते संत वेलेंटाइन ने अगर विवाहों को प्रोत्साहित करना शुरू किया, तो वे अपने समय के युवकों के एक मूल मानव अधिकार की ही रक्षा कर रहे थे। इसके लिए जिस नैतिक साहस की जरूरत थी, वह किसी संत में ही पाई जा सकती है। गृहस्थ डर का शिकार हो सकता है, वह राज्य की अवमानना करने की हिम्मत नहीं कर सकता, क्योंकि वह तमाम प्रकार के लोभों-प्रलोभों से घिरा होता है। इसके विपरीत, संत ने चूँकि सब कुछ त्याग दिया है, इसलिए उसमें उच्चतम कोटि का साहस आ जाता है। संत वेलेंटाइन, इस तरह, एक आवश्यक साहस के भी प्रतीक हैं।

संत वेलेंटाइन पश्चिम के वर्जनाहीन समाजों की तुलना में उन समाजों के लिए ज्यादा प्रासंगिक हैं, जो अभी भी परंपरागत मानसिकता के शिकार हैं। ये वे समाज हैं जहाँ स्त्री-पुरुष का जीवन प्रतिबंधों की जंजीरों में जकड़ा हुआ है। प्रेम करने की आजादी प्रत्येक स्त्री-पुरुष का नैसर्गिक अधिकार है। लेकिन परंपरागत और वर्जनाग्रस्त समाजों में, जिनमें हम भी एक हैं, इस अधिकार को शक की निगाह से देखा जाता है। बुजुर्ग चाहते हैं कि युवा पीढ़ी के अंतरंगतम निर्णय भी उनके आदेश से लिए जाएँ। देश के कुछ हिस्सों में प्रेमी युगलों के साथ जो नृशंस व्यवहार किया जाता है, दहेज की मार ने जिस तरह लाखों युवतियों का जीना हराम किया हुआ है, उसे देखते हुए वेलेंटाइन की प्रगतिशील पहल का सम्मान करना चाहिए। वे हमारे भी संत हो सकते हैं, क्योंकि वे परिस्थितियाँ हमारे यहाँ काफी मौजूद हैं जिनमें राजा की तो नहीं, पर परिवार और समाज की तानाशाही से युवा हृदयों की तमन्नाओं का गला घोंट दिया जाता है।

इस संदर्भ में जिस बात की ओर हमारा ध्यान जरूर जाना चाहिए कि ईसाई संत ने, दरअसल, प्रेम को सामाजिक बनाने का प्रयास किया था। राजा के आदेश से शादी करना भले ही रुक गया हो, पर प्रेम करने पर कौन रोक लगा सकता है? जब प्रेम को अपनी स्वाभाविक परिणति तक पहुँचने से रोक दिया जाता है, तो समाज में तरह-तरह की विकृतियाँ फैलने लगती है। संत ने जरूर इसे लक्षित किया होगा। तभी उन्होंने प्रेमियों का आह्वान किया होगा कि डरने की जरूरत नहीं, तुम मेरे पास आओ, मैं तुम्हें विवाह के बंधन में बाँधने के लिए तैयार हूँ। इस तरह संत सिर्फ प्रेम करने की स्वतंत्रता के समर्थक नहीं थे, वे चाहते थे कि इसका एक जिम्मेदार स्वरूप भी हो, क्योंकि इसी तरह वह टिकाऊ हो सकता है। प्रेम के आनंद के साथ प्रेम की नैतिकता भी जुड़नी चाहिए। प्रेम का अराजकतावादी दृष्टिकोण व्यक्ति और समाज, दोनों को जहन्नुम की ओर ले जा सकता है।

लेकिन हमारे यहाँ संत से सीखा नहीं जा रहा है, संत का इस्तेमाल किया जा रहा है। वेलेंटाइन दिवस पर प्रेम प्रदर्शन की इस कदर बाढ़ आ जाती है कि उसके वास्तविक होने पर संदेह होने लगता है। यह सोचकर आश्चर्य होता है कि ये लोग

साल भर अपना प्रेम कहाँ छिपाए हुए थे। इससे भी महत्वपूर्ण बात यह है कि जिस वर्ग में संत को कुछ ज्यादा ही श्रद्धा की दृष्टि से देखा जाता है, उस वर्ग में विवाह को उतनी गंभीरता से नहीं देखा जाता। उनके लिए विवाह खुले रूप से साथ रहने की एक युक्ति भर है। निश्चय ही, संत यह नहीं चाहते होंगे कि नौजवान आज विवाह करें और कल तलाक की दरख्वास्त ले कर काजी के सामने पहुँच जाएँ। प्रेम सम्बन्ध शरीर मीमांसा का एक अध्याय भर नहीं है। प्रेम करने का साहसो विवाह करने की जिम्मेदारी में बदले और विवाह की नैतिकता प्रेम करने की शक्ति का बढ़ाए, संत यह भी चाहते होंगे। परंपरागत विवाह में अगर तानाशाही का तत्व था, तो आधुनिक विवाह किसी गहरी प्रतिबद्धता पर टिका हुआ प्रतीत नहीं होता। इसलिए वेलेंटाइन दिवस के समारोही वतावरण को कोसने की जरूरत नहीं है, नौजवानों को यह याद दिलाने की जरूरत है कि रासरंग के साथ-साथ प्रेम के और भी आयाम होते हैं।

मुझे चाँद चाहिए

सिक्के का दूसरा पहलू भी है। यौन शोषण के हर मामले में पुरुष ही सब तरह से दोषी नहीं होता। यह सच है कि पुरुष से भी हम वैसे ही संयम की उम्मीद करते हैं जैसे स्त्री से। किसी स्त्री की स्थिति का लाभ उठाना महापाप है।

यह हर स्त्री जानती है कि वह जैसी भी है, पुरुष कामना का विषय है। भगवान ने उसे ऐसा ही बनाया है। यदि ऐसा नहीं होता, तो इस सृष्टि या जगत के जारी रहने में गंभीर बाधा आ जाती। यही स्त्री की शक्ति भी है। प्रेम या विवाह में स्त्री की इस शक्ति और पुरुष की कामना का सुंदर समागम होता है। स्त्री-पुरुष के साहचर्य में यह समागम केंद्रीय होना चाहिए। बाकी सब छल या माया है।

स्त्री पर भी इस छल या माया का आरोप लगाया गया है। अनेक मामलों में पाया गया है कि पुरुष ही स्त्री को प्रदूषित नहीं करता, स्त्री भी पुरुष को प्रदूषित करती है। यौन जीवन के सभी सर्वेक्षणों में यह तथ्य उजागर होता रहा है कि कई पुरुषों ने स्त्रीत्व का पहला स्वाद अपने से ज्यादा उम्र की भाभी, चाची या मामी से प्राप्त किया था। मैं यह नहीं कह सकता कि यह अनैतिक है। जो बहुत-से मामले नैतिक-अनैतिक के वर्गीकरण से परे हैं, उन्हीं में एक यह है। सभी व्यक्ति मनुस्मृति या भारतीय दंड संहिता को कंठस्थ करने के बाद जीवन के गुह्य पहलुओं का ज्ञान या अनुभव प्राप्त नहीं किया करते। संस्कृति के साथ-साथ प्रकृति के भी दबाव होते हैं। संत वही है, जो इस दबाव से मुक्त हो गया है। बाकी सभी लोग कामना और कर्तव्य के बीच झूलते रहते हैं तथा पारी-पारी से आनंद का सुख और ग्लानि का दंश महसूस करते हैं।

इसीलिए दुनिया में सच है तो धोखा भी हैं। कोई गुरु अपनी शिष्या को, मैनेजर अपनी अधीनस्थ कर्मचारी को और नेता अपनी अनुयायी को धोखे में रख कर यौन सुख हासिल करता है, तो वह इसलिए अपराधी है कि उसने अपनी उच्चतर स्थिति का नाजायज फायदा उठाया है। किसी अत्यंत पवित्रतावादी समाज में ऐसे अपराधियों को गोली से उड़ा दिया जाएगा। कुछ मामलों में सच्चा प्रेम भी हो सकता है, जिसका अपना आनंद और अपनी समस्याएँ हैं, पर अधिकतर मामलों में किस्सा शोषण का ही होता है। माओ जे दुंग की सीमाहीन बहुगामिता

का खुला रहस्य यही है। भारत में जनतंत्र है, पर यहाँ भी ऐसे किस्से अनंत है। यहाँ तक कि साधु, योगी, तांत्रिक और मठाधीश भी संदेह के घेरे से बाहर नहीं निकल पाते।

लेकिन ऐसी स्त्रियों की उपस्थिति से कौन इन्कार कर सकता है, जो अपने स्त्रीत्व के आकर्षण का अवसरवादी लाभ उठाती हैं? वे जानती हैं कि पुरुष की नजर में वे काम्य हैं और इस काम्यता का लाभ उठाने की लालसा का दयनीय शिकार हो जाती हैं। किसी को एमए में फर्स्ट होना है, किसी को अपात्र होने पर भी, लेक्चररशिप चाहिए, कोई चुनाव का टिकट पाने के लिए लालायित है, तो किसी को परिवार की आय कम होने के बावजूद, ऐयाशी और मौज-मस्ती का जीवन चाहिए। किसी को टीवी पर एंकर बनना है, कोई फिल्म में रोल पाने के लिए बेताब है, कोई अपनी कमजोर रचनाएँ छपवाना चाहती है। किसी को जल्दी-जल्दी प्रमोशन चाहिए तो कोई लाइन तोड़ कर आगे बढ़ना चाहती है। कोई-कोई ऐसी भी होती है जो खुद पीएचडी का शोध प्रबंध नहीं लिख सकती और अपने प्रोफेसर-सुपरवाइजर से लिखवा कर अपने नाम के पहले डॉक्टर लिखना चाहती हैं। ज्यादा उदाहरण देना इसलिए ठीक नहीं है कि हमें समाज का बखिया उधेड़ने में कोई दिलचस्पी नहीं है। पर हम यह जरूर याद दिलाना चाहते हैं कि जिस स्त्री शक्ति के परिणामस्वरूप ये सारी इच्छाएँ आनन-फानन में पूरी की जा सकती हैं, उसी का राजनीतिक उपयोग करते हुए सामंती काल में सुंदर कन्याओं का विष का क्रमिक आहार देते हुए और उसकी मात्रा बढ़ाते हुए विषकन्या का कैरियर अपनाने के लिए बाध्य किया जाता था। आज भी जासूसी के काम में स्त्रियों को लगाया जाता है। जिस आकर्षण का दुरुपयोग वे राज्य के काम के लिए कर सकती हैं, उसका अनैतिक इस्तेमाल वे अपने अवैध स्वार्थों की पूर्ति के लिए क्यों नहीं कर सकतीं?

एक बात तो तय है। किसी भी स्त्री से उसकी सहमति के बगैर सम्बन्ध नहीं बनाया जा सकता। बहुत-सी ऐसी स्त्रियाँ भी यौन हरेसमेंट का शिकार बनाए जाने की शिकायत करती हैं जिन्होंने काफी दिनों तक इस उम्मीद में सहन किया कि उनका काम हो जाएगा। जब काम नहीं बनता, तो वे शिकायत करने लगती हैं कि मेरा शोषण हुआ है या मुझे परेशान किया गया है। मुझे रत्ती भर भी संदेह नहीं कि ऐसे मामलों में भी पुरुष ही अपराधी है। लेकिन यह सोच कर कम दुख नहीं होता कि हमारी बेटियाँ-बहनें इस जाल में अपनी मर्जी से दाखिल ही क्यों होती हैं! 'हम प्यार में धोखा खा बैठे' यह एक स्थिति है। दूसरी स्थिति यह है कि यह धोखा जान-बूझ कर खाया गया, क्योंकि नजर कहीं और थी। यह एक ऐसा मायावी सम्बन्ध है, जिसमें दोनों शिकार होते हैं और दोनों ही शिकारी।

कुल मिलाकर स्थिति बहुत ही पेचीदा है। पुरुष की ओर से पेच ज्यादा हैं, पर कभी-कभी स्त्री भी पेच पैदा करती है। इसलिए 'सब धान तेइस पसेरी' का सोच

एकांगी है। फिर भी स्त्रियों का दोष कम करके आँका जाना चाहिए, क्योंकि वे जन्म से ही अन्याय और भेदभाव का शिकार होती हैं तथा विभिन्न कारणों से अनुचित तरीके से अवैध लाभ हासिल करने के लालच में पड़ जाती हैं। ये अगर चाँद की कामना न करें, तो इनकी गरिमा को कौन ठेस पहुँचा सकता है?

समलैंगिक विवाह

समलैंगिक यौनिकता को मान्यता मिल जाने के बाद यह सहज संभावित है कि समलैंगिक विवाह को मान्यता देने का माँग सामने आए। पश्चिमी दुनिया में यह मुद्दा एक तरह के आंदोलन या अभियान का रूप ले चुका है। समलैंगिक विवाह को मान्यता देनेवाला पहला देश नीदरलैंड था (प्रसंगवश, यह एकमात्र देश है जहाँ देह व्यवसाय को कानूनी मान्यता मिली हुई है)। नीदरलैंड ने सन 2001 में समलैंगिक विवाह को मान्यता दी। उसके बाद सन 2003 में बेल्जियम ने, 2005 में स्पेन और कनाडा ने, 2006 में दक्षिण अफ्रीका ने और इस साल नॉर्वे और स्वीडन ने समलैंगिक विवाह को मान्यता दी। नेपाल की न्यायपालिका ने समलैंगिक विवाह को मान्यता देने का निर्देश दिया है, पर अभी तक इस बारे में कानून नहीं बना है। संयुक्त राज्य अमेरिका के सत्तारूढ़ दल डेमोक्रेटिक पार्टी में समलैंगिकता के प्रति सहानुभूति रखनेवालों की तादाद अच्छी-खासी है, पर राष्ट्रपति बराक ओबामा इसके पक्ष में नहीं हैं। कहा जाता है कि 1996 में उन्होंने समलैंगिक विवाह का समर्थन किया था, पर बाद में उनका मत बदल गया। वैसे, ओबामा बीच-बीच में ऐसा बयान देते रहते हैं जिनसे संकेत मिलता है कि व्यक्तिगत रूप से समलैंगिक विवाह के पक्ष में न होते हुए भी स्वतंत्रता के मूल्यों की रक्षा करने के नाम पर वे इसे कानूनी मान्यता देने का समर्थन कर सकते हैं। संयुक्त राज्य अमेरिका के छह राज्यों में समलैंगिक विवाह को मान्यता मिली हुई है, यद्यपि प्रत्येक राज्य में उसका कानूनी स्वरूप अलग है। इंग्लैंड तथा कुछ अन्य यूरोपीय देशों में समलैंगिक विवाह को नागरिक यूनियन, पंजीकृत साझेदार, घरेलू साझेदार आदि के रूप में मान्यता दी गई है तथा इस आधार पर ऐसे युगलों को टैक्स में छूट तथा कई अन्य प्रकार की सुविधाएँ प्राप्त हैं।

हममें से अधिकांश को समलैंगिक विवाह एक विरोधाभासी धारणा लगती है। परंपरा से विवाह का एकमात्र अर्थ है, स्त्री और पुरुष के बीच सम्बन्ध। किसी और तरह का विवाह हमने देखा ही नहीं है, न उसके बारे में जानते हैं। कुछ शोधकर्ताओं ने रोम, चीन, ग्रीस आदि पुराने देशों में समकालीन विवाह की घटनाएँ खोज ली हैं, पर वे न तो हमारी स्मृति में हैं, न समाज पर उनका कोई असर पड़ा है। समलैंगिक विवाह हर तरह से एक नई और आधुनिक घटना है। इसकी शुरुआत समलैंगिकता

को मान्यता मिलने से हुई। जब समलैंगिक यौनिकता को स्वीकार कर लिया गया, इसे कानूनी मान्यता दे दी गई, तब यह माँग उठना स्वाभाविक था कि जब दो वयस्क परस्पर समलैंगिक सम्बन्ध स्थापित कर सकते हैं, तो वे आपस में विवाह कर घर क्यों नहीं बसा सकते? इससे उनके बीच एक स्थायी सम्बन्ध बनता है और मन में असुरक्षा की भावना नहीं आती। वे उसी तरह आपस में जीवन साथी बन जाते हैं, जैसे विवाहित स्त्री-पुरुष।

परंपरागत विमर्श में स्त्री सम्बन्ध को जिस तरह नैसर्गिक माना जाता है, पुरुष-पुरुष या स्त्री-स्त्री सम्बन्ध को नहीं। लेकिन नैसर्गिकता का यह तर्क अब ध्वस्त हो चुका है। अब समलैंगिक सम्बन्ध को भी उतना ही नैसर्गिक माना जाता है, जितना विषमलिंगी सम्बन्ध को। अधिकांश लोगों की धारणा यही है कि समलैंगिकता एक विकृति है, जो बचपन में अनुकूल वातावरण न मिलने, माता-पिता द्वारा समुचित पालन-पोषण न करने, विशेष परिस्थितियों में रहे आने के कारण विकसित हो जाती है। हो सकता है, यह धारणा पूरी नहीं तो कुछ हद तक ठीक हो या कुछ विशेष समाजों के लिए ठीक हो, पर इससे समलैंगिकता के प्रचलन की पूरी व्याख्या नहीं होती। वैज्ञानिक शोध तथा समाजशास्त्रीय आँकड़ों से साबित होता है कि बहुत-से मामलों में, बल्कि ज्यादातर मामलों में, समलैंगिकता प्रकृति द्वारा ही निर्धारित होती है। संस्कृति का हस्तक्षेप इसमें बहुत कारगर नहीं हो पाता। ऐसे लोगों को वैवाहिक अनुभव से वंचित रखने का कोई तर्क नहीं हो सकता। अगर यह एक अजूबा वर्ग है, तो इसे अजूबा ढंग से रहने का पूरा अधिकार है। समाज और सरकार को इसमें सहयोग देना चाहिए न कि बाधा पैदा करनी चाहिए।

प्रायः यह तर्क भी पेश किया जाता है कि विवाह का मुख्य प्रयोजन संतान उत्पन्न करना है, जिससे मानव सृष्टि चलती रहे। यह एक ठोस तर्क है, पर अकाट्य नहीं। बहुत-से दपंतियों के संतान नहीं होती। बहुत-से पुरुष-स्त्री उस उम्र में विवाह करते हैं जब उनमें संतान पैदा करने की शक्ति नहीं रह जाती। आजकल ऐसे युगलों की संख्या बढ़ रही है जिनके लिए संतान पैदा करना आखिरी प्राथमिकता हैं। तो क्या इन विषमलिंगी विवाहों को अवैध करार दिया जाए? शायद प्राकृतिक माँ-बाप या प्राकृतिक पुत्र-पुत्रियाँ बेहतर हों, पर यह एक प्राकृतिक व्यापार है और प्राणी मात्र में देखा जाता है। इसके विपरीत, बच्चों को गोद लेना एक सांस्कृतिक प्रक्रिया है और दावा किया जा सकता है कि ये सम्बन्ध अधिक मानवीय हो सकते हैं। जैविक माँ-बाप का प्रेम प्राकृतिक होता है, सांस्कृतिक नहीं। लेकिन गैर-जैविक माता-पिता का संतान प्रेम, एक सांस्कृतिक मामला है और इससे संस्कृति का सफर कुछ आगे बढ़ सकता है। इसलिए समलैंगिक पति-पत्नी अगर बच्चा गोद लेते हैं या किसी कृत्रिम विधि से अपनी यह चाह पूरी करते हैं, तो इसमें आपत्ति की बात क्या है? संस्कृति रूढ़ व्यवहारों से नहीं, नवाचार से आगे बढ़ती है। यदि समलैंगिक विवाह

होने लगते हैं और अंततः सफल नहीं होते, तो यह तय है कि आगे चल कर वे अपने आप बंद हो जाएँगे। इस प्रयोग को मौका तो दीजिए।

यहाँ एक बात विचारणीय है। परंपरागत विवाह में पुरुष पति तथा स्त्री पत्नी की भूमिका निभाती है। पति का अर्थ है स्वामी और वैवाहिक सम्बन्धों में पुरुष अभी तक स्वामी (मालिक) की ही भूमिका निभाते रहे हैं। इससे स्त्री का घोर अवमूल्यन हुआ है। आधी आबादी के जीवन का अवमूल्यन कर कोई भी समाज स्वस्थ और सार्थक ढंग से फल-फूल नहीं सकता और यही हुआ भी है। आज सभी संस्कृतियों में यह विकार देखा जाता है, पूर्वी संस्कृतियों में कुछ ज्यादा। आज के समय में दोनों को बराबरी का अधिकार मिल चुका है या मिल रहा है, फिर भी व्यवहार में पुरानी स्थितियाँ ही, रूप बदल कर, कायम हैं। पति पति ही है और पत्नी भी पत्नीत्व से ऊपर नहीं उठ पाई है। एक सुंदर और सामयिक प्रस्ताव यह है कि पति-पत्नी की शब्दावली को ही खत्म कर दिया जाए और जीवन साथी या स्पाउस (दंपति) जैसे शब्दों का चलन शुरू किया जाए। समलैंगिक विवाह में भी पति-पत्नी की अवधारणा दिखाई देती है। इससे विवाह के लिए विषमलिंगी होना आवश्यक नहीं रह जाएगा, पर सम्बन्ध के किसी नए प्रकार का सूत्रपात नहीं होगा। जरूरत इस बात की है कि सामाजिक परिवर्तन की दिशा में नए प्रयोग किए जाएँ, तो स्वतंत्रता के साथ-साथ समानता और बंधुत्व का भी ध्यान रखा जाए। समलैंगिक विवाह अगर सफल होता है, तो यह निश्चित है कि यह विषमलिंगी विवाह के चरित्र को भी प्रभावित करेगा।

सारिका बेटी के नाम

सारिका बेटी, यह तुमने क्या कर लिया? तुम एक गरीब माँ-बाप की बेटी थी। तुम्हारे पापा कानपुर में पान की दुकान चलाते हैं। तुम पढ़ाई में अच्छी थी। हमेशा 75-76 प्रतिशत नंबर लाती थी। इससे तुम्हारे परिवार का गौरव कितना बढ़ता था, इसका अंदाजा तुम्हें जरूर होगा। पापा-मम्मी खुश होते होंगे कि जो सपने वे पूरे नहीं कर पाए, उन्हें तुम हासिल करने जा रही हो। इसी उम्मीद में उन्होंने तुम्हें इंजीनियरिंग की पढ़ाई करने के लिए गाजियाबाद भेजा था। उन्हें क्या पता होगा कि वे अपनी प्यारी बिटिया को ग्लानि और मौत के हवाले कर रहे हैं। इस बुधवार को जब तुम्हारे पापा अपनी सारिका बिटिया से मिलने कॉलेज के हॉस्टल आए, तब तक तुम आत्महत्या कर चुकी थी और तुम्हारा कातर शव कमरे के पंखे से लटक रहा था। तुमने यह ठीक नहीं किया, बेटी। तुम्हारे माँ-बाप जीने के लिए कितना कड़ा संघर्ष कर रहे हैं और तुमने एक छोटी-सी घटना से हार मान ली और अपनी जिंदगी ले बैठी? तुमने उस लड़की के बारे में जरा भी नहीं सोचा जो तुम्हारे बाद हॉस्टल के इस कमरे में रहेगी? उसके लिए तुम कैसा अटपटा संदेश छोड़ गई हो!

माना कि अभिषेक बदमाश है। वह भी कानपुर का है और तुमसे कुछ खास उम्मीदें करता होगा। जब उसकी ये उम्मीदें पूरी नहीं होंगी, तो वह तुम्हें बदनाम या ब्लैकमेल करना चाहता था। इसी गंदे इरादे से उसने तुम्हारे बाथ रूम में कैमरा रख दिया था कि तुम नहाती जाओ और तुम्हारी तसवीरें उस कैमरे में कैद होती जाएँ। बाद में उन तसवीरों के बल पर वह तुमसे बरजोरी करना चाहता होगा। लेकिन इससे क्या। लड़की होने के कारण तुम पहले से ही जानती होंगी कि मर्द जाति का एक हिस्सा कुत्तों की तरह आचरण करता है। उसे लड़कियों की बोटी-बोटी चाहिए। फिर तुम अभिषेक से डर क्यों गई? तुमने अपने पास छुरा रखना क्यों शुरू नहीं कर दिया ताकि जब वह अगली बार नजदीक आए, तो उसकी एक आँख फोड़ दो? वे आँखें देखते रहने के काबिल नहीं हैं जिन्हें लड़की का खूबसूरत शरीर पिज्जा या छोले-भटूरे की तरह लगता है।

अव्वल तो कोर्ट तुम्हें माफ कर देता, क्योंकि अपनी इज्जत बचाने के लिए किसी को कुछ भी करने का अधिकार है। अगर तुम्हें सजा मिलती, तो तुम सिर

उठा कर जेल की जिंदगी जी सकती थी। तब तुम्हारी उम्र की सभी लड़कियों के लिए तुम्हारा यह संदेश होता कि जान ले लो या जान दे दो, पर किसी को अपनी इज्जत से खिलवाड़ न करने दो। इसके बजाय तुमने एक बदमाश को आजादी से घूमने के लिए छोड़ दिया और खुद फाँसी पर लटक गई। मानो इस पूरे कांड में दोष तुम्हारा ही हो। यह तुमने क्या किया, बेटी? यह दुनिया डरपोक लोगों के लिए नहीं है। जिसने संघर्ष करना छोड़ दिया, उसे कदम-कदम पर सताया जाएगा और उकसाया जाएगा कि वह या तो लाश की तरह बेजुबान हो जाए या लाश में तब्दील हो जाए।

मैं अच्छी तरह जानता हूँ, सारिका बेटी कि इसमें तुम्हारा कुछ भी दोष नहीं हैं। बचपन से ही लड़कियों के दिमाग में यह बात ठूँस दी जाती है कि उनकी इज्जत उनके चरित्र में नहीं, उनकी देह में बसती है। लड़की के शरीर को किसी ने छू लिया, किसी ने मसल दिया, उसके साथ किसी ने बलात्कार कर दिया, तो वह अपवित्र हो गई! ऐसी अपवित्रता की ऐसी की तैसी! औरतों को छुईमुई बनाए रखने के लिए, उनके आत्मबल को नष्ट कर देने के लिए समाज ने ऐसे नियम और विश्वास बना रखे हैं कि औरत के साथ कुछ हो जाए, तो इसका कलंक औरत पर ही लगता है। तभी तो यह सोच-सोच कर तुम दहल जाती होगी कि अभिषेक के पास तुम्हारी निर्वस्त्र तसवीरें हैं और वह इनका पता नहीं क्या इस्तेमाल करे। तुम्हें यह डर भी सताता होगा कि यह बात उजागर हो जाने से तुम्हारे मम्मी-पापा क्या सोचेंगे। शायद वे तुम्हारा कत्ल कर दें, शायद वे तुम्हें त्याग दें, शायद वे खुदकुशी कर लें। तभी तो तुमने सारा बोझ अपने सर ले कर अपने को वह सजा दे डाली, जिसका हकदार वह अभिषेक है, जिसकी शैतानी इच्छाएँ बेकाबू हो गई थीं।

सारिका बेटी, तुमने अपने आत्महत्या नोट में लिखा भी है, 'मेरी मौत का जिम्मेदार अभिषेक पुष्कर है, उसने मेरी इज्जत के साथ खिलवाड़ किया है। मेरे मरने के बाद, उसे कॉलेज के बाथरूम में कैमरा लगाने तथा एक लड़की को नहाते हुए देखने के जुर्म में फाँसी (मौत) की सजा दो।' बिटिया, तुम तो बहुत हिम्मतवाली हो। कानपुर से निकल कर एक पराए शहर में पढ़ने आई थी। मौत को गले लगाते हुए तुम्हारे हाथ नहीं काँपे। फिर तुमसे इतना इंतजार क्यों नहीं हुआ कि अभिषेक को सजा दिला कर ही जाओ? पुलिस का जो चरित्र है, उससे मैं नावाकिफ नहीं हूँ, तुमको भी कुछ पता रहा होगा। बोलो, अब अभिषेक को सजा मिलना कितना मुश्किल हो जाएगा? उसके घरवाले नोटों की गड्डियाँ थाने में डाल देंगे और वह अगले शिकार की तलाश में लग जाएगा। पर इसके लिए मैं तुम्हें क्या दोष दूँ! दोषी तो हम सब हैं जिन्होंने स्त्री देह का हौआ बना रखा है। नग्न दिख जाने से कोई स्त्री शरीर अपवित्र या अनैतिक नहीं हो जाता। बलात्कार हो जाने से किसी लड़की का शील हरण नहीं हो जाता। किसी की भी मर्यादा उसके शरीर में नहीं, उसकी आत्मा में वास करती है। सही नैतिकता यही है। औरतों को समाज से इसी नैतिकता

की माँग करनी चाहिए। इस माँग को स्वीकार न करना मर्दों का कमीनापन है। जिस लड़की से सहानुभूति होनी चाहिए, उसे ही कसूरवार मान लिया जाता है। मैं जानता हूँ कि तुम्हारे साथ जो हुआ, उसे ले कर तुमसे सैकड़ों सवाल किए जाते। इन सवालों के डर से ही तुमने वह दुनिया ही छोड़ दी, जहाँ इस तरह के बेहूदा सवाल पूछे जाते हैं। लेकिन सारिका बेटी, कुत्ते पीछे पड़े हों, तो अपने को भेड़िए के मुँह में नहीं फेंक दिया जाता।

उस लड़की की सीख

बच्चे सभी प्यार होते हैं, तब भी जब वे अपने न हों, पर वह कुछ ज्यादा ही प्यारी लग रही थी। उसका घर उत्तराखंड के किसी गाँव में है, जहाँ उसकी माँ तथा परिवार के अन्य सदस्य रहते हैं। वहीं पढ़ती है वह। छुट्टी के दिन बिताने के लिए वह दिल्ली आई हुई है, जहाँ उसके पापा एक बैंक के परिसर में चाय-सिगरेट की एक छोटी-सी दुकान चलाते हैं। पहले दिन उससे सिर्फ परिचय ही हो पाया था। चाय बेचने वाले सज्जन उसके बारे में इस चाव के साथ बता रहे थे जैसे कोई लेखक अपनी नई किताब के बारे में बताता है। उस दिन उसे देखकर यह आभास तक नहीं हो पाया था कि वह एक चलती-फिरती सीख है। यह राज पिछले हफ्ते खुला। तभी से मैं उसके प्रति ऋणी अनुभव कर रहा हूँ।

उस दिन चाय की दुकान के पास बने चबूतरे पर वह थी और एक वृद्ध पुरुष थे। वे बहुत ही भव्य लग रहे थे, इसलिए भी कि उनकी मूँछ-दाढ़ी बढ़ी हुई थी और उनके चेहरे को एक गैरशहरी कलाकृति का रूप दे रही थी। वे उसके दादा हैं या नाना या कोई और यह पूछने की ओर मेरा ध्यान ही नहीं गया, क्योंकि वह बच्ची अपनी स्वाभाविक सक्रियताओं के साथ मेरा सारा ध्यान अपनी ओर ही खींच रही थी। वह तरह-तरह से मुँह बनाती, अपने शरीर को तरह-तरह से लोच देती, कभी झुकती कभी सिर पीछे की ओर मोड़ देती, कभी इधर देखती कभी उधर देखती, पूरी तरह से अपने में लीन थी। नहीं, अपने में लीन नहीं थी, वह उस वृद्ध पुरुष के साथ लाड़ कर रही थी। तब और भी अच्छा लगता जब वह उनके कानों को खींच कर उनमें अपनी कोई बात डालती या उनका हाथ पकड़ कर खेलती जाती। बीच-बीच में वह कभी अपनी कमीज के कॉलर को ढीला कर देती, कभी उसके कुछ और बटन खोल देती। यह उस गर्मी और उमस का नतीजा था जो महीने भर से दिल्ली में पसरी हुई थी और जाने का नाम नहीं ले रही थी। लेकिन यह गर्मी और उमस उस पर उस तरह तारी नहीं थी, जैसे वह हमें लाचार कर रही थी। मौसम उसके अस्तित्व से मानो बाहर था, जिसे वह बार-बार इस तरह झटक रही थी जैसे कोई कीड़ा बीच-बीच में उसकी देह पर आ पड़ता हो। उसकी यह अदा भी देखते ही बनती थी। आठ वर्ष की उस बच्ची के भीतर इतनी अभिव्यक्तियाँ छिपी पड़ी हैं, इसकी कल्पना

कर पाना भी मेरे लिए इसके पहले कठिन था। अबोधता, स्नेह, सुरक्षा का एहसास और अपने को खोलने की अभिलाषा ने मानो एक पूरी दुनिया रच दी थी मेरे देखते-देखते और सोचने लगा मैं अभिभूत हो कर कि वयस्क हो जाने पर यह सब कहाँ खो जाता है। बड़ी हो जाने के बाद भी क्या वह अपनी अभिव्यक्तियों में इतनी सहज और असंकुचित रह पाएगी?

सभ्यता को बहुत-सी चीजों का अपराधी बताया गया है। उसका एक अपराध यह है कि वह आम तौर पर हमारी शारीरिक लीला को स्तब्ध कर देती है। यह लीला सिर्फ बहुत करीबी लोगों के बीच अपने को विमोचित करती है, बशर्ते वहाँ अजनबी उपस्थितियाँ न हों। सड़क पर, दफ्तर में कैफे या रेस्तराँ में, पार्क में, सभागार में या अन्य सार्वजनिक स्थानों पर हमारा शरीर लगभग खामोश रहता है। हाथ हिलते नहीं हैं, गर्दन की लोच जाती रहती है, भंगिमाओं के सिर्फ दो-तीन प्रकार बचे रहते हैं, आँखें एक ही तरह से देखती हैं, माँसपेशियाँ तनी रहती हैं, आसन बदलते नहीं हैं यानी कुल मिला कर हम पर्याप्त चौकन्ने होते हैं कि काम और भावनाओं को किसी तरह संयुक्त न होने दें, नहीं तो यह भेद खुल जाएगा कि हम रोबोट नहीं, मनुष्य हैं। बेशक, कुछ व्यवसायों में मुसकान फेंकनी पड़ती है, गर्दन को हिलाना पड़ता है, कभी-कभी सामने वाले का हाथ पकड़ लेना पड़ता है, लेकिन ये अभिव्यक्तियाँ प्रायः उसी कोटि में आती हैं जिस कोटि में ग्राहक पटाते समय वेश्याओं की पूर्व-अनुमेय अदाएँ। इस अर्थ में वेश्याओं की अदाएँ हमारी पूरी व्यावसायिक संस्कृति की अदाओं का एक मिनिएचर रूप हैं। यानी शरीर उतना ही खुलता है जितने की व्यावसायिक जरूरत है, वरना वह स्तब्ध रहता है। शरीर की यह स्तब्धता बताती है कि हम वास्तव में कितना कम समय जीते हैं। यह समय वह होता है, जब हम अपने बेहद करीबी लोगों के साथ होते हैं। करीब के बाकी लोगों के साथ भी अक्सर शरीर सोया रहता है, उसकी छटाएँ आसमान की सैर पर निकली हुई होती हैं और हम सतर्क रहते हैं कि जो कुछ कहना है हम ही कहें, शरीर कुछ न कहे।

अस्तित्व की सबसे अच्छी स्थिति वह होती है जिसमें तन और मन पूरी तरह घुले-मिले हों। तन जो है वह मन का बसेरा नहीं है। दोनों एक ही अस्तित्व के दो जुड़वाँ भाग हैं। इसलिए तन का यह संकोच वास्तव में मन का ही संकोच है। अगर शरीर अपनी स्वाभाविक लयों में नाचता नहीं है, तो इसका मतलब है कि मन नाचने से इनकार कर रहा है। जब तक बच्चे 'सभ्य' नहीं हो जाते, वे मानवता की प्राकृतिक कीड़ास्थली में विचरण करते हैं और मस्त रहते हैं। जैसे-जैसे वे बड़े होते जाते हैं, सभ्यता उनकी इस मस्ती को सेंसर करती जाती है। लड़कियाँ पहले दमित होती हैं, लड़के थोड़ा रुककर। लड़कियाँ ज्यादा दमित होती हैं, लड़के कुछ कम। लेकिन अंततः सभ्यता दोनों का ही खून पीकर उन्हें निस्तेज बना देती है। इसी से विद्रोह

करते हुए बीटलों का आंदोलन पैदा हुआ था। फेमिनिज्म में भी इसका काफी तत्व था। लेकिन फिलहाल दुनिया में कहीं भी शरीर की मुक्ति के लिए आंदोलन या अभियान जैसा कुछ नहीं है। कहीं-कहीं कौमार्य की अँगूठी टाइप कैंपेन जरूर हैं। पर वे अक्सर प्रतिक्रियावादी हैं या स्वच्छंदता के अतिरेक के प्रतिपक्ष में हैं। उनमें किसी प्रकार का संतुलन नहीं है! व्यक्तिगत स्तर पर जरूर कुछ विद्रोही कहीं-कहीं दिख जाते हैं। इन्हें देख कर भरोसा होता है कि सभ्यता की जेल में अभी भी कई सुराख हैं, बाहर जाने वाली कई पगडंडियाँ हैं और जेलरों का अधिकार क्षेत्र पूरी मानवता तक नहीं फैल पाया है।

स्त्री की जगह पुरुष विमर्श

बहुत ही खेद के साथ लिखना पड़ता है कि हिन्दी में जिसे सर्वसम्मति से स्त्री विमर्श कहा जाता है, वह मुख्यतः पुरुष विमर्श है। उसमें स्त्री की चर्चा कम, पुरुष की चर्चा ज्यादा होती है। अगर सारी चर्चा यहीं तक सीमित रहे कि पुरुष कैसा होता है, उसने स्त्री के साथ क्या किया है, वह स्त्री के साथ क्या कर रहा है, तो इसे पुरुष विमर्श नहीं तो और क्या कहा जाए? जैसे रीतिकालीन साहित्य का लक्ष्य स्त्री चर्चा थी यानी स्त्री का सौन्दर्य, स्त्रियों के प्रकार, स्त्रियों के कौशल, स्त्री के साथ प्रेम या रति प्रसंग, वैसे ही जिसे स्त्री विमर्श का साहित्य कहा जा रहा है, वह मुख्यतः पुरुषों के स्वभावगत लक्षणों, उनकी दमनकारी विधियों और उसके द्वारा होनेवाला स्त्रियों का शोषण आदि पर केंद्रित होता है। इसमें स्त्री का अपना संघर्ष कम है, पुरुष के प्रति शिकायत ज्यादा।

यह काफी हद तक स्वाभाविक है, क्योंकि किसी भी स्त्री के आँसुओं में पुरुषों के जुल्मो-सितम का लंबा इतिहास समाया हुआ होता है। 'पर्सनल इज पोलिटिकल' को सही मान लें, हालाँकि मुझे इसमें थोड़ी शंका है, तो नारीवाद मुख्यतः एक राजनीतिक आंदोलन है। यह पुरुष राजनीति को स्त्री राजनीति से संतुलित करना चाहता है। वैसे तो स्त्री आदि काल से ही अपनी भावनाओं को व्यक्त करती रही है। उसे मुख्य साहित्य में स्थान नहीं मिला, तो उसने लोक गीतों, लोक कथाओं का माध्यम चुना। हिन्दी की लोक भाषाओं--अवधी, भोजपुरी, मैथिली, राजस्थानी, बुंदेलखंडी आदि--में चित्रित स्त्री की व्यथा को एकत्रित किया जाए, तो एक और गंगा बह निकलेगी। खड़ी बोली प्रारंभ से ही पुरुष-भाषा रही है। लेकिन वह हिन्दी क्षेत्र में आधुनिक चेतना के उदय की भाषा भी है। इस उदय में स्त्रियाँ भी भागीदार रही हैं। अतः खड़ी बोली हिन्दी साहित्य में प्रारंभ से ही स्त्री स्वर भी उपस्थित दिखाई देता है। यह स्वर पिछले एक दशक में तीव्र और व्यापक हुआ है। इसलिए दलित विमर्श की तरह एक अलग नाम भी मिला है--स्त्री विमर्श।

अगर इतने साहित्यिक और वैचारिक विकास के बावजूद स्त्री स्वर अभी भी पुरुष समाज की अपराधी ठहराने पर ही केंद्रित है, तो मैं कहना चाहूँगा कि जबकि पुरुष को पर्याप्त पहचान लिया गया है, उसके दोहरे स्वभाव और पुरुष वर्चस्व की

इस चली आ रही संस्कृति को मोटामोटी बहुत बारीकी से समझ लिया गया है, तो इसी विषय को दुहराते जाने से क्या फायदा? साहित्य में पुनरावृति नाम का दोष भी होता है। यह दोष इस समय इतना फैला हुआ है कि एक स्त्री लेखक और दूसरी स्त्री लेखक के स्वरों में फर्क करना मुश्किल हो गया है। जिधर देखता हूँ, उधर तू ही तू है। ऐसे कब तक चलेगा? हिन्दी का स्त्री स्वर प्रौढ़ होने से हिचक क्यों कर रहा है? वास्तविक स्त्री विमर्श की ओर बढ़ने से वह डर क्यों रहा है?

अगर नारी विमर्श में पुरुष भी स्वस्थ और पूर्णतावादी होता, तो हमारी मित्रगण देख पातीं कि ऐसे पुरुषों की भी एक परंपरा रही है, जिन्होंने स्त्री के श्रेष्ठ गुणों को अपने में समाने में का प्रयास किया है, जिस तरह अनेक स्त्रियों ने पुरुषों के लिए स्वाभाविक माने जाने वाली अधिकार चेतना और खूँखारियत की नकल करने की कोशिश की है। दुख की बात है कि वर्तमान स्त्री विमर्श में जिस तरह इस दूसरी प्रवृत्ति को समझने और उसकी निंदा करने की समझ दिखाई नहीं देती, वैसे ही पुरुष संस्कृति की इस दूसरी धारा की पूर्ण अवज्ञा भी है जिसमें पुरुष स्त्री के मानव गुणों को अपना कर एक समेकित मनुष्य बनना चाहता है। उदाहरण के लिए, स्त्रीत्व के बहुत-से गुण ईसा मसीह, गौतम बुद्ध और महात्मा गांधी में देखे जा सकते हैं। सच तो यह है कि ये पुरुष कम, स्त्री ज्यादा लगते हैं। गांधी जी का तो मानना ही था कि वे अपने बच्चों के पिता-माता दोनों ही हैं। उनकी पौत्री मनु गांधी ने अपनी एक किताब के शीर्षक में गांधी जी को अपनी माँ बताया है। प्रेमचंद ने कहा है कि जब पुरुष में स्त्री के गुण आ जाते हैं, तब वह देवता बन जाता है। ऐसे देवता-स्वरूप पुरुषों की समानांतर चर्चा चलती रहती, तो स्त्री विमर्श इस संभावना को भी देख पाता कि पुरुष संस्कृति में भी महत्वपूर्ण अंतर्विरोध हैं, जिसकी कोख से वह सज्जन पुरुष निकल सकता है जिसकी स्त्री विमर्शकारों को प्रतीक्षा है।

ऐसा कोई आदर्शवादी नहीं है जिसमें जीवन के यथार्थ की अनुगूँज नहीं सुनाई पड़ती हो। इसी तरह, ऐसा कोई यथार्थवाद नहीं है जिसमें आदर्शवाद के कुछ तत्व न हों। इस द्वंद्वात्मकता के माध्यम से ही वर्तमान कलुषित संस्कृति के बीच से एक बेहतर संस्कृति की पीठिका खोजी जा सकती है और उसमें नए रंग-रूप भरे जा सकते हैं। एक बात और। आज तक कोई ऐसा महत्वपूर्ण आंदोलन नही हुआ, जिसके सदस्यों ने अपने लिए आचरण संहिता न बनाई हो। ईसा मसीह को माननेवाला किस तरह की जिंदगी जिएगा, इसकी एक लिखित-अलिखित संहिता थी। इस संहिता का एक सूत्र यह था कि अगर कोई तुम्हारा कोट माँगे, तो तुम उसे अपनी कमीज भी उतार कर दे दो। गौतम बुद्ध का अनुयायी किसी भी स्थिति में अन्याय और हिंसा नहीं कर सकता था। गांधी जी ने तो अपने पीछे चलनेवालों के लिए इतने नियम-उपनियम बना रखे थे कि उन पर खुद गांधी जी का भी चलना मुश्किल जान पड़ता था। वे अपनी कसौटियों से स्खलित होते रहते थे। उदाहरण

के लिए, उन्होंने स्वयं बताया है कि अंतिम दिनों तक उन्हें स्वप्नदोष होता रहा। प्रश्न यह है, स्त्री विमर्श अपनी विमर्शकारों को किस तरह का जीवन बिताने की सलाह देता है? पुरुष की अधीनता में दिन और रात गुजारती जाओ, इसकी सारी सुरक्षाओं का लाभ लेती रहो और अपने साहित्यिक पाठिकाओं-पाठकों को बताती रहो कि ये मर्द बड़े हरामी होते हैं। सारी माँग पुरुषों से है, स्त्रियों से कोई अपेक्षा नहीं कि उनका चरित्र या व्यक्तित्व कैसा होना चाहिए। इतने एकतरफापन से कोई बड़ी चीज नहीं उभर सकती।

जिन्ना : प्रेमी बनाम पिता

मुहम्मद अली जिन्ना का मैं फैन नहीं हूँ। न ही जसवंत सिंह का पाठक हूँ। मुझे यह भी ठीक-ठीक मालूम नहीं कि जिन्ना धर्मनिरपेक्ष थे या नहीं। जब जिन्ना की तारीफ में किताब लिखने के कारण जसवंत सिंह को भाजपा से निकाल दिया गया, तो मैंने सोचा कि अब तो जिन्ना के बारे में कुछ जान ही लेना चाहिए। मेरा मानना है कि कोई जना धार्मिक है, धर्मनिरपेक्ष है, आधुनिक है या प्रगतिशील है, यह जानने में उसके विचारों, उसकी राजनीति या उसके साहित्य से अधिक उसका निजी और पारिवारिक जीवन ज्यादा सहायक हो सकता है। इसलिए मुहम्मद अली जिन्ना की धर्मनिरपेक्षता की बाबत स्टेनली वोलपर्ट द्वारा लिखित, मुहम्मद अली जिन्ना की प्रामाणिक और प्रसिद्ध जीवनी (हिन्दी अनुवाद : अभय कुमार दुबे, वाणी प्रकाशन, नई दिल्ली, से पाकिस्तान के राष्ट्रपिता के निजी जीवन की कुछ घटनाओं को मैं यहाँ प्रस्तुत करना चाहता हूँ।

जिन्ना साहब का पहला विवाह सोलह साल की उम्र में ही चौदह साल की इमीबाई के साथ हो गया था। पर अपनी इस पत्नी के साथ वे रह नहीं सके। शादी के तुरंत बाद वे नौकरी के सिलसिले में इंग्लैंड के लिए रवाना हो गए। जिन्ना जब इंग्लैंड में थे, तभी भारत में इमीबाई की मृत्यु हो गई। वे जब इंग्लैंड गए थे, तब उनका नाम था मुहम्मद अली जिणाभाई। यही उनका मूल और पारिवारिक नाम था (उनके पिता का नाम था, जिणाभाई पोंजा)। वोलपर्ट के अनुसार, लंदन में जिन्ना ने अपने नाम का अंग्रेजीकरण कर लिया। अब वे एम. ए. जिन्ना हो गए।

जिन्ना का दूसरा विवाह उस समय के उद्योगपति सर दिनशॉ पेटिट, जिन्होनें मुंबई में भारत की पहली कपड़ा मिल लगाई और जो जिन्ना के मुवक्किल थे, की हूर जैसे बेटी रत्तनबाई (रत्ती) से हुआ। यह प्रेम विवाह था। दोनों तरफ थी आग बराबर लगी हुई। रत्ती को मुंबई का फूलन कहा जाता था। शादी में रुकावट की एक बड़ी वजह थी कि रत्ती पारसी थी और जिन्ना मुसलमान थे। रत्ती के पिता के मन की टोह लेने के लिए जिन्ना ने एक बार उनसे पूछा, अंतर-धार्मिक विवाहों के बारे में आपका क्या खयाल है? सर दिनशॉ का मासूम-सा जवाब था, इससे राष्ट्रीय एकता करने में काफी मदद मिलेगी और इसके कारण धर्मों के बीच आपसी मनमुटाव का

हल भी निकल सकता है। तब जिन्ना ने यह रहस्य खोला कि मैं आपकी बेटी से शादी करना चाहता हूँ। सर दिनशॉ आगबबूला हो गए। उसके बाद उन्होंने जिन्ना से दोस्ताना लहजे में कभी बात नहीं की। रत्ती को कह दिया कि वह जिन्ना से बिलकुल नहीं मिलेगी। उस समय रत्ती सोलह साल की थी (और जिन्ना बयालीस)। दो साल बाद जब रत्ती बालिग हो गई, तब दोनों ने अदालत में अर्जी डाल कर शादी करने की अनुमति हासिल कर ली। मुंबई में 19 अप्रैल 1917 को दोनों पति-पत्नी हो गए।

यह शादी मुसलमान-पारसी सम्बन्ध का नमूना नहीं बन सकी। शादी के पहले रत्ती ने धर्म परिवर्तन कर इस्लाम कबूल किया, जिसके बाद उसका नाम पड़ा मरियम। जिन्ना और मरियम की एकमात्र संतान दीना का जन्म 15 अगस्त 1919 की अलस्सुबह लंदन में हुआ। जिन्ना तहे-दिल से चाहते थे कि उनकी बेटी की परवरिश मुस्लिम लड़की के रूप में हो। उन्होंने यह जिम्मा अपनी बहन फातिमा को सौंपा। फातिमा ने दीना को सलात और कुरआन की शिक्षा देना शुरू कर दिया।

दीना जब बड़ी हुई तो वह पारसी युवक, नेविल वाडिया, को दिल दे बैठी। नेविल की माँ पारसी ईसाई थीं और पिता पारसी। नेविल का अपना झुकाव पारसी धर्म की ओर था। बाद में (1983) पारसी पंचायत द्वारा स्वीकार कर लिए जाने के बाद, वे बाकायदा पारसी हो भी गए। जब दीना ने नेविल से शादी करने की अनुमति पिता मुहम्मद अली जिन्ना से माँगी, तो जिन्ना वैसे ही आगबबूला हो उठे जैसे उनके अपने प्रस्ताव पर उनके भावी ससुर सर दिनशॉ आगबबूला हो उठे थे। जिन्ना ने इस विवाह को रोकने की पूरी कोशिश की। यह 1938 की बात है। जिन्ना के जीवनीकार वोलपर्ट जस्टिस चागला को उद्धत करते हुए बताते हैं, 'जिन्ना ने अपने दबंग अंदाज में बेटी से कहा कि भारत में करोड़ों मुसलमान लड़के हैं और वह उन्हीं में से किसी को क्यों नहीं चुन लेती,' लेकिन वह जवान लड़की अपने पिता से दो कदम आगे निकली। उसने जवाब दिया : 'फादर, भारत में करोड़ों मुसलमान लड़कियाँ थीं। आपने उन्हीं में से एक से शादी क्यों नहीं की?' इस शादी के बाद जिन्ना की अपनी बेटी से कटटी हो गई। दोनों के बीच चिट्ठी आना-जाना जरूर बना रहा, पर जिन्ना ने अपनी बेटी को हमेशा मिसेज वाडिया लिख कर ही संबोधित किया।

है न मजेदार!

स्त्री शिक्षा पर क्षण भर

प्रज्ञा पाठक को क्या आप जानते हैं? मैं भी नहीं जानता। पर उनकी तारीफ करना चाहता हूँ कि उन्होंने अपने शोध कार्य के सिलसिले में एक ऐसी किताब का पता लगाया है, जिसे बेजोड़ छोड़ कर कुछ और नहीं कहा जा सकता। इस पुस्तक का नाम है : 'सरला : एक विधवा की आत्मजीवनी' सरला नाम की किसी महिला ने 'एक दुःखिनीबाला' के नाम से अपनी रामकहानी 'स्त्री दर्पण' पत्रिका के जुलाई 1915 से मार्च 1916 तक के अंकों में लिखी थी। इसे पढ़ने और उस पत्रिका में छपी अन्य सामग्री का परिचय पाने के बाद मैं दावे के साथ कह सकता हूँ कि महिला पत्रकारिता के मामले में हमारा घोर पतन हुआ है। कहाँ वे वीरांगनाएँ जो स्त्री जीवन के विविध मुद्दों को ज्वलंतता के साथ उठाती थीं और कहाँ आज की वनिताएँ जिन्हें सिंगार-पटार और खाने-कपड़े की नवीनताओं से फुरसत नहीं है। यह पतन का प्रमाण नहीं, पतन का परिणाम है।

वैसे तो 'एक विधवा की आत्मकथा' के कई सुंदर पहलू हैं, पर मैं यहाँ सिर्फ दो चीजों का जिक्र करना चाहता हूँ। हाल में मैंने अनेक स्त्रीवादी लेख पढ़े हैं, जिनमें स्त्री दुर्दशा के बेहद करुण चित्र खींचे गए है और पुरुषों को पानी पी-पी कर कोसा गया है। लेकिन कहीं भी वह बात नहीं देखी, जो इस दुःखिनीबाला ने अपनी अम्मा के हवाले से बहुत ही सहज ढंग से कह दी है। अम्मा, बाबूजी और भाई मोहन के बीच स्त्रियों की समस्याओं पर चर्चा चल रही है। लेखिका पूछती है : 'जो प्रथा (स्यापा) इतनी बुरी है, जिसके सुनते ही रोंगटे खड़े हो जाते हैं उसे लोग तोड़ क्यों नहीं देते? क्या घरवालों में दया नहीं है या समाज की दृष्टि में वह अच्छा है?'

इस पर अम्मा कहती हैं : 'नहीं-नहीं, बात यह नहीं है, सब लोग जानते हैं, समझते हैं, मन ही मन उसे घृणा की दृष्टि से भी देखते हैं किन्तु मनुष्यों में इतना नैतिक बल नहीं है कि एक बात को सरासर बेजा समझते हुए भी उसे छोड़ दें। साथ ही स्त्रियों में विद्या नहीं, बुद्धि नहीं। स्यापे को भी वे ईश्वरीय आज्ञा, धर्म और वेद समझती हैं। कितनी ही ऐसी हीन प्रथाएँ हैं समाज में तो क्या तुमसे कहने में भी, जिनका नाम लेने तक में लज्जा में डूब जाती हूँ। कितनी ही प्रथाएँ तो ऐसी हैं कि यदि स्त्रियाँ पढ़-लिख जाएँ तो उन्हें अपनी बहू-बेटियों से कहने में इतनी

लज्जा आए कि उनका अनुसरएण आपने आप बंद हो जाए। कोई शिक्षिता स्त्री को अपनी पुत्री या पुत्रवधू से कहने का साहस ही न हो।'

पुस्तक में अन्यत्र भी स्त्री शिक्षा के महत्व पर जोर दिया गया। निःसंदेह शिक्षा सशक्तीकरण का एक सबल औजार है। इसीलिए अभी हाल तक स्त्रियों को शिक्षा से वंचित रखने की प्रथा थी। सवाल यही नहीं था कि शिक्षा पा कर स्त्री क्या करेगी, जैसा कि कहा जाता था, सवाल यह था कि शिक्षा पा कर क्या नहीं करने लग जाएगी। शिक्षा अज्ञान के किले को तोड़ने के लिए सबसे कारगर हथौड़ा है। एक ओर पुरुष का विवाह करते समय इसका ध्यान रखा जाता था (आज भी रखा जाता है) कि स्त्री की उम्र उससे कम हो, ताकि पुरुष शारीरिक तौर पर उस पर हावी हो सके; दूसरी और स्त्री को शिक्षा से वंचित रखा जाता था, ताकि पुरुष मानसिक रूप से उस पर हावी हो सके। इस तरह स्त्री की दशा ऐसी कर दी गई थी कि वह पुरुष के सामने सिर न उठा सके। इसे ही आदर्श जोड़ी कहते थे।

आज उन्हीं स्त्रियों का वास्तविक सशक्तीकरण हो पा रहा है जिन्होनें शिक्षा के माध्यम से अज्ञान के केंचुल को उतार फेंका है। आश्चर्य है कि फिर भी स्त्रीवादियों की ओर से स्त्री शिक्षा प्रसार के लिए कोई सशक्त आंदोलन नहीं है। राजधानी की औरतें संसद में स्त्रियों के लिए एक तिहाई आरक्षण के लिए जितना जोर लगा रही हैं, स्त्री शिक्षा के प्रसार की ओर से वे उतनी ही उदासीन हैं। ऐसा लगता है कि जैसे पुरुष स्त्री शिक्षा से डरते थे, वैसे ही आज शिक्षित औरतें और अधिक स्त्रियों के शिक्षित हो जाने से डरती हैं। यह समझ में आना मुश्किल है कि अशिक्षित औरतों की फौज कौन-सी सांस्कृतिक क्रांति ला सकेगी।

दूसरी बात यह है कि जब तक समाज में अमीरी-गरीबी है, तब तक किसी के भी साथ न्याय नहीं हो सकता। सरला जो स्वप्न देखती है, उसमें एक व्याख्यानदाता कहता है : 'राजनीति में देखिए, दुनिया प्रजातंत्र का नाम ले पागल हो रही है जबकि वास्तव में सब मनुष्यों के भाग्य का निपटारा एक थोड़े-से मनुष्यों का खेल हो रहा है। संपत्ति के क्षेत्र में देखिए, हजार गरीबों के बीच में सब मनुष्यों के भाग्य का निपटारा एक थोड़े-से मनुष्यों का खेल हो रहा है। संपत्ति के क्षेत्र में देखिए, हजार गरीबों के बीच मुश्किल से एक अमीर होता है। किसी के पास करोड़ों रुपया है और किसी के तन पर एक फटा कपड़ा है।' यह धरती की दशा है। सरला द्वारा स्वप्न में देखे गए स्वर्ग की स्थिति क्या है : 'यहाँ दुखी कोई दिखाई ही नहीं देता। गरीबी किस वस्तु का नाम है, वह है भी कुछ या नहीं, इसमें भी संदेह होता है। यहाँ स्त्री-पुरुष में कोई भेद नहीं है, यहाँ पुरुष सर्व सुखों का अधीश्वर नहीं है और न स्त्री अंतःपुराबद्धा दासी ही है। दोनों बराबर हैं। दोनों ही अपनी इच्छानुसार काम करते हैं।'

यानी स्त्री मुक्ति के लिए शिक्षा ही नहीं चाहिए, आर्थिक और सामाजिक बराबरी भी चाहिए। स्त्रीवादी महिलाएँ आर्थिक आत्मनिर्भरता की बात तो करती हैं, पर आर्थिक समानता की बात नहीं करतीं। जो वामपंथी महिलाएँ आर्थिक बराबरी की बात करती हैं, वे शिक्षा के महत्व पर उतना जोर नहीं देती। इस विडंबना के अलावा एक पहेली और है। कायदे से शिक्षा ऐसी होनी चाहिए कि वह आर्थिक तथा सामाजिक बराबरी की चेतना पैदा करे। जो शिक्षित आदमी बराबरी की चेतना से वंचित है, वह पढ़ा-लिखा होने के बावजूद अहमक है। आज स्त्री-पुरुषों को जो शिक्षा दी जा रही है, उससे वे शिक्षित तो कहलाते हैं, पर अकसर चेतना-शून्य होते हैं। यही कारण है कि तथाकथित शिक्षित पुरुष भी स्त्रियों को गुलाम बनाए रखते हैं और तथाकथित शिक्षित (तथा कमाऊ) स्त्रियाँ भी पराधीनता का जीवन बिताती हैं। शिक्षा वह है, जो एक संस्कृत सूक्ति के अनुसार, मुक्त करे। दूसरी ओर, यह मुक्ति तब तक घटित नहीं हो सकती जब तक सबकी आर्थिक हैसियत बराबर न हो। हैरत की बात यह है कि जिस सत्य को एक कम पढ़ी लिखी 'दुःखिनीबाला' ने 1915 में ही समझ लिया था, वह आज की बीए, एमए, पीएचडी स्त्रियों की भी दिखाई नहीं पड़ता है। अगर यह विकास है, तो पतन किसे करते हैं?

स्त्री मुक्ति के चार औजार

स्त्री मुक्ति पर जिस तरह का लेखन हमारे यहाँ ज्यादातर देखने में आ रहा है, उससे यह झलक मिलती है कि पुरुषों द्वारा शोषण ही स्त्रियों की एकमात्र समस्या है। यह समस्या इतनी स्पष्ट है, फिर भी आश्चर्य की बात यह है कि इसे हजारों तरह से लिखा जाता है और थीम की नवीनता हमेशा बनी रहती है। इसका कारण शायद यह है कि स्त्री-पुरुष के सम्बन्ध चाहे जितने बदलते रहे हों, उनके बुनियादी चरित्र में कोई फर्क नहीं आता। लेकिन स्त्री मुक्ति के प्रश्न क्या दुनिया भर में एक जैसे हैं? या, विभिन्न समाजों में स्त्री मुक्ति के औजार अलग-अलग होंगे? हमारे यहाँ के स्त्रीवादी लेखन में हुआँ-हुआँ कुछ कम होता, तो यह महसूस किया जा सकता कि सितारों के आगे जहाँ और भी हैं। देश की 90 प्रतिशत स्त्रियों को अपनी मुक्ति के लिए जिन औजारों की जरूरत है, ये औजार वह नहीं है जो मध्यवर्गीय स्त्रियों की भाषा को आधुनिक तथा उत्तर-आधुनिक बनाते हैं, जिसके बिना पश्चिमी देशों में होने वाले सेमिनारों का निमंत्रण पत्र प्राप्त नहीं किया जा सकता।

आजकल तुलसीदास को प्रतिक्रियावादी कवि माना जाने लगा है, पर उन्होंने सती अनसूया के मुँह से कहलवाया है कि विधाता ने स्त्री को पता नहीं किस तरह रचा है कि सपने में भी उसे सुख नहीं है। सीता ने, जिससे ये पंक्तियाँ कही गयी हैं, अपने निजी अनुभव से निश्चय ही इस सत्य को पहचाना होगा। उनके सुख के एकमात्र दिन वे थे जब जनक दुलारी के रूप में उन्होंने अपने शुरुआती अठारह-बीस साल बिताये थे। बाद में तो निराला के शब्दों में 'दुख ही जीवन की कथा रही'। प्रश्न उठता है कि निराला के दुख में और सीता के दुख में क्या कोई साम्य है? किसी भी व्यक्ति के दुखों का ठीक-ठीक अनुमान नहीं लगाया जा सकता। लेकिन 'सरोज स्मृति' की पूरी थीम का सारांश यही प्रतीत होता है—'धन्ये, मैं पिता निरर्थक था, कुछ भी तेरे हित कर न सका।' निश्चय ही निराला के जीवन में और भी वेदनाएँ थीं, पर बेटी सरोज के संदर्भ में निराला का भौतिक दैन्य ही प्रकट हुआ है। निराला अपने व्यक्तित्व के बल पर अपने भौतिक अभावों की मार से पार पा सकते थे, पर बेटी के दैन्य का वे क्या करते जिसके दुख उन्हें मरते दम तक सभलते रहे। सीता के प्राकृतिक माता-पिता के बारे में कोई सूचना नहीं मिलती। इतना निश्चित है कि

वे एक राजा के घर में पलीं-बढ़ीं, एक राजकुमार से ब्याही गयीं और अपने चक्रवर्ती पति द्वारा गर्भावस्था में परित्यक्त हुईं। इसी तरह, द्रौपदी ने भी राज परिवार में जन्म लेने के बावजूद कम दुख नहीं झेला। इसका संदेश यही है कि संपन्न परिवार की होने से ही स्त्री दुख से मुक्ति नहीं मिल जाती। वह पराधीन है और पराधीन ही रहती है। लेकिन अगर वह गरीब की बेटी और गरीब की ही जोरू हो, तब? तब क्या उसका दुख दुगुना-तिगुना नहीं हो जाता? निराला की बेटी सरोज के दुख क्या वही थे, जो महाराज जनक की बेटी के या निराला के समकालीन जवाहरलाल की बेटी के थे? ऐसा लगता है कि आधुनिक सीताएँ समकालीन सरोजों के बारे में सोचने से कतराती हैं। सीता ने भी अपनी दासियों की वेदनाओं पर विचार किया था, इसके प्रमाण उपलब्ध नहीं हैं।

भारत की नारीवादियों पर यह आरोप लगाया जाता है कि वे स्त्री मुक्ति की पश्चिमी अवधारणाओं से कुछ ज्यादा प्रभावित हैं। इस आरोप के पीछे प्रमुख बात यह होती है कि पश्चिम की स्त्रियों को व्यक्तिगत जीवन की जो स्वाधीनताएँ चाहिए, भारत की स्त्रियों को उनकी जरूरत नहीं है। इससे भी आगे, वे स्वाधीनताएँ यहाँ उपलब्ध करा दी जायें, तो भारत की स्त्रियाँ बिगड़ जायेंगी। समाज में अराजकता फैल जायेगी। परिवार नष्ट हो जायेगा। भारतवादियों की यह आशंका जितनी डरावनी लगती है, वस्तुतः उतनी है नहीं। एक आततायी, लेकिन अनुशासित पारिवारिक और सामाजिक व्यवस्था की तुलना में बाहरी नियंत्रण से मुक्त और स्वतंत्र व्यवस्था हमेशा बेहतर होती है—इसके तत्कालिक नतीजे जो भी निकलते हों। स्पष्ट है कि इस कोटि के भारतवासी पुरुष की आजादी से नहीं, स्त्री की आजादी से डरते हैं। यहाँ यह उल्लेखनीय है कि स्त्री संघर्ष का इतिहास लाल कालीन से नहीं गुजरा है। एक-एक सुविधा के लिए दशकों और शताब्दियों तक संघर्ष करना पड़ा है, जैसे मताधिकार। इस दृष्टि से भारत की स्त्रियाँ किस्मत वाली हैं जिन अधिकारों के लिए पश्चिम की स्त्रियों को काँटों भरे रास्तों पर चलते हुए लंबा संघर्ष करना पड़ा है वे अधिकार उन्हें आसानी से मिल गये हैं। बेशक अभी तो ये कागज पर ही हैं, लेकिन कागज पर हैं, इसलिए बहुत-सी स्त्रियाँ इनका उपयोग भी कर पा रही हैं। जो इन अधिकारों का उपयोग करने की स्थिति में आज नहीं हैं, उनकी दशा हमेशा ऐसी नहीं रहेगी। मिठाई है, तो उसे खाने का प्रलोभन भी होगा।

जिस तथ्यों की ओर इन भारतवादियों का ध्यान नहीं जाता और जिसकी चर्चा भारत में होने वले नारीवादी चिंतन से भी नदारद रहती है, वह यह है कि भारत की ज्यादातर स्त्रियों को पहले सम्बन्धों में मुक्ति चाहिए या उन परिस्थितियों से मुक्ति चाहिए जो उनके समय, उनकी श्रमशक्ति और उनकी ऊर्जा को इस तरह निचोड़ लेती हैं कि उन्हें गैर-भौतिक चीजों के बारे में सोचने का मौका ही नहीं मिलता। स्वतंत्रता कोई हवाई चीज नहीं है। स्वतंत्रता की भावना रहती हमारे मन में ही है,

पर उसका उपयोग जिन परिस्थितियों में होता है, वे मुख्यतः भौतिक हैं। जो स्त्री रोज अठारह घंटे काम करने को बाध्य है, उससे यह उम्मीद कैसे की जा सकती है कि वह जीवन के उन पहलुओं पर ध्यान दे सकेगी जिनका सम्बन्ध अस्तित्व की बुनियादी सार्थकताओं से है? सभ्यता के विकास का सम्बन्ध फुरसत से है। इसका मतलब यह नहीं है कि जिनके पास फुरसत नहीं है, वे असभ्य होते हैं। लेकिन उन्हें पढ़ने-लिखने सोचने-विचारने और मिलने-जुलने की फुरसत हो जाए, तो वे और ज्यादा सभ्य हो सकते हैं। विचारणीय है कि स्त्री मुक्ति के प्रश्नों पर क्या वे महिलाएँ ही ज्यादा विचार नहीं कर रही हैं, जिनके पास इसके लिए पर्याप्त समय है? यदि उन्हें पूरे घर के लिए दो बार खाना बनाना पड़े, परिवार के सभी सदस्यों के कपड़े साफ करने पड़ें, झाड़ू-पोंछा करना पड़ें और कुएँ या नल से पानी लाना पड़े, तो समाज को उनका रचनात्मक योगदान कितना रह जायेगा? ऐसी महिलाएँ चूँकि स्वयं श्रम नहीं करतीं शायद इसीलिए वे श्रमिक वर्ग की स्त्रियों की मन और शरीर को तोड़ देने वाली श्रम-स्थितियों की कल्पना तक नहीं कर पातीं। ऐसे में यह अस्वाभाविक नहीं है कि वे नारी मुक्ति के ऐसे मुद्दें उठाती है, जो देश की सामान्य औरतों के हृदय में सनसनी पैदा नहीं कर पाते हैं। ये मुद्दे बेकार हरगिज नहीं हैं। लकिन इन्हे महानगरों की महासंध्याओं से बाहर ग्राहक तभी मिल सकेंगे जब उन ग्राहकों के पास पर्याप्त समय होगा। इसीलिए स्त्री पुरुष की बराबरी का मुद्दा उठाने वालों को यह याद दिलाना जरूरी लगता है कि स्त्री-स्त्री की बराबरी भी उतना ही महत्वपूर्ण मुद्दा है।

भारत की बहुसंख्य स्त्रियों के लिए नारी मुक्ति का अर्थ क्या है? मैं चार चीजों का उल्लेख करना चाहूँगा : (1) घर में नल का पानी, (2) रसोई गैस, (3) वॉशिंग मशीन और (4) रेफ्रिजरेटर। ये चारों चीजें स्त्री के जीवन को आसान बनाती हैं। उसे फालतू श्रम से मुक्त करती हैं। उसके जीवन में फुरसत ले आती हैं। उसके भीतर आत्मविश्वास भरती हैं। आज जिस स्त्री के पास इनमें से कोई एक भी सुविधा नहीं है, उसकी स्वतंत्रता वांछित स्तर से कम है। मोटरगाड़ी, पंखे, टेलीविजन आदि को आप विलासिता की श्रेणी में रख सकते हैं। इनके बिना आदमी का काम चल सकता है। लेकिन नल, गैस, कपड़े की मशीन और फ्रिज के बगैर आज की स्त्री का जीवन अधूरा है।

गरीब परिवारों की स्त्रियों के दैनंदिन जीवन पर एक नजर डालने से ही यह स्पष्ट हो जायेगा कि उनका कितना समय पानी का इंतजाम करने, कोयले या लकड़ी की आँच पर खाना बनाने और कपड़े धोने में नष्ट हो जाता है। इन कामों में सिर्फ समय ही नहीं लगता, ऊर्जा भी खर्च होती है। फलस्वरूप ऐसी हर स्त्री को हमेशा यह लगता है कि करने को काफी काम पड़ा है। उसके पास समय नहीं है। लेकिन मामला इतना ही नहीं है। चूँकि ये सारे काम महत्वहीन माने जाते हैं, इनका मूल्य

नहीं आँका जाता, इन कामों को करने वाले को हीन समझा जाता है, इसलिए परिवार में – और फलतः समाज में – श्रमिक स्त्रियों की हैसियत गिरी हुई रहती है। जाति व्यवस्था के ढाँचे में जो स्थान शूद्र का है, परिवार में वही स्थान स्त्री को मिलता है। वह घर की दासी है। उसका अपना कोई वजूद नहीं रह जाता। वह अपने लिए नहीं, दूसरों के लिए जीती है। 'बिन घरनी घर भूत का डेरा' की कहावत एक नहीं, कई अर्थों में सच है।

इस सिलसिले में सिंगर मशीन के आविष्कार की कहानी को याद करना उपयोगी हो सकता है। आज कपड़ा सिलने की मशीनें कई नामों से आती हैं। लेकिन कुछ समय पहले तक सिंगर कंपनी इस क्षेत्र में अकेली थी। यहाँ तक कि सिलाई की किसी भी मशीन को सिंगर मशीन कहने की प्रथा है, जैसे हमारे यहाँ किसी भी डिटरजेंट पाउडर को सर्फ कह देते हैं। सिंगर कंपनी का नाम सिंगर नाम के महाशय पर पड़ा है। ये संयुक्त राज्य अमेरिका के रहने वाले थे। शुरू से ही मशीनों में रुचि थी। जब उन्होंने देखा कि कपड़े सिलने में उनकी पत्नी के हाथ दुख जाते हैं, कभी कभी सुई गड़ जाती है और खून टपकने लगता है, तो उन्होंने कपड़े सीने की मशीन बना डाली। यह मशीन व्यावसायिक रूप से बहुत सफल हुई और देखते ही देखते पश्चिमी दुनिया में छा गयी, लेकिन इसके आविष्कार का प्रेरणा स्रोत क्या था? एक पति का अपनी पत्नी के प्रति लगाव। कहने की जरूरत नहीं कि सिलाई मशीन ने सिंगर महाशय की पत्नी को एक महत्वपूर्ण अर्थ में मुक्त किया।

भारत की करोड़ों-करोड़ स्त्रियों को ऐसी मुक्ति की अर्जेण्ट जरूरत है। 'पुरुष-प्रधान समाज' की शिकायत का रटंत लगाने वाली स्त्रियों से निवेदन है कि उनके एजेंडा में पहला स्थान स्त्रियों को वे भौतिक संसाधन दिलाने का होना चाहिए जिनसे उनका जीवन आसान बनता है, उनके समय और ऊर्जा की बचत होती है और उनमें आत्मविश्वास आता है। पुरुष की मानसिकता बदलना आसान नहीं है। परिवार के ढाँचे में लोकतंत्र ले आना और भी कठिन है। अपने शरीर और कोख पर स्त्री का अपना अधिकार हो, यह बात मनवाने में काफी समय लगेगा। लेकिन भौतिक स्थितियों को तो बदला ही जा सकता है। हर स्त्री के पास गैस का चूल्हा होना चाहिए, हाथ बढ़ाते ही नल चल पड़े और उससे पानी आने लगे – यह सुविधा हर स्त्री को मिलनी चाहिए, घर में एक छोटा-सा फ्रिज होना चाहिए ताकि खाने की बरबादी न हो और एक बेला की सब्जी दूसरे बेला भी काम में लायी जा सके – ये ऐसी माँगें हैं तो पूरी हो जायें तो इससे पुरुष समाज का भी फायदा होगा। यानी स्त्रीवादी विचारकों, लेखकों, कार्यकताओं और संगठनों से ये माँगें की जायें, तो उन्हें पुरुष वर्ग का भी समर्थन मिल सकता हैं। आखिर कौन पुरुष नहीं चाहेगा कि उसका सामना एक बीमार-सी, थकी हुई और ऊर्जा-रहित स्त्री के बजाय स्वस्थ, ऊर्जावान और स्फूर्तिमय स्त्री से हो? इस माँग से भारत में स्त्री एकता जितनी मजबूत हो

सकती है, उतनी किसी और माँग से नहीं। तब गाँव की अनपढ़ स्त्रियाँ सोचेंगी कि हमारी पढ़ी-लिखी बहनों के स्वप्न में हमारे लिए भी जगह है। इसकी तुलना इस माँग से करके देखिए कि संसद और विधान सभाओं में स्त्रियों के लिए एक तिहाई जगह आरक्षित होनी चाहिए, तो तुरंत पता चल जायेगा कि हमारी प्रबुद्ध स्त्रियाँ भारत के सामान्य यथार्थ से कितनी दूर खड़ी हैं। निवेदन है कि एक तिहाई तो क्या, उससे ज्यादा स्थान हमारी स्त्रियाँ आगे बढ़ कर खुद ले लेंगी—आप पहले उन्हें दिन-रात की अनावश्यक मशक्कत से मुक्त तो कराइए।

यहाँ जो प्रतिपादित करने की कोशिश की जा रही है, उसके बारे में यह सोचा जा सकता है कि यह नारी आंदोलन को भटकाने की कोशिश है। स्त्री-मुक्ति के ये चार औजार – नल का जल, रसोई गैस, वॉशिंग मशीन और फ्रिज – भारत की सभी स्त्रियों को उपलब्ध कराने में सौ साल भी लग सकते हैं। जब तक नौ मन तेल न हो, तब तक राधा अपना नाचना क्या स्थगित रखे? सच तो यह है कि अपनी तमाम विपन्नता के बावजूद भी ऐसी स्त्रियाँ हो सकती हैं जो किसी की गुलामी करने के लिए राजी नहीं हैं और अपनी जिंदगी अपने ढंग से जीने के लिए प्रतिबद्ध हैं। हममें से हरएक की मुलाकात ऐसी स्त्री से हुई होगी। यह दिखाता है कि आदमी की आत्मा भौतिक परिस्थितियों की बंदी नहीं है। मन शरीर से ज्यादा शक्तिशाली होता है। लेकिन यह क्षमता एक असामान्य उपलब्धि है। जिनके पास यह क्षमता है, वे सभी की बधाई पात्र हैं। लेकिन सामान्य व्यक्तियों से इसकी उम्मीद नहीं की जा सकती है। उन्हें इसके लिए बराबर उद्‌बुद्ध किया जाना चाहिए कि वे 'जहाँ हैं जैसे हैं' उसी परिवेश में अपने हकों के लिए संघर्ष करें और पुरुषवादी व्यवस्था के षड्‌यंत्रों को नाकाम करने का प्रयास जारी रखें—निजी जीवन मे भी और व्यवस्था के स्तर पर भी। लेकिन देश में दरिद्रता का जैसा फैलाव है और इस दरिद्रता के सूत्र जिस तरह पूरी व्यवस्था से जुड़े हुए हैं, उसे देखते हुए यह दिवा-स्वप्न ही है कि कोल्हू के बैल की तरह एक निर्धारित घेरे में लगातार श्रम करते रहने वाली स्त्रियाँ उन अन्यायों से संघर्ष करना तो छोड़िए—उन्हें संदर्भ के साथ समझ भी सकेंगी जिनका शिकार उन्हें सिर्फ इसलिए होना पड़ रहा है कि उनका जन्म स्त्री के रूप में हुआ है। इसके लिए पहली शर्त यह है कि उन भौतिक परिस्थितियों को बदला जाये जो स्त्री चेतना को परिमित करती हैं। अभी नारीवाद के ज्यादातर स्वर स्त्री-पुरुष सम्बन्ध को पुनर्परिभाषित करने पर लगे हुए हैं। यह काम चलते रहना चाहिए। लेकिन भारतीय स्त्री और भारतीय पुरुष के भौतिक परिवेश को भी पुनर्परिभाषित करना होगा, ताकि सम्बन्धों के नये और सभ्यतर रूप व्यापक तथा टिकाऊ हो सकें।

आजाद आत्माएँ आजाद शरीरों में ही रहती हैं।

दलित स्त्रियाँ किसकी संपत्ति हैं

बहुजन समाज पार्टी ने भारतीय राजनीति में जिस तरह के मुहावरे चलाए हैं, कुछ लोग उन्हें हिन्दी साहित्य में चलाना चाहते हैं। इनमें नरम दल के नेता हैं मुद्राराक्षस और गरम दल के नेता हैं डॉ. धर्मवीर। 'हिंदी की आत्मा' पुस्तक से धर्मवीर की बहुत अच्छी पहचान बनी थी, लेकिन अब उनकी विचारधारा ने एक ऐसा मोड़ ले लिया है कि वे अपनी ताजा पुस्तकों के फ्लैप पर अपनी प्रकाशित रचनाओं की सूची में उस पुस्तक का उल्लेख नहीं करते। ऐसा लगता है कि उन्होंने अपने उदारवादी अतीत से मुक्त होकर पूरी तरह अनुदारवादी हो जाने का फैसला किया है। इसका एक दुर्भाग्यपूर्ण और दुखद परिणाम है दलित अलगाववाद, जिसे रोकने के लिए महात्मा गांधी ने एक बार जान की बाजी लगा दी थी।

कुछ लोग यह उचित सवाल उठा रहे हैं कि साहित्य में संवाद चलेगा या जूते चलेंगे। इसका उत्तर स्पष्ट है। कहना तो यह भी चाहिए कि साहित्य में ही नहीं, कहीं भी जूते नहीं चलने चाहिए। जूतमपैजार सभ्य लोगों का गुण नहीं है—उनका दुख चाहे जितना भी गहरा हो। लेकिन इस उत्तर के साथ एक प्रश्न भी गुँथा हुआ है। प्रश्न यह है कि साहित्य में संवाद चलेगा या गाली-गलौज। दूर से फेंके गए जूतों से लक्ष्य को कोई खास चोट नहीं लगती। दरअसल, यह गाली-गलौच का ही एक सक्रिय संस्करण है। मुश्किल यह है कि जो लोग जूतों का विरोध कर रहे हैं, वे स्वयं गाली-गलौच में यकीन रखते हैं। धर्मवीर की एक ऐसी ही पुस्तक है—'प्रेमचंद : सामंत का मुंशी' जो उनकी पुस्तक श्रृंखला 'मातृसत्ता, पितृसत्ता और जारसत्ता' का तीसरा खंड है। जिन्हें उग्रवादी दलित मानसिकता को जानना हो, उन्हें ये पुस्तकें जरूर पढ़नी चाहिए। इनसे हिन्दी समाज का कुछ भयावह विकृतियों का भी अच्छा ज्ञान होता है।

आजकल धर्मवीर के चिंतन का एक बीज शब्द है, जारकर्म। वे प्रेमचंद को बार-बार जारकर्मी बताते हुए उन्हें धुनते जाते हैं, क्योंकि प्रेमचंद ने अपनी एक पत्नी को त्याग दिया था और अपने अंतिम क्षणों में दूसरी पत्नी को बताया था कि 'मैंने अपनी पहली पत्नी के जीवन-काल में ही एक स्त्री रख छोड़ी थी। तुम्हारे आने पर भी उससे मेरा सम्बन्ध था।' इसे ही धर्मवीर जारकर्म कहते हैं। वे पूछते हैं कि क्या

प्रेमचंद ऐसा साहित्य लिख सकेंगे, जिसमें जारकर्मी व्यक्ति को पाँच साल की जेल की सजा काटने का विधान है?' प्रेमचंद ने जो किया, उसका समर्थन कोई नहीं कर सकता। वह स्पष्ट रूप से अनैतिक था। यही कारण है कि प्रेमचंद के प्रेमियों और भक्तों ने इस तथ्य को प्रचारित होने से रोका। लेकिन चूँकि धर्मवीर के लेखन का एक हिस्सा बहुत ही तकनीकी और कानूनी बारीकियों से भरा हुआ है, इसलिए उन्हें यह बताना जरूरी है कि जारकर्म का वास्तविक अर्थ क्या है। 'जार' का एक सामाजिक, कोशगत अर्थ है और एक कानूनगत अथ है। पहले कोशगत अर्थ को लें। वामन शिवराम आप्टे द्वारा संपादित 'संस्कृत-हिंदी कोश' के अनुसार, 'जार' शब्द का अर्थ व्यभिचार है उपपति, प्रेमी, आशिक। कालिका प्रसाद, राजवल्लभ सहाय और मुकुंदीलाल श्रीवास्तव द्वारा संपादित 'बृहत हिंदी कोश' के अनुसार, इस शब्द का अर्थ है—पर स्त्री से प्रेम करने वाला, उपपति, आशना। जारकर्म का अर्थ बताया गया है। अब देखना यह चाहिए कि 'व्यभिचार' का क्या अर्थ क्या बताया गया है। 'संस्कृत-हिंदी कोश, में इसके कई अर्थ दिए गए हैं। जिन अर्थों से हमारा यहाँ प्रयोजन है, वे हैं विचलन, सन्मार्ग छोड़ देना, कुमार्ग का अनुसरण करना। 'बृहत हिंदी कोश' में इसका अर्थ दिया गया है—सत्यपथ का परित्याग, कुमार्ग-गमन, पाप, दुराचार, दुष्कर्म, अनुचित यौन सम्बन्ध (एडल्टरी)।

अब जारकर्म का कानूनी अर्थ देखना चाहिए। भारतीय दंड संहिता की धारा 491 के अनुसार : जारकर्म – जो कोई ऐसे व्यक्ति के साथ, जो कि किसी अन्य पुरुष की पत्नी है, और जिसका किसी अन्य पुरुष की पत्नी होना वह जानता है या विश्वास करने-कारण रखता है, उस पुरुष की सहमति का मौनानुकूलता के बिना ऐसा मैथुन करेगा जो बलात्संग के अपराध की कोटि में नहीं आता, वह जारकर्म के अपराध का दोषी होगा और दोनों में से किसी भाँति के कारावास से, जिसका अवधि पाँच वर्ष तक की हो सकेगी, या जुर्माने से, या दोनों से दंडित किया जाएगा। ऐसे मामले में पत्नी दुष्प्रेरक के रूप में दंडनीय नहीं होगी।'

क्या प्रेमचंद जारकर्मी थे? जहाँ तक कानूनी परिभाषा का सवाल है, एक ही समय में दो स्त्रियों से सम्बन्ध (इसमें यौन सबंध बनाना भी आ जाता है) बनाना जारकर्म नहीं है, अगर इन दोनों में से कोई भी किसी अन्य पुरुष की पत्नी नहीं है। धर्मवीर ने या किसी अन्य ने ऐसा कोई साक्ष्य प्रस्तुत नहीं किया है, जिसके आधार पर कहा जा सके कि अपनी पहली पत्नी के जीवन-काल में ही प्रेमचंद ने 'जिस स्त्री को रख छोड़ा था' (यह अभिव्यक्ति बहुत ही फूहड़ है और प्रेमचंद जैसे लेखक को कतई शोभा नहीं देती), वह किसी और की पत्नी थी। ज्यादा संभावना यह है कि वह किसी की पत्नी नहीं थी, क्योंकि व्यभिचार के ऐसे गुप्त सम्बन्ध बहुत समय तक नहीं टिकते। जहाँ तक कोशगत अर्थ का सवाल है, इस अर्थ में भी उन्हें जार ठहराना मुश्किल है। वे किसी स्त्री के उपपति नहीं थे और न ही किसी परस्त्री

से उन्होंने सम्बन्ध बनाया था। क्या वे व्यभिचारी थे? यह आरोप लगाने के लिए मानना होगा कि वे दुष्कर्म के दोषी थे, उन्होंने कोई अनुचित यौन सम्बन्ध बनाया था।

जहाँ तक ज्ञात तथ्यों का सवाल था, ऐसा कुछ भी नहीं था। नैतिक आधार पर यह जरूर कहा जा सकता है कि उन्होंने पहली पत्नी का परित्याग कर अच्छा नहीं किया था। यह भी कहा जाना चाहिए कि विवाहित होते हुए किसी अन्य स्त्री से सम्बन्ध बनाना और दूसरी बार विवाह करने के बाद भी उस सम्बन्ध को जारी रखना उचित नहीं था। सम्बन्ध था भी, तो उसे गोपनीय रखना प्रेमचंद की कमजोरी या कायरता थी। लेकिन इसे बार-बार जारकर्म कहना बदनीयती का प्रमाण है। हमें भूलना नहीं चाहिए कि तब तक हिंदू विवाह कानून नहीं बना था और बहुविवाह या बहुगमन सामाजिक रूप से अमान्य नहीं था।

डॉ. आंबेडकर द्वारा प्रस्तावित हिंदू कोड बिल के प्रति डॉ. धर्मवीर को बहुत श्रद्धा है। लेकिन इस कोड बिल में भी बहुगमन की मनाही नहीं है। धर्मवीर ने इस हिंदू कोड बिल की धारा 30 उद्धृत की है, जिसके अनुसार, 'कोई ऐसा विवाह, चाहे वह इस कोड के आरंभ होने से पहले अथवा बाद में सम्पूर्ण हो चुका है, निम्नांकित आधारों में से किसी एक के कारण खत्म हो जाएगा– (2) यदि पति किसी स्त्री को रखैल के रूप में रख रहा है...!' धर्मवीर के अनुसार, यह बहुत ही क्रांतिकारी प्रावधान था। लेकिन इस प्रावधान में भी किसी अन्य स्त्री से सम्बन्ध बनाने की मनाही नहीं थी, न यह मनाही आज है। इसलिए उसकी सजा नहीं थी, न है। हाँ, यह तलाक का एक आधार जरूर था और अब भी है।

जहाँ तक 'रखैल' शब्द का सवाल है, इसका प्रयोग प्रतिबंधित कर देना चाहिए। यह स्त्री की गरिमा के अनुकूल नहीं है। हेमा मालिनी और शबाना आजमी के उदाहरणों से स्पष्ट है कि कोई स्त्री कितनी मजबूरी से (यह मजबूरी दिल की हो या किसी और किस्म की)। दूसरी स्त्री बनना स्वीकार करती है। जहाँ तक बहुविवाह या बहुगमन का सवाल है, धर्मवीर ने बार-बार यह प्रतिपादित किया है कि हिंदू कानून मनुष्य को अनिवार्य रूप से जार बनाता है। यानी कोई हिंदू है तो वह विवाह की मर्यादाओं का पालन कर ही नहीं सकता। यह सफेद से भी ज्यादा सफेद झूठ है। जिस समाज के सदस्य अनिवार्य रूप से जार हों, वह समाज टिक ही नहीं सकता।

ऐतिहासिक दृष्टि से देखा जाए तो सभी समाजों में व्यभिचार मौजूद रहा है और यह काम ज्यादातर उच्च वर्ग ने किया है। सिर्फ ईसाई धर्म ने एक पुरुष, एक स्त्री का कानून बनाया, लेकिन शक्तिशाली लोग इस कानून का भी उल्लंघन करते रहे हैं। धर्मवीर द्वारा उद्धृत फ्रेडरिक एंगेल्स का कहना है, 'सभी लोगों के पितृसत्तात्मक परिवार में, केवल कुलपति या अधिक से अधिक उसके दो-एक पुत्रों के पास, एक

से अधिक पत्नियाँ होती थीं; परिवार के अन्य सदस्यों को एक पत्नी से ही संतोष करना पड़ता था। समूचे पूरब में यही हालत है। बहु-पत्नी विवाह केवल धनिकों और अभिजात लोगों का विशेषाधिकार है, और ये पत्नियाँ मुख्यतः दासियों के रूप में खरीदी जाती हैं। आम लोगों के पास एक-एक पत्नी होती है।'

इसका एक जैविक कारण भी है। एंगेल्स लिखते हैं, 'सामाजिक संस्थाएँ जो भी रही हों, पुरुषों और स्त्रियों की संख्या अभी तक, मोटे तौर पर, सदा बराबर रही है।' धर्मवर ने इन पंक्तियों को अपनी पुस्तक में उद्धत किया है, पर ये जारकर्म से सम्बन्धित उनकी प्रत्येक स्थापना का खंडन करती हैं। उन्हें याद दिलाने की जरूरत है कि जब दलित भी सत्ता में आता है, तो वह रामविलास पासवान की तरह एक ही पत्नी से संतुष्ट नहीं रहता।

धर्मवीर ने बार-बार ब्राह्म विवाह का जिक्र किया है। इस तरह किया है मानो वह आज भी जारी हो, जैसे 'हंस' ख्याति के रामशरण जोशी के संदर्भ में। लेकिन मित्रवर, विवाह की ये सारी किस्में अब इतिहास की चीज हो चुकी हैं और हिन्दू समाज में एक ही तरह का विवाह मान्य है। यह सच है कि इस अधिनियम के पूर्व हिन्दू समाज में तलाक की छूट नहीं थी। लेकिन ईसाइयत मे भी लंबे समय तक तलाक की सुविधा नहीं थी और उसकी कैथॅलिक शाखा आज भी विवाह को अटूट मानती है। इस्लाम में पुरुष को तलाक की छूट है। कहा जाता है कि मुसलिम स्त्रियाँ भी तलाक दे सकती हैं, लेकिन व्यावहारिक स्तर पर यह बहुत कठिन होता है।

धर्मवीर की यह स्थापना कि प्रेमचंद तलाक के विरोधी थे या स्त्री स्वतंत्रता के खिलाफ थे, सत्य नहीं है। ओर वह तो नादानी से भी कुछ ज्यादा है कि 'मेरी जानकारी में कोई हिन्दू लेखक ऐसा नहीं हैं जो वैवाहिक मामलों में तलाक का हामी हो।' स्वयं प्रेमचंद के समाकालीन जयशंकर प्रसाद ने 'ध्रुवस्वामिनी' में तलाक का समर्थन किया है। 'नदी के द्वीप' में तलाक का समर्थन है। यहाँ तक कि अनेक हिंदी लेखकों ने खुद तलाक लिया है, जैसे अज्ञेय, बालकृष्ण राव, उपेंद्रनाथ अश्क, मोहन राकेश, धर्मवीर भारती। जहाँ तक तलाक लेने वाले हिन्दू लेखकों का सवाल है, उनकी संख्या कई दर्जन होगी। जहाँ तक तलाक की स्वतंत्रता का हामी होने का सवाल है, मेरा खयाल है अस्सी प्रतिशत से ज्यादा हिन्दू या हिंदी लेखक तलाक के हामी हैं। लेकिन प्रगतिशील होने का अर्थ तलाकशुदा होना कब से हो गया?

अब रह गई बात 'कफन' की, जिसकी एक नई व्याख्या धर्मवीर ने की है। उनका मानना है कि घीसू और माधव बुधिया की दुर्दांत मौत से इसीलिए अप्रभावित (या प्रसन्न) थे कि बुधिया के गर्भ में किसी जमींदार का बच्चा था। वे कहते हैं, 'लेकिन घीसू और माधव का चमार होकर यह पहला ज्ञात विद्रोह है, जो मुंशी प्रेमचंद की कहानी 'कफन' में व्यक्त हुआ है।' यह इस बात का प्रमाण है कि स्वैर कल्पना किस तरह सत्य को दबा सकती है। अगर धर्मवीर की स्थापना में दम होता, तो घीसू